ルチャーノ・デ・クレシェンツォ
Luciano De Crescenzo
谷口伊兵衛／G.ピアッザ 訳
Taniguchi Ihei　Giovanni Piazza

クレシェンツォ言行録

ベッラヴィスタ氏かく語りき

Così parlò Bellavista

Napoli, amore e libertà

而立書房

目次

装幀・神田昇和

クレシェンツォ言行録

――ベッラヴィスタ氏かく語りき――

Luciano De Crescenzo
Così parlò Bellavista
Napoli, amore e libertà

安《いづく》んぞ萬里の裘を得、
蓋裹《がいふ》して四垠《ぎん》に周《あまね》からしめん。
（安得萬里裘。蓋裹周四垠。）

Vorrei possedere una grande coperta
lunga migliaia di spanne
che in una volta potesse coprire
ogni palmo della mia città.

白居易（七七二―八四六）
「新製布裘」〔堤留吉『白楽天――生活と文学』（敬文社、一九五七年、一五頁）参照〕

前置き

これは哲学的エッセイなのか短篇小説なのか？　両者だと言っておきましょう。なにしろ奇数章は純粋の会話調で書かれていても前者を渇望していますが、偶数章は後者に属しており、一部は個人体験に基づいていたり、他の多くは報道記事から集められていたりしても、ナポリのたんなる日常生活の逸話にほかならないからです。本書のガイド役を果たしているのは、マロッタとプラトンです。マロッタは主義・主張の明確なコラムのために、またプラトンはベッラヴィスタ先生――私たちのソクラテス――と多かれ少なかれ失業した彼の哲学学徒たちとの間の対話のために登場します。どうか神も読者諸賢も、私のこういう比較を赦されんことを。もちろん、こう申し上げながら、私がほのめかそうとしているのは、この企ての種類のことであって、それの品質のことではありません。

要するに本書は読者諸賢の気分次第でどちらを選ばれてもかまいません。旧式の幾何学教科書では、それぞれの定理の後には、それぞれの応用例が実際に続いていますが、本書の仕組みもほぼ同じようなものでして、奇数章を選ばれてもよし、気が向けば偶数章を繙かれてもけっこうなのです。ですから、本書では偶数章でのナポリの逸話が、愛と自由に関して語る先生の哲学的所説への、いわば「証明終わり」（Q. E. D.）になっているのです。

こういう本を書くというアイデアは、ある日ミラノで、北イタリアの三角工業地帯[*1]に生まれ、生涯ずっとそこに暮らしてきた私の同僚が、イースターのために家族を引き連れてナポリへ行く決心をしたときに、ひょいと思い浮かんだのです。私の都市との最初の出会いでどんな印象をもつだろうかという、当然の心配から、このロンバルディーアからパルテノペ地区〔ナポリ〕への遠征の準備のために、一種の入門授業を聖週間の期間に行うことを、私は決心したのです。それで私は彼に入り組んだナポリの路地の写真を見せたり、世にも珍しい手工業の数々を物語ったり、プライヴァシーが存在しないことを説明したりしたのですが、こうしていてとうとうナポリ一流のレトリック、penzamm' a salute〔健康が一番〕とかè pat 'e figlie〔彼は一家の親父だ〕[*2]にさえ入り込む結果になってしまったのです。でも彼ら一家が帰った後で、私の助言のいくつかが有益だったこと、また私の話のせいで、彼らがナポリの現実を好意的にもっと理解しようという気分になったことが分かったのです。

ところで、私がこんなことを書くことによって、まさしく地方色や「青い空」タイプの逸話をナポリの最大の敵と見なしている有力なナポリのインテリゲンチャから、すぐに標的にされることは百も承知しております。でも、こういう非難を回避するために性急な読者諸賢にお願いしておきます。どうか初めの四～五章でやめないで、もしお気に召せば、最後まで本書をお読みください。終わりには、最終章では、どんなちゃんとした推理小説でも見つかるように、完璧で徹底した大団円を発見されるでしょうから。

現代ナポリ文学は交代的に移り変わってきました。十九世紀後半から一九四〇年代までは、多数の詩人、音楽家、画家が輩出して、私たち全員に周知のナポリ像――「これは太陽の国だ」(chist'è 'o paese d' 'o sole)、「これは海の国だ」(chi st'è 'o paese d' 'o mare)、「これは甘かろうが苦かろうが、すべての言葉が愛の言葉である国だ」(chist'è 'o paese addò tutt' é parole, sò ddoce o sò amare, sò ssempe parole d'ammore）とカンツォーネにも言われています——を世界に与えました。このマンドリン・コンサートにおける唯一の不協和音は、マティルデ・セラオの傑出した小著『ナポリの腹』（*Il ventre di Napoli*）でして、ナポリを真に理解なさろうとしているどなたにも本書を読むことを、私は飽むことなくお勧めします。ところが戦後には、文学状況は激変したのです。海、太陽、ナポリの心を語ろうものなら、さんざんでした。マラパルテを初めとして、ルイージ・コンパニョーネ、アンナ・アリーネ・オルテーゼ、ドメニコ・レーア、ラファエーレ・ラ・カープリア、ヴィットーリオ・ヴィヴィアーニやその他に至るまで、長年にわたり私たちの都市の顔を美化してきた化粧を剥ぎとろうとする欲望が大変強かったものですから、化粧品とともに、おそらく皮膚までむしり取られたのでした。しかし、民衆はマンドリンやギターなしにでも、それでも特徴的な固有の顔つきを持ち続けたのでした。実を申さば、戦後に消費社会が到来し、大衆の悪趣味はさらに広がりました。その結果、十九世紀ナポリの古い石版画にある裸足の漁師は正当にも当時の詩人たちから愛好されたのに対して、ジーンズを着用し、先のとがったブーツを履き、ショルダーバッグやヴォリュームいっぱいのトランジスター・ラジオを持った後継者たちはあいにく、同じような共感をかき立てなかったのです。でもこの時期でも、不調和音はただ一つ聴かれるのでして、万年筆の画家ペッピーノ・マロッタは、故郷ナポリ、マテルデイ、サンタ・ルチーアのパロネットを、以前の時代の優しさをこめて詩的に描き続けたのです。

さて、この時点で一つのことを明らかにしておきたいと思います。私が抱くナポリ観は、一つの都市そのものというよりも、ナポリ人であろうがなかろうが、すべての人びとの内に見いだしうる、人間精神の一成分なのだということです。〝ナポリ的なもの〟と無知な住民とをいつも結びつける考え方に対しては、私は全力をもって闘う覚悟です。かいつまんで申せば、住民の生活条件の改善には、その生活様式における人間的なあらゆるものを無理矢理放棄しなければ不可能だということを信じることを私は拒絶するものです。幾度となく、私はナポリが依然として、人類に残されている最後の希望なのかもしれないとさえ考えているのです。

もちろん、私が引用したすべての作家たち——セラオからオルテーゼ、レーアからコンパニョーネに至る——が全員ナポリを愛してきたし、今なお愛していることは明らかです。けれども、ナポリ人が方言をなくすれば、こういう一種の悪魔祓いによってこの国の政治的現実により完全に組み込まれるだろうと望むのは、私見では、愛し過ぎるあまり殺人を犯すようなものなのです。こういう思想方向を押し進めるなら、今日でも有効な政治的・経済的な唯一の脈絡は、もはやイタリアのそれではなくて、ヨーロッパのそれなのですから、どうしていっそうのこと英語へすぐ移行しないのか、私には分かりません。この関連では、私の友人で、ナポリの感性豊かな詩人サルヴァトーレ・パロンバが数日前、私に読んでくれた、イニャツィオ・ブッティッタの素晴らしいシチリア方言の詩を引用しておきます。

Un populu 一つの民族を
mittitulu a catina 鎖にかけよ
spugghiatilu 持ち物を奪え

attuppatici a vucca
è ancora libiru

Livatici u travagghiu
u passaportu
a tavula unni mancia
u lettu unni dormi
è ancora riccu

Un populu
diventa poviru e servu
quannu ci arrobbanu a lingua
addutata di patri:
è persu pi sempi.

口をふさげ、
それでもやっぱり自由だ

一つの民族から仕事を取れ
パスポートを取り上げよ
食卓を取り上げよ
眠るベッドを取り上げよ、
それでもやっぱり金持ちだ

ある民族が貧しく
奴隷となるのは
父祖から伝えられた
言葉を奪われるときだ、
その時は永久に失われる。

できるだけ方言を用いながらも、私の非ナポリ人の友人たちにも分かってもらいたいと思ったものですから、私は眼前のテクストをみなテープレコーダーにまず方言で録音し、引き続き、一語一語ナポリの語彙をイタリア語に我慢強く翻訳しました。こうすれば、対話がすべて方言的色調をいくらか保つことになるからです。地方的雰囲気をできるだけ味わいたい方は、どうか本文を読みながら、ナポリのなまりを心の中で模倣してみてください。

今やここで、ベッラヴィスタ先生、副門番代理サルヴァトーレ、それにサヴェーリオ——本名はジェンナリーノ・アウリエンマで、定職がなく、彼が言うには「いつでもご用を申しつけてください」(sempre a disposizione) とのこと——に舞台を委ねることにいたします。

一九七六年十月、ローマにて

L・D・C

＊1　トリーノ、ミラノ、ジェノヴァの三都市のこと。(訳注)
＊2　どんな盗みでも許してもらうための言いつくろい。

第1章　サルヴァトーレ

ナポリは楽園だ。人はみな、われを忘れた一種の陶酔状態で暮らしている。私もやはり同様で、ほとんど自分というものが解らない。まったく違った人間になったような気がする。「お前は今まで気が狂っていたのだ。さもなければ、現在気が狂っているのだ」と昨日私は考えた。

Neapel ist ein Paradies, jedermann lebt in einer Art von trunkner Selbstvergessenheit. Mir geht es ebenso, ich erkenne mich kaum, ich scheine mir ein ganz anderer Mensch. Gestern dacht'ich : entweder du warst toll, oder du bist es jetzt.

ゲーテ『イタリア紀行』（一七八七年三月十六日、カゼルタ〔相良守峯訳、岩波文庫（中）、一九四二年、四二頁〕）

ペトラルカ通り五八番地の門番室。私と、副門番代理サルヴァトーレ・コッポラと、パッサラクア先生（三階の左手の第一の扉の住民）と、もう一人の未知の紳士（少し前空き部屋を探しにやってきて、しばらく滞在することに決めた）とが、一つのテーブルを囲んで座っていた。

副門番代理サルヴァトーレ・コッポラが言った、「それじゃ、あなたは政治について何にもご存知ないんだ！　いったい何を勉強なさったんで！」

「いや、勉強とこれとは関係ないさ——と私が言い返した——政治に関してはみんなが意見を持って当然なのだよ。でも、他人の意見も尊重しなくちゃならんのだ。」

「親愛なる技師さん（carissimo Ingegnere）、これは政治についての意見じゃなくって、国際政治の問題なんですよ！――とサルヴァトーレが続ける――いいですか、ナポリ人はみなイタリア共産党に投票するしかないし、それからすぐ、ＮＡＴＯを脱退して、ロシアと友好条約を結ぶ必要があるのです。」

するとパッサラクアが尋ねた、「でもサルヴァトー、どうしてきみはロシアがアメリカより強いと思うのかい？」

「アメリカとロシアとどちらが強いかはどうでもよいのです。でもドットー、ちょっと考えてください。第三次世界大戦が勃発したら、そして私たちがみな捕虜になったなら、どうなるかを――こう言いながら、サルヴァトーレは両手を挙げて降伏のまねをした――第三次世界大戦が勃発したとしても、私たちがアメリカと同盟を結んでいれば、私たちはどちら側の捕虜となるでしょうか？　ロシアに決まっています。間違っていたら、直してください。でも、私たちナポリ人は戦争捕虜としてロシアに行くわけにはいきません。考えてもみてください。第一に、寒くて、凍えるほど寒いシベリアのような厳しい気候には耐えられないし、第二に、必要な糧食もありません。実際、こんな寒さじゃ、凍死する（puzzeremmo）しかありませんよ。ところが、私たちがロシア側についていれば、事情はまったく別です。この場合には、私たちはアメリカ人によって自動的に捕虜にされ、すぐにアメリカに送り込まれるでしょう。アメリカでは、主のご加護のおかげで、多少商売もして、言葉も覚えることができ、物事の成り行きで、戦争が続いても、私たちはよい職が見つかるでしょうよ！」

すると、部屋探しにやってきていた例の紳士が尋ねた、「それじゃ、もし私たちが中国人の捕虜になったら？」

「そりゃますます悪いことになりますよ！　中国人はぞっとするものを食べています。ましてや私たち捕虜にはどうなることやら。せいぜい一日におにぎり一個です。うへぇ！　お腹を空かしたこの私、サルヴァトーレ・コッポラは、一日におにぎり一個でどうやって生きていけるというのです？」

サルヴァトーレ・コッポラが副門番代理をしているのも、ペトラルカ通り五八番地のマンションが、ドン・アルマンドなる門番と、フェルディナンド・アモディオという、上半身が人間、下半身が椅子からできている、神話的な人物との持ち物になっているせいなのだ。誤解をはぶくために説明しておくと、フェルディナンドは健康そのものなのに、彼が立ち上がったのを見た記憶がない。クリスマスにチップを要求するときでさえ、立ち上がらないのだ。声をかけるだけである。

逆に、ドン・アルマンドはペトラルカ通り五八番地の一号館一階にただで住まわせてもらっている男と自ら称して満足している。そして、新しく入居者が入ってくると誰かれかまわずに、初日には自分の特別な状況を説明しだすのだ。

「いいですか、私はこのマンションの門番であって門番じゃないんです。残念ながら、生涯私は幸運に恵まれませんでした。生まれたのはちゃんとした家族で（祖父は幸いにも働く必要がなかったし、父親は水道局の会計係でした）、ボルゴ・ロレートに三軒を所有していたため、みな立派に暮らしていたんです。ところが祖父がいんちき弁護士と仲良しになり、このときから私たちの家には出頭命令や印紙付きの書類が舞い込み、簡単に言うと、祖父とも父親とも、私たちの持ち家ともすっかりおさらばしたのです。それでこんなことになったのです。この私は生涯たった一つの望み——ペトラルカ通りの眺めのいい所に住みたい——しかもたないできたのです。でも、私のような一文なしがどうしてそんな望みをかなえられるでしょう？　それで私は諦めてヴィーア・ヌォーヴァ・バニョーリ一七番地の二間でみじめな暮らしをすることになり、昼間はイルヴァ工場の煙を吸い込んでいたところ、突然大チャンスが舞い込んだのです。ペトラルカ通り五八番地で、給料がもらえ、家賃がただで、海に面した窓のある場所での門番の職が！　でも門番をしなくちゃなるまいが、とおっしゃるでしょう。その通り、門番をしたってかまいはしない。だって、それじゃ社会の等級を下げなくちゃなるまい、とおっしゃるでしょう。そんな社会の等級なんぞ下げましょうや！　旦那、社会の等級を下げることなんぞ糞くらえでさ。わたしゃ、この窓辺に座ってカープリ島やヴェズーヴィオ火山を眺めていると、社長どころか総理大臣になった気分ですよ！　ところで、門番の仕事に関してですが、私の任務を代行してくれているアモディオ・フェルディナンドのために、給料の一部を喜んで手渡してきたんです。職業上から言えば、フェルディナンドはナポリで最良の門番です。彼は入口の傍の持ち場を決して離れません。何が起きようが、フェルディナンドはそこを動かないで、番をしているんですからね。」

フェルディナンドの身体が張りついて動かないものだから、仕事の機能的な権限は、副門番代理サルヴァトーレ・コッポラに任されており、したがって、サルヴァトーレはドン・アルマンドの給料の一部を受け取ることになる。

すると弁護するかのように、フェルディナンドは自ら、理由を説明しにかかるのだ。

「いいですか、技師さん、私しゃ独身だし、私のために階段を洗ってくれるような女房もいないいんですよ。」

ここで、門番一人分の給料だけで、三人の成人男子――そのうちの二人は家族持ちだ――がどうして生き永らえられるのか、と間違って質問しないようにしよう。百年このかた、百万人以上のナポリ人は、給料と空想まかせの仕事から日々得られるような、当てにならぬ収入で生き永らえてきたのである。

たとえば、右に述べた門番たちは、彼らの管轄内のマンション区域に生起するあらゆることから、一種の収税権を享受しているのだ。だから、お手伝いさんの交代とか、第三者がマンション内で行う職人仕事とか、不動産、中古車、妻、モーターボートの売買とか、プライヴェートな、または商売上の情報とか、これらはみな、三家長の維持に寄与することになるし、それというのも、彼らがそれぞれの分野で非凡な能力を発揮するからなのだ。

ほんの一つだけ、どのようなありさまかを示しておくと、フェルディナンドは建築家スカレーゼの臆病な愛人がやってくるとき、眠っている振りをするだけで、毎月定まった謝礼を受け取っているのである。

「けっこう――とパッサラクア氏は言った――それではサルヴァトーレを幸せにするために、みんなで共産党に投票することにしましょう。こうすれば、戦争が起きたら、サルヴァトーレは戦争捕虜としてマイアミ・ビーチに行けるからね。」

「いや、それはどうでもいいんで、わたしゃほんの冗談を言ったまでですよ。だって、親愛なパッサラクア先生、あなたは共産主義者という言葉にいくらかアレルギー反応を起こすし、共産主義者と聞くだけで、すぐにかっかなさる。これは本当ですよ。あなたは共産主義者と聞くだけで、すぐにかっかなさるんだから。」

「サルヴァトー、さっきも言ったが、私はきみと政治の話はしたくないんだ」、とパッサラクアが答える。

「当然ですよ、あなたは貴族階級の自由主義者だし、わたしゃ民衆の代表なんだから、あなたは民衆とは話したくないんでさ。」

「でも、きみは民衆を愛しているのかね？　本当かね、サルヴァトー。」

「あえて言うと、わたしゃそれほど愛してはいないけれど、でも、自由主義者よりも民衆を尊敬しているのは確かですよ。」

「ねえ、サルヴァトー、実を言うと、あんたたち共産主義者は民衆を愛するなんて言うが、私に言わせれば、ただ金持ちを嫌うことしかできないんだよ。」

「いや旦那、反対して申しわけありませんが、まあ考えてもくださいな。わたしゃパンのかけらを稼ぐために、朝から晩まで働きどおしなんですよ。それでも誰かを嫌う暇があるというのですか？」

「こりゃデマゴギーだ、こりゃデマゴギーだ！」

「いったいどこにそんなものが？」とサルヴァトーレは尋ねながら、周囲を見回す。サルヴァトーレはデマゴギーの何たるかをよく承知しているのだが、しらばくれて興じているのだ。

「何がどこかって？」とパッサラクア。

「あんたのおっしゃったものですよ。」

「サルヴァトー、私がデマゴギーと言ったのは、あんたら共産主義者はいつもパンの一かけら、パン一端、パンと労働、などのことばかり話題にしているということだよ。」

「それじゃ、わたしゃなんて言えばいいんで？　毎日五階もの階段を清掃して、エビ一匹を得るためにとでも？」

「サルヴァトー、きみが階段の掃除を、月に一回さえやらないということや、そもそもきみが五階をまだ見たこともないということを別にしても、私が言いたいのは、共産主義者たちが、民衆はかわいそうに飢え死にしている、なんて決まり文句をいつも唱えているということさ。今日日《きょうび》サルヴァトー、真面目に言うが、ここイタリアで飢え死にする者はもう皆無だよ。」

「でも、あなたたち自由主義者は道端に死体が転がっているほうが好ましいのでしょう。」

「ねえ、サルヴァトー、ちょっと真面目に考えようよ。私は技師だから、数を信用しているし、統計を信じている。きみは統計が何か分かるかい？」

「およそしか。だってわたしゃ学校ではあまり勉強しなかったもんでね。でもドットー、私の理解が正しけりゃ——間違っていたら、直してください——、私の尻がオーヴンに入れられ、頭が冷蔵庫の中に入れられたら、私は統計上快適だと言うべきでしょう。」

みんなどっと笑った。見物人の数はそうこうするうちに増加していた。ナポリでは、群衆は別に呼びかけずともどこからともなく集まってくる。参加は公平だし、民衆の同意は弁士の考えというよりも弁舌の巧みさによって大きくなる。サルヴァトーレは共産主義者であって、まだ当時八歳だったにもかかわらず、ナポリの有名な四日間暴動に参加した、と主張する。それに対してパッサラクアはせいぜいのところ、君主制的ファシストであることにも気づかずに、自分を自由主義者と名乗っている。

「サルヴァトーレ、きみは善人だが、私の言うことに耳を傾けてくれまいか――とパッサラクア氏はいらいらして続ける――今、私たちは建設的な話をやろうとしているのにきみはしゃれで遮ろうとするじゃないか。」

「で、統計は何を告げてくれるのですか、ドットーレ」、とアパートのためにやってきた例の御仁が尋ねる。

「統計ですね、統計の示すところによると、イタリアの一人当たりの年収は百十万リラであり、したがって、イタリアは世界でもっとも金持ちの国の一つなのです。」

「令名高き先生――とサルヴァトーレは立ち上がって気をつけの姿勢をし、深々と頭を下げながら言うのだった――イタリア市民としての私が世界でもっとも金持ちの人間の一人であると知らされたことに感謝します。そして神かけてお誓いしますが、私はこれまでそんなことにちっとも気づかずにきました。だって、今の今まで、副門番代理として私が稼いでいるのは、今も戸外に座っていて私の言うことを聞いている雇い主フェルディナンド・アモディオのおかげで月三万リラに過ぎないもんで。にもかかわらず、あなたは正しくも私に思い起こさせてくださった。その埋め合わせに、ドン・ジョヴァンニ・アニェッリ*は月十億以上の収入があり、だから、統計上、私たちみんな――私、アニェッリ、フェルディナンド――がちゃんとうまくいけているんだということをね。」

「素晴らしい！　それこそきみから聞きたかったことだよ――とパッサラクア氏は勝ち誇って叫んだ――きみが収入の不均衡を問題にするだろうことは分かっていたんだ。でもサルヴァトーレ、少し辛抱してくれれば、最後には私の正しいことが分かるよ。それでだ、統計だが、統計によると、生きるのに、立派に生きるのには、一人当たり毎日二千七百カロリーで十分なのに、イタリアでは三千二百カロリーもの食料が消費されているんだ。ただし、ドン・ジョヴァンニ・アニェッリは正午に食卓に座り、八十万ないし九十万カロリーを摂取している、なぞとは言わないでくれたまえ、たしかに、彼はキャヴィアやエビや、きみが欲しがるようなものを何でも食べていることは認めるが、彼の胃袋だってきみが充たさねばならぬそれとやはり同じものなのだよ。だから、統計によると、イタリアで日に消費されるのは一人当たり三千二百カロリーだとすると、これだけのカロリーを誰かが摂取しているに違いないし、だから、イタリアでは誰も飢え死にしないことになるのさ。」

「ところでドットー、あなたは大学を卒業しているし、こういう数に関しては私よりもよくご存知だ。あなたがこの瞬間、これらの数をでっち上げたかも知れぬなぞというつもりはとてもないのだけれど、でも私はなんて答えるべきなんだろう？　仮にあなたの言ったとおりだとしたら、私が消費する三千二百カロリーはイタリアで消費されるカロリーのうちでもっともみじめなものということになる。そうに違いないし、もしそうでないとしたら、私が毎晩ベッドに入るとき、いつも少しばかり腹が減っている感じがするのを、どう説明できるというのです？」

パッサラクワ博士は平然と続ける、「統計によると、イタリアでは約一億五千万台の車が路上を走っていることになるのだから、どのイタリアの家庭も平均一台の車を使用しているわけだ。」

「でも私は平均的な一台も所有してはおりません」、とサルヴァトーレが答える。

「そうだとしても、きみはこうは言えまい、《ドン・ジョヴァンニ・アニェッリは買い物に出かけて、昼間のスナックに必要な九十万カロリーを買うために、一万台の車の間を一台ずつくぐり抜けて行く》なんてね。」

「大博士さま、問題なのは、あなたがなんでもかんでも車とパンツァロッティ〔ハム、チーズ、卵などを包んで揚げた大型のパスタ〕で測ることですよ。」

「サルヴァトーレ大先生、問題なのは、あなたが屋根の上の猫みたいに嘆くのが好きだということです。ご存知のように、猫どもは嘆きながら同時に交尾しているのです。」

「よろしい。それじゃもうこれからは嘆いたりしません。これからは嘆く権利のない、代理副門番をやります。」

「ちくしょう！　共産主義者たちと議論するたびに、私の神経はいつも逆撫でさせられるわい——とパッサラクワ博士は言いながら、同情を買うために傍の人びとのほうに振り向いた——たった五分間だけでも、この世の神になりたいもんだ！　そうしたらこう言ってやるのだが、《何だって？　サルヴァトーレ・コッポラ。君は共産主義が素晴らしいものだとでも言うのかい？　ロシアが好きだって？　中国が好きだって？　ならば叶えてやろう。君を中国へ送って住まわせてやろう。逆に、中国にうんざりした中国人を一人摑まえて、君の代わりにナポリに送りつけてやろう。》」

「するってーと、中国人の代理副門番がいないことだけがみんなの幸いということになるぞ！」

「これだけは言っておきたい、《毛万歳！　共産主義万歳！》を言う前に、この共産主義がいったいどういうものかを検討しておくべきだろう、ってね」とパッサラクワが言った。

サルヴァトーレが答えて言う、「私も同感です。これまで私たちはファシズムとキリスト教民主主義をすでに経験してきたのだから、今度は共産主義をも少しばかり試してみようよ。その後でこれについて話すことにしようよ。」

「問題は、もしもこの共産主義が気にくわない場合に、《すみません、私たちは冗談を言っていただけです。民主主義へ戻りたいのですが》とは言えないということだ——とパッサラクワが言う——たとえば一瞬なりともこう想像したまえ、私がまだ生まれていないで、したがってまだ妊娠九カ月目にあり、母の胎内にいて、誕生するばかりになっている。そのとき突如一人の天使がやってきて、私にこう言うとする——《パッサラクワ博士、父なる神がちょっとあなたと話したがっています》と。」

「なんだって？　すると、あなたは生まれる前からもう博士だったんですか？」

「父なる神は私を見つめて言う、《パッサラクワさん、今あんたは生まれようとしている。私はあんたが好きだから、どの国で住みたいか私に言いなさい。そうすれば、私はあんたをそこに生まれさせてあげよう》と。そこで私は満足して、考え始める。なんと素晴らしい機会よ。私は今もっとも快適な国を選べるのだ。では、ちょっと考えてみるか。アジアはすぐに捨てよう。ここの人びとはいつも戦争をしているし、中東、極東、韓国、北朝鮮、ヴェトナムはいつも紛争状態にあるし、これらの国は侵略されるか、またはもっと困ったことに、解放されようとするかのいずれかだ。」

「同感だ——とサルヴァトーレが続ける——アジアが幸運な状況にはないことを私たちは認めざるを得ない。」

「それじゃ、アフリカに生まれたとしたら！　神秘的で魅力のある大陸だけど、よく考えてみるに、大きな欠陥を持っている。」

「どんな欠陥が？　暑いから？」

「いいえ、独立しているということです。だって以前はアフリカ諸国はみな植民地だったのだが、その後世界中の民主主義者たちが正当にもこう言った――《こんな植民地を持つとはなんておぞましい！　植民地主義者に死を！　黒人たちに独立を！》と。そして、それら諸国に独立が与えられた。ところが独立してからというもの、アフリカ人たちは哀れにも数知れぬ内乱やクーデターで互いに殺し合いをしているのです。これは言ってみりゃ、四歳の息子ルカリエッロに、《ルカリエー、お前は自由だ、何なりとしたいことをしなさい》と言うようなものです。ところがそれから、息子が道路に駆け出して、車の下敷きになると、びっくりするのです。」

「それじゃ、アフリカも忘れたほうがましだな」と見物人の一人が言った。

「でもアメリカはどうだろう？――とパッサラクワが続けた――アメリカ合衆国だ！　世界中で一番の金持ちのこの国は、あまりに豊かなものだから、貧しい国々をすべて助けることができるし、経済上助けるばかりか、もしも共産主義者たちから攻撃されようものなら、すぐさま彼らから解放するために闘う用意ができている。アメリカ人たちは地球という惑星の公式の防衛者になってしまっている。だから、みんなに同意してもらえるならば、私はアメリカも忘れるべきだと思うのだが。」

「まったくあなたの言うとおりだ――とサルヴァトーレが遮った――アメリカ人たちは自分たち自身のことを少しばかり、もっと心配すべきだろうね。」

「だから、これらの場所をみんな次々と忘れ去ると、結局ヨーロッパにしか行き着くところがないのだから、まず共産主義のヨーロッパを考えてみよう。ロシアの暮らし振りについてはどうなのか、誰にも分からない。いろんな人があれこれ言っているけれど、私の控えめな意見では、そこの暮らしがとても素敵ではあり得ない。」

「またどうして？」

「第一に、みんな早朝に起きて、みんなが大規模な民衆パレードに列をなして参加しなくてはならないし、そのときには見てのように、あわれにもみんなが赤の広場を列をなしてレーニンやカール・マルクスの写真のある、どれほど重いか分からない、巨大なプラカードを運んで行く。そのときには、領袖たちは出くわすたびに、男どうしでいつも口移しにキスしなくてはならないのだ。私に関する限り、こんな習慣はどんな政治キャリアにも加わるのに障害になることだろうよ。」

「なんて不潔な！」このコメントはフェルディナンドによるものであって、彼は私たちと一緒に座ってはいかなかったのだが、会話のやりとりを一語も聞き逃さなかったのである。

「そうなると、残るは西ヨーロッパだけだな。英国、スウェーデン、ドイツ、フランス。これらのうち、気候の理由で私はイタリアを選びたい。そして、ミラノになるのを避けるために、南イタリアと特定したい。結局、安心しておれるためと、誰の邪魔にもならないならば、ナポリに生まれたいものだ。それで、主が私の願いを叶えてくださり、私をまさにナポリに生まれさせてくださった後で、いったい私は何をすればよいのか？　文句を言い始めるのか？」

観衆から拍手が起きる。アパートから出てきた紳士がパッサラクワ博士のほうに行き、握手した。

「そうとも、そうとも――とサルヴァトーレが言った――あなたが言ったとおり、イタリアで住むのは最良だし、ナポリは世界最良の場所です。また、イタリアではみんながたっぷり食べていると知って、私はほっとしています。でも、一つだけ考えさせていただきたい。たしかにナポリ人たちは毎晩食べているけれど、心配なのは、最期の瞬間までそれが確信できるかということです。この不安が私たちの気になる点です。」

＊（一八六六－一九四五）一八九九年にフィアット社を興し、一九二〇年に社長に就任した。（訳注）

第2章　眠れる美男子

カヴァリエーレ勲章佩勲者《はいくん》ズグエリアはきちょうめんな人で、四十六歳の独身男である。ガッルッチと結婚した姉のローザ・ズグエリアと一緒に、メルジェッリーナ駅近くの、トッレッタ街二八二番地にペンキと工具の店を経営している。上述したとおり、カヴァリエーレ勲章佩勲者ズグエリアはきちょうめんな人であって、約二十年来、つまり、父親が亡くなってから、毎朝八時二十分に家を出て、フォンターナ・コーヒー店でコーヒーとブリオシュで朝食をすませ、九時きっかりにトッレッタ街の商店のシャッターを上げる。ローザ夫人はいくぶん遅れてやってくる。朝、出がけに、夫を市役所に送り、また専門学校に通う三人の腕白息子たちを送り届けなくてはならないからだ。

店に入るや否や、ローザ夫人はレジの後ろに坐り、片目は客、もう片目は街の少年《ガリウーニ》に注いで、商品が盗まれないようにしなくてはならない。彼女が言うには、弟は人が善すぎて、今日日《きょうび》、物価が天井知らずになっていて、スパナ一本盗まれても、五千リラの損失になることを分かっちゃいない。カヴァリエーレは食事に外出することをしない。一時でも、シャッターをほとんど地面まで下ろしている。それから、ローザ夫人は夫のために、店の奥の倉庫室にあるこんろの上で食べ物の準備をし、急いで家に駆けつけて、飢え死にしかけている四人――つまり、夫と三人の子供――に食べさせる。一方、カヴァリエーレはというと、哀れにも(puveriello)、ペンキかんや、蛇口や、金網の輪でできたベッドの上で半時間の午睡をとることになる。

毎夕きっかり八時にカヴァリエーレは店を閉じ、交通渋滞の中を通ってボジッリポ街に至り、二十分後にはサン・ルイージ広場を通り過ぎ、袋小路の薄暗い通りに、自動車を駐める。四年前に買って以来、一万キロも走らせてはいない、上げ起こし式座席の付いた、二色のフィアット１１００である。それから帰宅するのだ。ごく簡単な夕食（ほぼいつも同じで、もちろん自分自身でつくったもの）をし、ちょっとテレヴィを観てから、床に就く。聖母マリア様、今日一日私のために尽くされた一切のことに感謝します。明日も同じようになされたまわんことを。父なる御子、聖霊にも感謝いたします。アーメン。

ところで、この時点でみなさんは言うかも知れない、いったいこれは何の話だ？　と。カヴァリエーレ・ズグエリアがきちんとした人物かどうかは何の重要性があると言うのか？　いいえ、と私は答えたい。このカヴァリエーレがきちんとしているということは、これから私が語ろうとしている話にとって決定的なことなのだから。なにしろカヴァリエーレ・ズグエリアの毎日はほぼ二十年間、ほとんど変化なしにいつも同じに繰り返されてきたのだ。夕方、映画に出かけたことは決してないし、友人とか親戚を訪ねたこともなかったのだ。誰を訪問することもなく、誰からか訪ねられることもない。毎日曜日に、一時になると姉のところへ食事に出向く。ミサ、フォンターナ喫茶店でのケーキ（ラム酒に浸した二個のババ、一個のカスタード・タート、二個のスフォッリャテッラ〔ナポリの菓子〕）。「イル・マッティーノ*」紙、義兄との三回のトランプ〔スコーパ〕遊び。他方、ドンナ・ローザは台所で食事の用意をする。それから再び帰宅し、サッカー試合の後半九十分、コマーシャル番組、日曜のスポーツ・ニュースを観るのだ。

さて、本題に戻ろう。先週木曜日、夜中の一時半に、カヴァリエーレが最初の眠りに入っていたとき、しつこい電話の音で起こされた。こんな時間に誰かしら、と思いながら起き上がり、きっと悪い報らせに違いないと確信しながら受話器を取った。実際その通りだった。義兄がドンナ・ローザが病気だと告げたのだ。

彼女がひどい腹痛を訴えたので、夫がロレート病院に連れて行き、そこから電話してきたのだ。外科医が到着し次第、すぐ盲腸の手術を受けるだろう、とのことだった。

カヴァリエーレは言う、「すぐ服を着て行きます」。半ば眠りながらも服を着用し、階段をよろけながら降り、愛車を駐めてある露路に入るが、見当たらない。正確に言うと、彼が車を駐めていた場所には、黒いカヴァーを掛けた別の車があったのだ。まだ頭も定かでないカヴァリエーレが、周りを見渡し、それから注意深くカヴァーのはしを持ち上げてみると、驚いたことに――あれまあ、夢でも見ているのだろうか――、カヴァーの下にあったのは自分の車で、しかも車中には一人の男が安眠しているではないか！　約三年このかた、失業中のジェンナーロ・エスポジトが毎晩十一時半にカヴァリエーレ・ズグエリアのフィアット1100に閉じ込もっていたのである。ジェンナーロはこのカヴァリエーレの規則正しい習慣を利用して、座席を延ばして休んだだけでなく、荷物の中にしまっておいた大きなスーツケースを開けて〝ベッド〟を用意するのに必要なあらゆる物を取り出していたのだ。枕、毛布、シーツ、それに計器板の端にかける目覚まし時計までも。目覚まし時計は六時半にセットされていた。ジェンナーロは朝早起きするのが好きだったし、起き上がってから、車の内部を元通りに直し始めることにしていたからだ。夜中に居たという痕跡を一掃するため刷毛まで帯同していた。実を言うと、車の中に残したものは、彼の体臭だったのだが、何年も経っていて、カヴァリエーレはジェンナーロ・エスポジトの臭いに馴れてしまっていたし、当初から、これをフィアットの臭いと勘違いしていたのだった。

さて、この問題の夜に戻ろう。私たちは無職で住所不定のジェンナーロ・エスポジトを見つけて驚き唖然としたカヴァリエーレの話をしてきた。まあ、住所不定といっても、実はジェンナーロは決まった住居を持っていたのであり、それがカヴァリエーレ・ズグエリアのフィアット1100（ナンバー・プレートはNA2

９４０８２）だったのだ。この事実を悟って、カヴァリエーレはびっくり仰天し、大声でジェンナーロを起こす。すると、ジェンナーロは彼よりももっとびっくりして尋ねるのだった。

「カヴァリエー、こんな時間に道の真ん中で何をなさっているんです?」

「姉の気分が悪くなり、ロレート病院にかつぎ込まれたんだ。」

「おやまあ、ドンナ・ローザが?　いったいどうなさったんです?」

「でも、君は誰だい?　儂の車の中で何をしているんだい?　いったいぜんたい誰が君に……。」

「カヴァリエー、私が誰かは今は気にしないでください。むしろドンナ・ローザのことをおっしゃってください。心配なもので。いったいどんな具合なんです?」

「よくは分からないが、どうも盲腸らしい。でも、君は誰かね、誰が君に許可した……のかい?」

「まあ、カヴァリエー。そんなことで時間を無駄にしないでください。私が誰であろうとなかろうと気にしないでください。私はただあなたの親切さを少しばかり利用させていただいただけなんです。むしろ気分の悪いドンナ・ローザのことを考えましょう。いったいどこへ連れて行かれたんですか?」

「ロレート病院だよ。」

「オーケー。お連れしましょう。」

「でも、どうして君が一緒にくるのか。儂にはわからん。」

「カヴァリエー、あなたはいま少々混乱していらっしゃる。私にはわかります。動揺しておられるし、夜中に起こされて、とまどっておられるのも当然です。でも心配ご無用、ジェンナーロがここに居りますし、お傍を離れはいたしません。私の言うことを気にかけないでください。私はご家族の一員と感じているのですから。」

「なんだって、家族の一員だと？」

「そうですとも、カヴァリエー。あなたをお送りするのが私の義務です！」

カヴァリエーレとジェンナーロは一晩ずっとロレート病院で過ごした。ジェンナーロはたいそう役立ったのであり、それで、カヴァリエーレは彼をポジッリポ通りの〝借家人〟として紹介した。一緒にドンナ・ローザの盲腸の手術を行う外科医を選び、上首尾をどきどきしながら一緒に待った。別れるとき、カヴァリエーレはジェンナーロのでっち上げた子供たちに掛けて約束させた、二度と彼の車をベッドルームとして使わないことを。けれども、ジェンナーロのこんなきちんとした厳粛な誓いにもかかわらず、カヴァリエーレはそれからフィアット１１００を売却し、クーペを購入したとのことだ。

＊　ナポリの主力日刊紙。（訳注）

第3章　サヴェーリオ

都市や田舎は、遠くからは一つの都市、一つの田舎である。しかし、近づくにつれて、それは家、木、瓦、葉、草、蟻、蟻の足、と無限に進む。これらすべてのものが、田舎という名のもとに包括されているのである。

ブレーズ・パスカル『パンセ』一一五〔前田陽一訳、中央公論社、一九九六年、一一七頁〕

「ベッラヴィスタ先生をご存知ですね?」

「実のところ、お会いしたことがありません。」

「あれまあ、信じられない。あなたのようなナポリ愛好者がベッラヴィスタ先生を知らないとは!この先生ときたら、ナポリの内も外も知り尽くしているのです。絵のように描くことだってできます。刺繍のようにね。旦那、あなたに不躾けなことを言いたくはないけど、ベッラヴィスタ先生がしらふのときには、この都市の歴史と地理に関するどんな質問でも答えられますよ。かつてテレヴィジョンのクイズ番組『のるかそるか』(Lascia o Raddopia)〔マイク・ボンジョルノが司会していた〕に先生を送り込もうとしたのだけれど、先生はテレヴィジョンが嫌いなもので、断ったのです。」

「いったい、何の先生なのです?」

「哲学を教えていましたが、今は恩給生活です。リヴィエーラ・ディ・キアイアに三軒の小アパートを所有しているほか、サン・タントニオの斜面に持ち家があって、ここで夫人のマリーア、娘のパトリーツィアと一緒に住んでいます。娘の本名はアスパーシアなのだけれど、パトリーツィアさんがこの名を好まないので[*1]、先生しか本名を呼ぶ人はいません。」

「ああ、それじゃ先生は結婚しているんですか?」

「まあそういうことですが、実際には先生はあまり家族と関係を持っていません。同じ家に住んでいるのですが、互いに話し合うことをしないのです。先生は男だし、二人は女ですからね。先生が言うには、女性言葉を話すことはできない、と。」

「どうやら面白い人物のようですね。」

「もちろん、とてつもなく面白いです。そのことはここにいるサヴェーリオが証言できますよ。ねえ、サヴェー、技師さんに言っておくれ、ベッラヴィスタ先生は面白いか、面白くないか?」

新参者が答える、「サヴェーリオ・サントペッズッロです。よろしく。ベッラヴィスタ先生が面白いという言葉で片づけようというのでしたら、半分も言ったことにはなりません。先生ときたら学の泉そのものです。先生が何か言うと、最高裁判所のようなものです。ここに居られる技師さんに敬意を欠くわけではないのですが、先生の話し方は印刷された本みたいだし、先生の話を聞くのは実に楽しいです。はっきり言って、先生の話を何時間聞いても飽きることはありません。言われたことをほとんど何にも分からないのも事実なのですが、これはどうでもよいことです。なにしろ、私ががきの頃親父からいつも忠告されたのに、勉強しなかったせいですからね。もちろん、今の私はこんな高いレヴェルの話にはついていけません。」

「実は――とサルヴァトーレが説明を加える――ドン・サヴェーリオは赤ワイン『レッテレ』〔グラニャーノ地方産ブドウ酒〕*2が好きなので、先生はいつもこれでもてなしているのです。」

「そのほか、季節が暑くなると、ヴェランダで海を前にし、シクラメンの香りをかぎながら外の涼気を少しばかり取るのが好きなのです。」

「そのとおり。夏に私たちが先生のところに行くと、私たちはいつも外のヴェランダで話し合うのです。つまり、先生が話をする間に、私たちは飲んだり、ワインに浸した黄色の桃のスライスを食べたりするのです。」

「先生の話では、ソクラテスも百年前に同じことをしたとのことです。」

「サヴェー、お黙り。」

「この先生のところへはいつ行けますか?」

「いつでも好きなときに。でも、今日は木曜日だから避けたほうがましです。木曜日には奥さんがカナスタ〔トランプの一種〕遊びをやるので、先生は一日中、浴室に引き込もるからです。」

「この浴室はインジェニエー、あなたが想像されるようなものじゃありません。こんな浴室はヴィットリオ・エマヌエーレ三世閣下でも持ってはいませんでしたよ! 先生の家はナポリの旧家の一つで、かつてあったように大部屋がいくつもあるのです。それで、先生はトイレの中で――こんな表現を許してください――何時間も過ごすのが好きなものですから、これらの部屋の一つを改造してパイプやトイレを、浴槽にはビデも設けたのです。先生の言葉をつかうと、身体も魂も洗うための部屋をつくろうとしたのです。さらにステレオまで備えつけました。トイレに座りながらでもいつも音楽に聴き入るためです。」

「しかも絵画もですよ、インジェニェー！――とサヴェーリオは付け加えるのだった――画家の氏名入りのプレートまで付いた原画を！　こんな絵画をトイレに吊るしているのです！　かくしてこの浴室があまりにも綺麗になったものですから、私は先生にいつも言っていたのです、《いつかここでディナー・パーティでも催してはどうです？》ってね。」

「先生が言うには、人類は二つに、つまり、シャワーを浴びる人と風呂に入る人とに分かれるのだ、と。」

「忘れちゃいかんが――とサヴェーリオが遮った――シャワーも浴びず風呂にも入らない人もいる。」

「お黙り、サヴェー。今しがた言ったように、先生の意見では、ミラノ人のような生産的な人びとはシャワーのほうを好む。お湯も時間もかからないできれいになるからだ。他方、ナポリ人はどちらかと言えば風呂のほうを好む。ナポリ人の言い方でシンタレーア（s'intallea）、つまりたっぷり時間をかけて、ゆったりと考えたがる。だって、何か快適で孤独で居れるようなことを考えたいとしても、家の中にはいつも誰かが居て邪魔されるし、あれこれのことで呼ばれたりするからです。でも、浴室ではそうはならない。中に閉じ込もり、浴槽に身を延ばし、お湯が冷めるまで待つことになるのです。」

「話を聞けば聞くほど、先生に会いたくなってきました。どうしたらよいのですか？　電話はできませんか？」

「それは無駄ですよ。先生は電話に出ないし、奥さんときたら、私たちの姿をあまり見たくはないからです。」

「インジェニェー、なすべきことを申し上げましょうか？」――とサヴェーリオが言った――とにかく、行くとしましょう。明後日は土曜日だし、そのときにはすぐルイジーノにも会えますから。彼は先生の言うところによると、おかかえ詩人なのです。」

「ルイジーノって、いったい誰です？」

「ルイジーノは――とサルヴァトーレが説明して言うのだった――サンマルザーノ男爵の司書で、同家に住みついているのです。実際には、男爵はもうその図書館を所有していません。お金が必要になって、トリーノの或るお金持ちに売却したからです。でも、男爵はルイジーノをたいそう好きになったため、母君に会いに行く日曜日を除いては、毎日ずっと一緒にいるのです。」

「男爵には子息がいないので――とサヴェーリオが続けた――私たちはみんな相続できるのを期待しているのです。」

「でも、なぜあなたたちは彼を詩人と呼んでいるのです？」

「そのわけは――とサルヴァトーレが答えた――ルイジーノが話すと、あなた方みんなの悩みごとを忘れさせてくれるからです。」

「私には――サヴェーリオが言うのだった――ルイジーノの話はいつでも私の初恋のことを思い出させます。アスンティーナ・デル・ヴェッキオが十八歳だったときのことを。私が失業者の部下という現在の状態になった唯一の原因なのですが。それというのも、わたしは建物の大工バッラのドン・アルフォンソの傭われ人として働いているのですが、この親方も目下失業中だからです。今晩は会いたくないわが子供たちの目にかけて誓うと、十八歳のアスンティーナ・デル・ヴェッキオが居なかったとしたら、今時分、私が誇れるような地位に就いていることでしょう。親愛なる技師さん、いいですか、私の母の弟のおじフェルディナンドは、ピッザ作りの助手に私をロンドンへ連れて行きたがったんです。おじが言うには、ピッザ作りは何でもないって。ところが畜生、私がばかだったため、よく言うように、恋は盲目というやつで、十八歳のアスンティーナ・デル・ヴェッキオにぞっこん参ってしまい、それでフェルディナンドは私を置いてきぼりにして独りだけで、ピッザを作らねばならなかったのです。」

「それで、アスンティーナ・デル・ヴェッキオはどうなったのです?」

「どうなったと思います? 彼女は私の妻になったんだけれど、もはや十八歳のアスンティーナ・デル・ヴェッキオには似ても似つかぬ女になってしまいました。かつては市民であれ軍人であれ、カラッチョロ通りを歩いていて、彼女を振り返るたびに、私は彼らとけんかに巻き込まれたのですがね。」

サルヴァトーレは付け加えて言うのだった、「先生が言うには、サヴェーリオの場合には、詐欺で損害賠償を妻に要求するだけの理由があることになるのです」。

「インジェニェー、十八歳のときのアスンティーナ・デル・ヴェッキオの写真を示しさえすりゃ、私は勝ちますよ。」

「インジェニェー、彼のことにはあまり注意しないでください。サヴェーリオはまだ奥さんに惚れているし、彼女は彼を尻の下に敷いているのです。彼は先生を喜ばせるために否定しているけれど、実を言うと三人の子持ちなんです。もっともアスンティーナ夫人が洋服仕立ての内職をしなければ、どうやりくりできるか分かりませんがね。」

「まあね。そのとおりです。洋服仕立てと三人の子たち。平凡な生活で何の刺激もありませんや、インジェニェー！——とサヴェーリオは嘆息した——でも私がおじフェルディナンドとロンドンに行っていたとしたら、どうなったことやら、あなたたちに想像できますか？　私は英語をマスターしているだろうし、英国の少女たちはみんな私に恋したことでしょう。だって、ここのみなさんに失礼になりたくはないけれど、控え目に言っても恋愛術ではいつも自分流を通してきましたし、ですから、誰か英国の金持ちのミスが私のことに気づき、毎日ピッザを食べにおじファルディナンドのところに通うことになったでしょう。そして、今日もピッザ、明日もピッザを食べ、そのミスは私に惚れ込んだでしょう。ここでもあそこでもいとしいサヴェーリオと言って、彼女は私と結婚したでしょう。そして、しこたまお金を手にするや、私は映画界に入り、ついにはハリウッドへ行くだろうし、そうなるとナポリでは私は映画ポスターでしか見かけられなくなったでしょう。サヴェーリオ・サントペッズッロとマリーア・シュナイダー主演の『ラストタンゴ・イン・パリ』というわけです。」

「サヴェー——とサルヴァトーレが遮った——ばかを言うんじゃないよ。『最後のタンゴ』で君に与えられる役はせいぜい、主要場面でのマリーア・シュナイダーの代役ぐらいなもんだ。」

「でも、あんたら『最後のタンゴ』を観たんですかい？」

「いや。でもみんなが話しているのは聞いたことがあるんだ。」

＊1　ギリシャのヘタイラの名前であるためと思われる。（訳注）

＊2　「レッテレ」は〝教養〟の意もあるため、サルヴァトーレは洒落を弄しているのである。（訳注）

第4章　違反行為の話

「ドットー、罰金を喰らいますぜ！」とタクシー運転手があきらめ顔で言った。

「《罰金を食う》ってどういう意味なの？　私も喰らうってこと？」

「もちろんでさ。」

「ほんとうに分かんないな。それともあんたに従うと、ドライヴァーが交通違反を犯すと、乗客も罰金を払わねばならないのが普通だってこと？」

「いいや、ドットー、すみません。そういう話じゃないのです。きちんとしましょう。あなたは初めに《急いでくれ》って言われた。それなのに今になって、その結果の支払いを拒んでおられるのです。」

「いつ私が急ぐようにって言ったかね？　とにかく、そのことがどう関係しているの？」

「どう関係しているって？　大ありですよ。僕が駅からあなたを乗せたとき、どう言ったか？《カプリの水中翼船へ――急いでくれ》。そうではなかったのですかい。」

「まあ、いいかね。《カプリの水中翼船へ》と私が言い、《急いでくれ》って頼んだとしても、どう見たって、車の運転をする責任者はあんただけだ。」

「もちろんです。でも赤信号を通り抜けることが僕の関心事だった、なんてことがどうしてありますか？そんなことをしたのも、あなたを喜ばすため、できるだけ早く水中翼船へ到着するためだったのですぜ。働いて金儲けする代わりに、損をしなくちゃならん、なんてこともして、どうして生計を立てられますか?」

「それじゃ次は赤信号を抜けることはしないでくれ。」

「ほんとうは儂が抜けたのは黄信号でさ。あなたのことは知りません。ともかく、警官がきますから、どう言うか聞くとしましょう。」

「すまんが、警官がどう言うというのかね? 運転手が赤信号を通り抜けたとしたら、乗客の免許証が取り上げられるってこと?」

「分かりません。見守りましょうや。」

警官がゆっくりと近寄り、軍隊式の挨拶をしてから、言った。

「免許証と車検証を。」

「すみません、婦人警官さま――タクシー運転手は要求された証明書を取り出しながら言うのだった――あなたは労働者ですね? ここで一日中、雨が降ろうが晴れようが、交通を取り締まっていらっしゃる。儂も労働者ですが、ここの紳士はカプリへ行くところです。あなたはどちらが罰金を支払うべきと思います?」

「まあ!――と警官は笑った――そこの紳士が自発的に分担しようとされるのなら、何も異論はないですよ。」

「分担するの、しないのって? 私はびた一文支払いませんぞ!」

「まったくだ――とタクシーの周りに群がった野次馬の一人が言った――紳士は正しい。罰金を払うのは運転手だ。でも紳士も分かるべきだね、後で損害をカヴァーするに足るチップを彼に支払わねばならぬことを。」

「こりゃ、息子たちのパパだ!――(È padre di figli!)〔養う家族がいるんだ〕と老婆がタクシーの窓の中へ顔を入れて付け加えた――この男は数リラを儲けようとしているのに、カプリに行こうという紳士のために罰金をすっかり払うなんてことはできはしないわ。」

「婦人警官さま――とタクシー運転手は車を出て、きちんと話をつけようとして言うのだった――儂は乗客をつかまえる前に三時間もガリバルディー広場で行列をつくり、この紳士を見かけたとき外国人と信じ込んだのです。もしナポリ人で、しかも少々しみったれだって分かっていれば、乗せるのを拒んだでしょう……。」

「ちょっと――と私は腕時計を見ながら言った――私を送ってくれるのかい、さもなくば歩いて行くよ。こんなことをしていたら、水中翼船に間に合わない。」

「ほら、急いでいるって認めたね！」と運転手は勝ち誇って言った。

「オーケー、オーケー――と警官――今回は見逃してあげますよ。でもいいですね、次回には倍額支払うことになりますよ。楽しみに出かけるときには、急いではいけません。さもないと、どんな楽しみも消えてしまいますからね。」

私のタクシーはこうして、満足気に笑っている群衆の真ん中を通り過ぎた。

「万事うまくいって良かったですね、ドットー――と運転手は到着したときに言った――誓って言うけど、あの警官があなたに罰金を支払わせたとしたら、儂はほんとうにお気の毒と思ったことでしょうよ。」

「いくらかい？」私はタクシーを降りるとき、単刀直入に訊いた。

「あなたが決めてくださいな。」

第5章　先生

眠りよ、天から来たれ、
やって来て、この幼な子を眠らせておくれ、
お願いです、この子は赤ん坊なのですから。
眠りよ、来たれ、遅れずに。

わが心の甘き宝よ、汝の上に
眠りが来たらんことを、
そっと、そっと。そして
汝の可愛い目を閉ざさんことを。

　リグオーリの聖アルフォンソ『牧歌（子守歌）』

「いやぁ、先生！　ご機嫌いかがですか？——とサルヴァトーレはベッラヴィスタ家に入りながら言った——有名なナポリの科学者であられる技師デ・クレシェンツォをお連れしました。アメリカの電子頭脳を発明したと言われている人です。」

「なんてことをおっしゃいます？——と私はサルヴァトーレの紹介を妨げようとして言った——私は科学者じゃありませんし、何一つ発明したこともありません。」

「先生、彼の言葉に耳を貸さないでください――とサヴェーリオは平然と言った――この技師は謙虚なのです。聞くところでは、彼は卒業したとき、アメリカから厳命が届いたようです、どこか敵国が彼を採用する前に、どれだけの値段でもひったくるようにって。」

「あれまあ！――と私は抗議した――どうしてあなたたちはこんな馬鹿げたことをいっぺんにでっち上げられるのです？」

「言わせてあげてください――とベッラヴィスタ先生は微笑しながら、私の手を握った――言わせてあげてください。これはあなたへの称賛を示すやり方にほかならないのです。ところで結局のところ、あなたにも責任の一端はあるのですよ。あなたが測量技師になるだけに留まっていたとしたら、あなたを技師と呼ぶだけでみんな満足していたでしょう。しかもあなたはすでに立派な技師になっておられる以上、あなたに敬意や共感を示そうとしたら、せめて科学者として紹介する以外に何ができるというのです？」

「先生、あなた方が部屋に入られる間に、私はワインを取ってきてもよろしいでしょうか？」

「いい考えだ、サヴェーリオ。君はどこにあるか知っているから。ワインのほかに、妻に頼んでグラスも持ってきなさい。でもちょっと待てよ、技師さんはコーヒーをお望みかもね。」

「いいえ、どうも。私もサヴェーリオが高く評価しているレッテレのワインを飲みたいのですが。」

「それは好都合。実を申しますと、妻のコーヒーは自慢するほどのものじゃないのです。」

「正直言って、家庭でつくったコーヒーはバルで飲むコーヒーと同じということは決してありません。」

「いや、いつもそうとは限らないですよ――と先生が異論を唱えた――愛情をこめてつくったコーヒーは素晴らしいものとなりうるのです。コーヒー・ポットの中のコーヒーの質の良し悪しは、それをつくっている人と飲むはずの人との間に好意があるかどうかで決まるのです。」

「儂のアスンティーナがつくるコーヒーはまずいな!」とサヴェーリオはワイン・ボトルとグラスを持ちながら言った。

「ねえ、技師さん、知っておいていただきたいのは、コーヒーはたんなる液体じゃなくて、言わば、液体と気体の中間みたいなものだということです。要するに、調合物であって、口蓋に触れるや否や、昇華し、下がる代わりに上昇し続け、ついには脳髄の中に入り、そこでさながら連れみたいに住みつき、こうして人は何時間でも働いたり考えたりすることになるのです。それにしても今朝のコーヒーはなんと素晴らしかったことか!」

「私たちの事務所ときたら――と私は言った――もうほとんどバルに出かけることもなくなっている。各階に自動販売機が設置してあり、コインを入れてボタンを押すだけで、エスプレッソかカップチーノを砂糖入りか砂糖なしで好きなコーヒーを飲めるんだから。」

「アメリカの機械だね、技師さん」とサルヴァトーレ。

「いや――と私は笑いながら答えた――たぶんミラノ製でしょう。」

「ミラノ人であれアメリカ人であれ――と先生は言い返すのだった――同じ種族に属しているのです。つまり、コーヒーは飲まれるべき飲み物だと信じている種族に。だから思うに、こういうコーヒー機の発明は最悪なことなのです。個人の感情への侵害だし、この問題は人権委員会に提訴すべきでしょう。」

「それはそうだが、でもちょっとやり過ぎのように思います。」

「いやまったく。技師殿、文明人にはコーヒーを飲みたがる欲求を覚えるとき、飲みたいからではなくて、人類との接触を更新する必要を感じたからなのだということを上司に説明する義務があるのです。だから、彼はやっている仕事を中断し、一人、二人の仲間を誘い、日に当たりながら好みのバルまで足を運び、誰が支払うかについての些細な口論に勝ち、レジの少女にお世辞を言い、バーテンダーとスポーツの話をいくらか交わし、ただし好きなコーヒーについてはいささかのヒントも与えないで——だって、真のバーテンダーなら客の好みをすでに知っているはずですから——おくべきなのです。これはみな、儀式、宗教みたいなものなのであって、コインを入れれば無名の味のない液体が出てくる機械と置き替えられるなどと、誰も私を説得できはしませんよ！　考えてもください。ヴァチカンが各オフィスに自動販売機を設置して、教会に行く代わりに聖体拝領をすますことに決めたとしたら、どうでしょう？　信者が近づき、ひざまずき、コインを投入し、そしてテープレコーダーに向かって告解します。それから、起き上がり、別の方向にひざまずき、もう一枚コインを投入すると、機械の手が信者の口の中に聖体《ホスチア》を置く。その間、初めに曲を選んでおいたジュークボックスが、グレゴリオ聖歌とかシューベルトの『アヴェ・マリア』を奏でるのです。」

「先生のおっしゃるとおりです——とサルヴァトーレ——コーヒーは敬意、敬虔をこめて飲まねばなりません。私は思いだします、ナポリのマテルデイのバルのバーテンダーが、私がスポーツ紙 *Sport Sud* を読みながらコーヒーを飲んでいただけで怒りだしたのを。彼は言いました、《何やっているんです？　気晴らししてるんですか？》って。」

「誰か来客ですよ――とサヴェーリオがベルが鳴ったときに言った――たぶんルイジーノかな。開けに行きます。」

ルイジーノが入室した。紹介と挨拶がすみ、それからサヴェーリオはルイジーノのための椅子と、自分用のワイン・グラスを取りに行った。

「ルイジーノさん、お元気ですか？――先生が言った――この一週間ずっと顔を見せていないね。」

「ええ、今週は大変忙しかったんです。火曜日にはヴァイオリン奏者の音楽学校教師ブオナンノ先生が訪問することになってました。ブオナンノ先生は男爵の旧友で、ときどき私たちのところへ何か演奏しにやってきますが、誓って言うと、今回は別格でした。演目の一つは正確には思い出せないけれど、バッハのものでしたが、それはそれは素晴らしかった……。実は私たちは家具をほとんどみな売り払ったもので、男爵の家が言わば、ますます大きくなり、ますます教会みたいになったために、ヴァイオリンの音が異常にはっきり響くのです。ハーモニーが家全体を満たすかと思えるときもあれば、逆にあまりにか細く響いたため、それを破るのを怖れて息を止め、頭皮がちくちくする感じさえしたほどです。」

「ルイジーノ――とサヴェーリオが訊いた――その先生がいつかこちらにきていただいて、私たちのために演奏してはもらえまいかね？」

「さあ、どうだか。頼むことはできるでしょう。」

「やってみておくれ、急ぐんだ。この技師さんがナポリに滞在するのは、クリスマス休暇だけなのでね。」

「クリスマスに関しては、男爵と私はプレゼーピオ〔キリスト降誕の場を人形で表わした模型〕を毎年のように作り始めたのですが、羊飼いたちを箱から取り出したり、埃を洗い落としたり、壊れた腕や足を魚のり（アイジングラス）でくっつけたりするだけで二日間も費やしてしまったのです。」

「プレゼーピオは——と先生は言った——私たちナポリ人には大変重要なものです。ところで、技師さん、あなたはプレゼーピオとクリスマスツリーと、どちらがお好きですか？」

「もちろん、プレゼーピオです。」

「それを聞いて満足です——と先生は私の手を握りながら言った——お分かりのように、人類はプレゼーピオ派とクリスマスツリー派に分かれます。それというのも、世界は愛の世界と自由の世界に分かれるからです。でもこの問題は長い話になりますから、別の機会に譲るとして、今日はプレゼーピオとプレゼーピオ派の話をしたいのですが。」

「先生、頑張ってください——とサルヴァトーレ——プレゼーピオの話をしていただければ、みんなここで拝聴しますよ。」

「それじゃ、今しがた言ってきたように、プレゼーピオ派とクリスマスツリー派への人類の区分ははなはだ重要だから、私見では、それは身分証の上に、性別と血液型と一緒に並記すべきじゃなかろうか。そうだとも。だってさもないと、婚約者たちが結婚した後で初めて、クリスマスについて両立しがたいことを発見しても遅すぎるだろうからね。私が誇張していると考えられるかもしれんが、そうではない。クリスマスツリー派とプレゼーピオ派とでは価値基準がすっかり異なる。前者はスタイル、お金、パワーを重視するが、後者は愛と詩に優位を置いているのです。」
「この家じゃ——とサヴェーリオが言った——私たちはみんなプレゼーピオ派ですよね、先生？」

「いや、みんなというわけじゃない。たとえば、妻も娘も、ほとんどの女性と同じようにクリスマスツリー派だ。」

「アスンティーナはクリスマスツリーが好きなんだ」とサヴェーリオは小声で呟いた。

「二つのグループどうしの溝はとても深いから、お互いに意思疎通さえできない。妻は夫がプレゼーピオを組み立てるのを見て、《どうしてアイジングラスで家全体を仕上げる代わりにウーピム（スーパー）へちゃんとした既製品を買いに行かないの？》と尋ねる。夫は答えない。クリスマスツリーは安ぴか物で飾りつけて、キャンドルに点火したときだけ美しいし、ウーピムで買ったときはまさにそうなのだが、プレゼーピオはそうじゃない。プレゼーピオの美しさは、準備しているときとか、それを考えているときにもある——《クリスマスが近づいたから、プレゼーピオを作ろう》ってね。クリスマスツリー愛好者は消費主義者だが、逆にプレゼーピオ派は上手でも下手でも、創造者になるし、彼の福音書は『クピエッロ家のクリスマス』*なのです。」

「先生《プロフェッソー》、私もそれを観ましたよ。エドゥアルドが《プレゼーピオ（presebbio）は儂が独力で全部作ったんだ、家族の意志に反してな》と言っている場面を覚えていますよ。」

「羊飼いたちは——とベッラヴィスタが続けた——少々下手くそでも、手製でなくちゃならない。とりわけナポリ中心部のサン・グレゴーリオ・アルメーノで生まれたものでなくちゃいけない、ひどく人工的に見える、ウーピムで売られているプラスチック製の像なんかじゃなくてね。同じ羊飼いがくる年もくる年も使われなくっちゃ。多少壊れていてもかまいはしない。大事なことは、家長が一つ一つの名前を知っていて、それぞれの羊飼いについて少しばかり話ができることさ。《これは働くのが嫌いで、いつも眠っていたベニート、これは山の上で羊たちを見張っていたベニートの父親、これは奇蹟を目撃した羊飼いだ》って。だから、羊飼いたちが箱から取り出されるにつれて、適切に紹介されるわけだ。そして毎年、父親は羊飼いたちをもっとも幼い子供たちに紹介するし、毎年クリスマスがやってくると、子供たちは彼らを再認識し、あたかも家族の一員であるかのように愛するようになる。歴史的には受け入れがたい、修道士とか、銃を持つ狩人、といった、生きた人びとをもね。」

「さらに先生、コックや、テーブルの傍に座したカップルや、メロン売りや、野菜売りや、栗の実売りや、ワイン商や、肉屋……もいますよ。」

「どうやら――とサルヴァトーレが言った――生計を立てるために当時は夜まで働かねばならなかったらしいな。」

「……それに、洗濯女もね――とサルヴァトーレは続けた――ニワトリを抱えた羊飼いや、プレゼーピオの背後に取りつけた灌腸用袋からしたたり落ちる水の中で実際に漁をする漁師もね。」

「私のパパは――とルイジーノが言った――多少壊れた像をいつもうまく調整して、それらに片腕とか片足が欠けていても誰にも気づかれないようにしていたんです。よく口ぐせにしていました、《ルイジーノ、片足しかないこの哀れな老羊飼いのために抜け目のないポーズをパパが今見つけるからな》。こうして、垣根とか壁の後ろにこの像を置いたのです。また、私たちの羊飼いたちが毎年何かをなくし、とうとう頭しか残らなくなると、パパは小箱の窓の後ろに置いたのを覚えています。パパは古い薬箱から家を作り、その内部に明かりをつけ、そして一年中私が何か薬――たとえば私の嫌いなシロップ――を飲まねばならなくなったとき、その箱を取り上げて言ったものです、《ルイジーノ、この箱はクリスマスがやってくるときのために保管しよう。プレゼーピオのために素敵な家を作ってみせよう。でもまず、お前は薬を飲まなくちゃならん。さもないとどうやってパパが家を作れよう？》と。」

「それから真夜中に――とサルヴァトーレは続けた――みんな行列をつくり、家中を歩きながら《御身は星々より降れり》（Tu scendi dalle stelle）を歌ったものだ、家族で最年少者は御子イエスとともに先に立ち、ほかのみんなは火のついたロウソクを手に後ろに従ってね。」

「おお、プレゼーピオ！　アイジングラスの匂い、山々用のコルク、雪の代用の小麦粉……。」

＊　エドゥアルド・デ・フィリッポ作の映画。プレゼーピオが主題になっている。（訳注）

第6章　ゾッロ

「アントニオ・カラマンナです、どうぞよろしく。招待券はございません。社長は外出中で、いつ戻るか分かりません。」

「ありがとう――と私は言った――でも私は招待券のためにきたわけではありません。ナポリ・ファンについての何か情報を集めに参りました。あなたは彼らと長年かかわってこられたとお聞きしていますので、何か知らせていただけないかと思いまして――半時でも時間を割いていただけるならば。」

「長年とおっしゃいますか？　旦那、私はアレナッチャ時代からずっとナポリ・サッカー・クラブに仕えさせてもらっています。センチメニティ、プレット、ベッラ、ミラノ、ファッブロ、グラマリア、ブザーニ、カッペッツリーニ、バッレーラ、クワリオ、ロセッリーニの。それから、終戦後、ヴォーメロのリベラツィオーネ・スタジオン（今日のコッラーナ・スタジオン）に移り、最後に、ご覧のように、サン・パウロに移りました。ここではポルトガル人（ゲート破り）、やくざ、テディボーイ〔一九五〇年代および六〇年代初頭の英国の非行青少年たち〕を取り締まる仕事をしています。」

「ゲート破りは多いのですか？」

「ほんとうに重要な試合では、一万一千人ぐらいが支払わずに押し入ります。もちろん、これには正真正銘のゲート破り、つまり厳密には不法な手段で入る者ばかりか、チケットや招待券を所持した者も含んでいます。でもよろしければ、こういう数字の内訳をお知らせしましょう。どの試合でも招待券やチケットを持った観衆が四千人おり、にせチケットを持ったのが三千人、ゲート破りが四千人おります。こういう一万一千人の群勢に対して、私アントニオ・カラマンナは勇者のパトロール隊の先頭に立って、隔週の日曜日に無慈悲な闘いを挑んでいるのです。」

「でも、どうしてそんなに多くの無料招待券を出すのですか?」

「ナポリでは無料招待券は勲章のようなもので、上流種族に帰属している証明書なのです。彼らがスタジアムの係員に無料招待券有資格者であることを表情に浮かべるときの勝ち誇ったありさまを見るためには、入口に立ってみるべきでしょう。ナポリ人が《私はサッカー試合で支払ったことがない》というのは、《私の先祖はかつて十字軍で戦った》というようなものなのです。要するに、ナポリの誰かがチケットに支払わねばならないとしたら、それは落ちこぼれを意味し、誰にも知られず、ろくでなしと見なされているということなのです。」

「では正真正銘のポルトガル人たちは?」

「そうですね、彼らは二種類に大別されねばなりません。つまり、暴力を用いて入るのと、頭をつかって入るのとに。前者は私たちにあまり面倒をかけません。警官をうまく配置したり、ゲートに二重柵を設けたり、スタジアムの周囲の壁を見張ったりするだけでよいからです。もう一方のずるい侵入者たちは、逆にもっと危険です。彼らはあの手この手を考え出すからです。次の日曜日の試合にいらしてくだされば、百人にも相当するひとりゾッロをお見せしますよ。」

「ゾッロですか?」

「はい、そう呼ばれています。いつも何とかしてただで入り込み、試合後には私のところにやってきて、片手は拳《こぶし》を握りしめ、もう片手は前腕に掲げて、言わせてもらうなら、《ゾッロの合図》を私に送るのです。」

「それで、どうやって彼は入るのです？」と私は笑いながら尋ねた。

「毎回違ったやり方でですよ、先生《ドットー》。思うに、彼は日曜日にどうやって無料で入場するかを考えて一週を過ごしているようです。彼は言っているのです、《パピヨンが脱出の師匠だったとしたら、俺は侵入の師匠だ》と。」

「彼のエピソードを何か語ってくれませんか？」

「ゾッロの血は親代々受け継がれたものです。父親はスタディオ・デッラ・リベラツィオーネでの劇的な試合の折に、ナポリ公衆には忘れ難いものとなったのです。ナポリがポローニャと3対3で引き分けた。ファンがフィールドに侵入し、そのためペナルティ・キックが科され、ポローニャが2点、ナポリが0点になった。ナポリを負かすためにレフェリーがミラノから送り込まれなかったとしたら、明らかにナポリが勝っていたでしょう。ここで説明しておかねばなりませんが、私はこんなことには反対なのだけど、どのイタリア人レフェリーもいつもナポリ・チームに害をもたらしてきましたし、それだから、ナポリ・チームがチャンピオンシップを獲得したことがないのです。来年は違っていると望みたいですが。でも今しがた言ったように、最後にレフェリーが笛を吹き、ナポリに対してペナルティ・キックが科された。さあ、大変。ファンがなだれ込み、殴り合いが始まり、フィールドはほぼ破壊された。レフェリーと二人の線審は更衣室に逃げ込み、警官とスタジアム警備員にしっかり守られたが、ファンたちの気分はますます狂暴になり、群衆が更衣室の周りに集まって、三人の審判に対し殺してやると叫んだ。このときです、ゾッロの父親が現われ、治安警察に加わり、怒り狂った群衆を押し戻し、なだめすかしたり、《静まれ、静まれ》と繰り返したりして、興奮した人びとの心を和らげ、治安警察から信頼をかち得、更衣室に入り、レフェリーを平手打ちしたのです。三試合が延期され、私たちは五十万リラの罰金が課せられたのです。」

「で、ゾッロですが、彼は何をしているのです?」

「どこから始めていいものやら、先生《ドットー》。ゾッロは私の生活を苦しめる原因なのです。試合前に私は入口をいたるところ見回りながら考えるのです、《今度はこの私生児めはどこに出没しやがるか?》って。一度奴は囲いの壁から数個の石灰岩を取り除けて穴をつくり、入場料を支払わせました——大人は五百リラ、小人は百リラの——。その後で用心深くその穴を埋めて、数週間続く試合の間、これを繰り返し行ったのです。試合になると、彼とその一味はさながら中世の襲撃隊みたいに、梯子やロープや鉄鉤やさまざまな用具を備えてやってきて、鉄柵を広げたり、有刺鉄線を切断したりしたのです。」

「それで、一度も捕まらなかったんですか?」

「たった一度だけです。彼と一味がアルジダのアイスクリーム・トラックの冷蔵庫の中にいるのを見つけたのです。凍って死にかけていました。彼らを解凍するのに半時間も太陽にさらさねばなりませんでした。」

「ほかにはどんなトリックを考えたのですか?」

「想像できる限り、何でもですよ、先生《ドットー》。たとえば、私たちが身体障害者に無料入場させていたときには、彼は巧みにあごひげと口ひげで変装して身体障害者の車椅子で入場し、しかもその折に、一人千リラで二十人のにせ障害者に車椅子を貸し出したのです。別のときには、駅にレフェリーを迎えに行き、審判付き添い人としてスタジアムに入り、VIPボックス席に座らせられなかったと言って、かんかんに怒ったのです。要するに、先生《ドットー》、私は言うべき言葉もありません。救急車がサイレンを鳴らして入ったり出たり。何人か負傷者が出たと思うでしょう。いやまったく。これはゾッロが家族をスタジアムに運んでいるのです。」

「つまりは旦那《カヴァリエー》、どうやらあなたはお手上げしたってことですね。」

「いや、決して。先生《ドットー》！　たとえば、警官の制服が十二着盗まれたことを知ったのです。この犯罪の裏にはゾッロがいると確信できるでしょう。私はもう奴への準備ができているのです。このアントニオ・カラマンナは決して降参しません。この日曜日の試合を観にやってきてください。そうすればきっとご満足させることができるでしょう。それはそうと、先生《ドットー》、考えてみると、私にはもう一枚無料招待券が残っています。これをお受け取りください。日曜日の試合はひどく重要なものなのですから。フィオレンティーナと試合することになっているのですが、私どもは安心しているのです。トレーナーが言うには、《今年のナポリはイタリアで一番のチームだ》とのことですから。ナポリ万歳ですよ、先生《ドットー》！」

第7章　愛と自由の理論

「タバコを消しなさい！」とバスの車掌が呼んだ。

「でも、コーヒーを飲んだところなんだ。」

「そう、それならかまわんよ。」

A・サヴィニャーノ

「先生《プロフェツソー》、白状しますが、私はナポリに関してはいつも対立した感情を覚えるのです。ときにはこれを愛するが、ときにはひどく嫌う。どうしてなのかは説明できませんが、世界中を回っているとノスタルジーに苦しめられるのです。でもナポリに戻ると、とてもここにはいたたまれなくなるのです。」

「ねえ、技師さん――とベッラヴィスタ先生が応じた――それはまったく正常なことですよ。大半のナポリ移民たち、とりわけ或る水準の教育を受けた人たちは、ナポリの『力』を失う――身体的な言い方をすると――や否や、生まれ故郷で二、三日という短い期間を超えて生き残ることがもやはできなくなるのです。」

「これはまことに悲しいことですね――と私は続けた――なぜって、ご存知のように、私がナポリを出ていると、ナポリを必死に防御するし、正直言って、他人を理解したり自分を理解してもらったりするという何らかの希望を持てるのは世界で唯一この都市だけだと信じています。ナポリ人でない私の友人たちは、いかに感受性に富んでいても、決して私たちの文化の中には入れないのですから、彼らが気の毒になることもあるのです。ここでナポリの『文化』と言っても、ディ・ジャコモとかヴィヴィアーニとか、デ・フィリッポとかの詩だけを意味しているのではなく、私たちの先祖の知恵、彼らのバランス感覚、彼らの言い方、要するに、ひどい表現をつかえば、《ナポリ哲学》と呼ばれてきたすべてを意味しているのですが。」

「でも、どうしてこの表現をひどいと考えるのです?」とベッラヴィスタが私に訊いた。

「というのは、逃避と寄生生活から成る、ノン・ポリの下劣な哲学だ、と一般に見なされているからです。」

「可哀そうに《マンマ・ミーア》！　何とまあこのナポリ哲学をひどく描いたものですな！」

「ほかに何と申し上げたものやら？　先生。ナポリに対しての異常な愛情がなければ、耐えられなくなることがあるのです。たとえば、先週の土曜日に中央駅に到着したときのことです。列車から数歩出たばかりで、ウィスキー・ボトルや、ポルノ写真や、時計を売ろうとする者、それから、私のスーツケースを運ぼうとし、運んで欲しいか尋ねもしないで無理矢理ひったくる者、こういう連中に襲われたのです。さらに、こんな連中が百人も群がったのです——ホテルへの無法タクシーを申し出たり、アヴェルサの精神病院に入っている母親を訪ねるために汽車賃をねだったりして。駅の外にはなんでもありでした。交通混雑、絶えず理由もなく鳴らしっぱなしのクラクション、ぶつかってくる者、誰も列を守らず、みんなが大声でしゃべり、世界最悪のメニューを出す人手不足のレストラン、コーヒーで汚れた砂糖が入ったバルの砂糖壺、地下鉄の汚らしさ、道路の喧騒、ヴォリュームいっぱいに上げたラジオ、どこもかしこも騒音だらけです。」

「それだけですか?――とベッラヴィスタは平然と尋ねた――あなたの言うことを聞いていて、親友ヴィットリオ・パルオット博士のことを思い出しました。ご存知でしょう?」

「いいえ。」

「パルオット博士が五、六年前にミラノに引越したのはビジネスのためでしたが、今では強大なコンサルタント会社の強力な社長ですが、その社名は思い出せません。でも、ヴィットリオがミラノに引越してからは、彼は言わばスポイルされてしまい、以前ナポリでは日常生活のもとになっていたものが、今では彼には耐えがたくなってしまったのです。実はヴィットリオは愛の世界の騒音を和らげるあの生まれつきの消音装置《マフラー》をなくしてしまい、結果、彼の価値基準が変わったのです。今日ではヴィットリオ・パルオットは効率と生産性を基本美徳と見なしており、これらの推定美徳がもたらす副次的な否定的結果を忘れる危険に陥っているのです。」

「あのヴィットリオ博士はクリスマス近くになるといつも先生に会いにやってきますね」とサルヴァトーレ。

「実のところ、ここ数日来やってくるものと待っているところです――と先生は私のほうを向いて言うのだった――いつかまたいらっしゃっていただければ……。」

「それは光栄です。」

「そのときには、わたしの友人にして敵なるパルオット博士をご紹介しましょう。」

「友人にして敵だって! 先生の言われるとおりだ――とサヴェーリオが言葉をはさんだ――お二

人は互いに猫と犬みたいだし、ここでいつもけんかばかりしていますね。賭けてもいいけど、この頃お二人は冗談の度が過ぎて、殴り合っておられるのでは？　むしろ私はいつもお二人に言っているのです、《大したことではないでしょうが》って。ナポリはそういうところだし、ここを誰もどうすることもできはしません。ヴィットリオ博士がミラノをそんなに好むのなら、ここにやってきて興奮する代わりにずっとミラノに居ればいいでしょう？」

「私はかつて一度だけ、北イタリアに行ったことがある——とサルヴァトーレが言った——ペスキエーラのガルダ湖で軍務に就いていたんだけど、あの湖の辺は静かでね。そのため、毎晩頭痛を抱えて就寝したものだった。あそこには霧もあった。神は言われたのではないかな、《こんな霧をどこに置くべきか？》って。今の私なら、それをポー川の谷に置くよ。あそこに住んでいる北部人たちはひどくふやけているから、そんなものに気づきさえしないだろうからね。」

「この理論では——と先生は付言した——サルヴァトーレにはオスカー・ワイルドという有名な先駆者がいたのです。彼も言っていたのです、《霧が働く意欲を湧かすのではなくて、働く意欲が霧をもたらすのだ》と。」

「われらの先生はなんと素晴らしいことか！——とサヴェーリオが叫んだ——なんでもご存知だ！」

「でもナポリの話に戻るとしよう——と先生は続けた——私見では、ナポリの生活が極端に走り、ひどく誇張的だということが、私たちに疑わせたり反省させたりするのではなかろうか。外国人が初めてナポリに出くわしても、自らの標準で性急な判断をしたり、ナポリが非文明的だと見なしたりするのは慎しむべきだろうね。反対に、人が住みついているばかりか、たいそう有名でもある、こういう住めぬ場所のあることを見て、コインの裏側、何か違った埋め合わせが存在するに違いない、と悟るべきなのだ。」

「先生《プロフェッソー》、私たちは全身を耳にして聞いているのです――とサルヴァトーレが言った――その埋め合わせとやらについて話してくださいよ。」

「ねえ、君たち、そういう埋め合わせは私たちの周りの日常生活にあるんだが、それを理解するには、まず私に愛と自由の理論を要約させてくれなくてはいけない。さもないと、ナポリ式生活の長短を測るのは極めて難しいだろうから。」

「私の間違いでなければ、その理論は前に一度言及されましたね――と私は言った――今それを説明してくださらない理由はないでしょう?」

「お急ぎですか?――と先生が訊いた――すぐに出かけなくてはならないのでは?」

「いや、そんなことはないです。」

「誰かが譲歩しているみたいだ!――とサルヴァトーレは言った――私は先生がヴィットリオ博士にそれを説明されたと以前聞いていたけれど、あのときはあまり詳しくは分からなかった。だから、先生がもう一度説明くださるなら、ありがたいです。」

「喜んで。でもお願いしますよ。この理論は愛と自由というキーワーズを規定するのが難しいので、そんなに簡単ではないから、初めから注意を払って聞いてくださいよ。」

「どうして注意しないわけがありましょうや、先生《プロフェッソー》!――とサヴェーリオが叫んだ――先生のお話は大変面白いだけでなく、ご苦労に感謝もしています。でも、ちょっとよろしいですか? 始める前に、ワイン・ボトルをもう一本取りに行かせてくださいな。お話中に儂が立ち上がって行き、大事な箇所を聞き洩らしてしまうようなことがないようにするために。」

「サヴェーリオときたら、ワインがあればなんでも面白くなるんだから――とサルヴァトーレは意地悪を言った――でも先生《プロフエッソー》、おかまいなく。ゆっくりとお話しください。私どもはほかにやることもないし、みんなが言わば、休暇中なものですから。」

「それは先生ご自身の理論なのですか？」私が尋ねた。

「いや実は、愛と自由について最初に話してくれたのはミラノの私の友人ジャンカルロ・ガッリなんです。その後、彼のアイデアを出発点にして、私がこれを深めて、エピクロスの哲学と結合させたのです。さて、サヴェーリオがワイン・ボトルを開けて席に戻りましたから、始めましょう。まず最初に明らかにしなくてはならないのは、そもそも愛欲とは何かということです。」

「あのことへの欲求ですな」とすぐにサヴェーリオが答えた。

「いや、サヴェー、君の頭にいつもあるあのことは、今回は関係ないんだ。ここでいう愛とは、人が仲間に感じる本能的な欲求や他人への愛情のことなのさ。」

「先生《プロフエッソー》はオカマのことを言っているのですかい？」とサヴェーリオが介入した。

「なあ、サヴェーー！　さっき言ったように、この理論はセックスには関係がないんだ。君はワインでも飲んで、少し黙まって聞いていてくれよ！　君がずっと邪魔し続けると、どこまで話したか忘れてしまうから。この理論からして多少込み入っているのに、ちょっかいまでされてはね！」

「ご心配には及びません、先生《プロフエッソー》――とサルヴァトーレが言った――サヴェーリオのことは私にお任せください。」

「それでは、愛とは私が言ってきたように、私たちに隣人の仲間を求めさせる感情であり、愛の行動は私たちが人生の喜びや苦しみを他人と共有しようとするときに現われるすべてのものなのです。同胞へのこういう衝動は本能的なものです。人類学者ならきっとこれを原始人の防御機構と見なすことでしょう。原始人は他人との同盟によって、生き残る可能性が増したでしょうから。もちろん、愛する能力は人によりけりです。だから、誰も愛せない自己中心者、家族だけしか愛さない者、同国人しか愛さない愛国者、全人類を愛する博愛主義者、そして最後に、世界のあらゆる顕現を同じくらい強く愛した聖フランチェスコが居るわけです。」

「先生《プロフェッソー》、儂も全人類に愛を感じていますよ――とサヴェーリオが言った――儂にはどうして一国民が他国民と戦争しだすようなことになるのか分からない。ちょっとだけ踏みとどまって考えてみれば分かるだろうに――戦争しようとしている相手が自分自身と同じ人間だし、彼らにも母や妻や子供が居て、家庭で待っていてくれるのだ、ということが。そしてもしこういうすべてのことが分かれば、どうして彼の家に爆弾を投下したりできようか？　おお神様《ジエズー、ジエズー》、こんなことをときどき考えると、儂の気は狂いそうだ！」

「それじゃ、サヴェーリオ、君はたとえば、イタリア人とアメリカ人、またはイタリア人と中国人とを区別しないのかい？」

「いやまったく。儂としては、みんなが人間だし、みんなを同じように愛しますよ。」

「ナポリ人であってもかい？」

「そいつは別の話でさ！　ナポリ人は儂らの血肉だし、世界のどこかでナポリ人に出会ったとしたら、右腕だってくれてやるよ。でも今話しているのは人類であって、ナポリ人じゃない。」

「でもねえ、サヴェーリオ君――と先生は続けた――人類を愛するのは簡単だが、隣人を愛するのは難しいのだ。キリストが言ったのも、《汝自身のように人類を愛せよ》ではなくて、《汝自身のように隣人を愛せよ》ではなかったかい？　なぜだか分かるか？　隣人とは言葉からして、きみの近くに居る者、地下鉄で近くに座っていて、ひょっとして臭い者、きみの後ろに並んでいて、前に出たがっている者、要するに、きみの個人的自由を脅かす者であるからなんだ。」

「そうすると先生《プロフェッソー》――とサルヴァトーレが言った――おっしゃっていることは、善人でありしかも隣人を愛したいと欲するのであれば、人は臭さに耐えねばならぬということですよね。」

「そのとおりだ、サルヴァトーレ。そしてもしきみが臭みを好まないのなら、きみは愛の人ではなくて、自由の人だということを意味している。」

「それはどういうことですか？」とサルヴァトーレが訊いた。

「説明しましょう。ここで自由を欲するとは、各人の親密性を守りたがることなのです。このインティミタ（intimità）なる用語はたぶんあまり良いものではないかもしれません。一般に用いられるのは、自分自身だけに限られた生活面を指すためですが、逆に私たちが守ろうとしている私的な分野は実ははるかに広くて、行動の自由から思想の自由にまで及んでいるからです。たぶんイタリア語にはふさわしい用語がないのでしょう――このことはイタリア人の性格にかなりの光を投じてくれます――が、英語にはこの欠を補ってくれる用語『プライヴァシー』（privacy）があるので、これを借用しましょう。これはたんに感情ばかりか生き方をも表わしているので、結論としては、自由への欲求とは、私たちのプライヴァシーを守ろうとする欲求であると同時に、他人のプライヴァシーを重んじようとする欲求でもある、と言えるのです。」

「あなたの推論に従うと——と私が言った——私たち各人にはみな、比率は異なるが、愛と自由という、これら二つの衝動があり、しかも両者はあなたの定義によると、望ましいとはいえ、いつも相互に対立している。だから、独りぼっちのときには仲間をやけに探すことになることがあるが、場合によっては或る人との結びつきがあまりにも固いときにはそっとほったらかして置いてもらうことを切望するというのですね。」

「そのとおり」と先生が言った。

「先生《プロフエッソー》のおっしゃるとおりだ！——とサヴェーリオが介入した——愚妻アスンティーナにがまんできないときがあるんです。食後、儂がバルコニーに出て半刻ばかりうとうとしたがっているのを知っていながら、何たることか！　そのときに限って、何かとぼやきだすのです——《サヴェー、これはしたの？　サヴェー、あれはしたの？》って。ごちゃごちゃと、いつも耳元でですよ！　ところで、海辺のプロチダに家を所有しているいとこのところへアスンティーナが子供を連れて出かけ、《あんたもプロチダへ数日間やってきて、うちらが手に入れたゴムボートで子供たちに水遊びさせてみない？》——実は妻としては朝から夕方まで子供の世話をしてもらいたがっているのです——と言ってくる。儂はというと、家に独りぼっちで、もう何もすることもなく、狂人みたいに部屋の中を動き回っていたんです。そしてアスンティーナが戻ってきたとき、儂は到着の一時間半前に船着場に出かけたんですよ。」

「ねえ、サヴェーリオ。それは私が言わんとしてきたのにうってつけの一例だよ。君の場合だと、愛が自由に打ち勝ったんだ。」

「先生《プロフェッソー》、一つ申し上げてよろしいでしょうか?――とサルヴァトーレが尋ねた――仮に愛と自由が二つとも良いものならば、ちゃんとした人は二つとも持っているべきでしょう。要するに申し上げたいことは、人は愛の人であると同時に自由の人でもなければならない、ということです。私の説明がお分かりいただければの話ですが。」

「そのとおりですよ。これが優れた人間の特徴であるべきでしょう。ところが実際には、二つの理想はいつもぶつかり合っていて、互いに邪魔し合う傾向があるのです。むしろもっとも重要なことは、私たちがどちらかの方向に進むべきかを打ち立てることなのです――愛の方向か、自由の方向かを。」

「先生なら、どちらを?」とサヴェーリオが訊いた。

「この件に関しては西洋哲学でも中国哲学でもひどく異なる二つの流派があるのです。」

「おっしゃってください。」

「中国哲学者で墨子(Mo Tse)と言ってね、だぶん聞いたこともないと思うけれど……」。

「いや、ありますぜ!――サヴェーリオが遮った――ナポリ方言では毛沢東(Mao Ze-tung)と呼んでいますよ。」

「いや、それとは関係ないんだ――と先生が言い返した――二人は別人だよ。」

「でも、二人とも Ze 家系に属している――とサヴェーリオが主張した――先生のおっしゃる墨子は毛沢東の先祖かもしれん。」

「中国語の子（tse）は『師匠』を意味する——と先生は説明した——だから、毛は姓、子は職階、東は名なのだ。私が中国人だったら、『ベッラヴィスタ子・ジェンナーロ』と呼ばれているだろうよ。」

「で、その墨子は何をしたというのです、先生《プロフェッソー》？」

「世界中を愛せよ（使天下兼相愛）、と説いたんだ。他人の両親も自分の両親と同じように愛せよ、と。要するに博愛（兼愛）を説き、世の中の悪の根源を『差別』（別愛）に帰したんだ。」

「どういうことですか？」

「家族と他国者、市民と異邦人、等々を区別することさ。」

「この墨子というのは、私には少々行き過ぎているように思います——とサルヴァトーレが言った——彼によれば、私は自分の妻と、たとえば、モーロ首相とに同じ愛を感じなければならなくなるのでは？」

「何というこった《マンマ・ミーア》！——とサヴェーリオが叫んだ——そいつはあんまりだ！　なんと失礼な！　いいですか、先生《プロフェッソー》。仮にその墨子がナポリにやって来て、ここでそんなことを言ったとしたら、精神異常者として逮捕され、アヴェルサへ放り込まれたでしょう！」

「それとは反対に——と先生はこの介入を無視して続けた——別の哲学流派が展開したのです。道教です。道教の開祖楊朱は曰く、《良い生活をしたければ、自身のことしか考えず、他人の間で生活するのを避けよ》。こう言ってから、彼は入山し、二度と降りてはこなかったのです。」

「こんなのは哲学者ではない！——とサヴェーリオが言った——こういうのはぺてん師集団だな！」

「あまり焦らないで。墨子や楊朱は要するに愛と自由の、両極の唱道者だったのだが、その後、彼らの過激な立場はほかの哲学者たちによって中和されたのです。そのうちのひとり孟子は愛を三種に区分した。つまり、無生物への愛、生き物への愛、そして家族への愛に。そして道家のうちでも、老子と荘子は楊朱の個人主義的自愛説を正反対のもの、つまり、人間的精神主義に一変してしまったのです。」

「先生《プロフェッソー》、たぶん二人の中国哲学者のうちから選ぶとしたら、最初の者の哲学がましなように思うのですが」とサヴェーリオは言った。

「墨子のことかい？——とベッラヴィスタが言った——でも、彼のは必ずしも良くはなかった。だって結局のところ、道教がより実践的な哲学——荘子の哲学、つまり、中庸の哲学——を生みだしたのだからね。」

「そいつは素晴らしいですね、先生《プロフェッソー》。でも、こんな連中にあまりかまけないようにしましょう。彼らは中国人だし、私らとは別種族だ！——とサルヴァトーレが言った——先生《プロフェッソー》、中国人は一日におにぎり一個で文句も言わずに生きることに慣れているんですよ！」

「実を言えば——と先生は続けた——愛と自由との哲学的二元論を見つけるのに、わざわざ中国人に訴える必要はないのです。西洋にはたとえば、十九世紀にこの問題に関して重要極まる著書『共同社会と利益社会』（*Gemeinschaft und Gesellschaft*, 1887）を刊行したドイツの社会哲学者F・テニエスがいたのです。」

「こりゃまた驚いたわい！（Mamma bella d'o Carmine！〔「カルミネの美しき聖母」の意〕）」

「驚かないで。今ごく簡単に説明してあげるから——と先生は続けた——“Gemienschaft”とは、相互関係か友情に基づいているような共同体を、“Gesellschaft”とは逆に法律によって、つまり、みんなに平等な扱いを理論上保証する原理に依存した社会を分類するのにテニエスが用いたのです。ところで、これら二つは明らかに違った社会構造を持っています。前者はピラミッドのように垂直構造を成していて、頂上に親分が居り、だんだんと下へ向かって階層が分かれている。このタイプの社会は弱者の側に強者への臣従を要求すると同時に、みんなに相互協力を呼びかける。ゲマインシャフト社会は推薦状が通用するのです——《これは私の部下です》、《あなたのためには何でもいたします》、《面目ないです!》、《彼のことは私と同様にお受け取りください》、等々……といったような。」

「先生《プロフェッソー》、そんなことでおっしゃっていたのは何でしたっけ……」

「ゲマインシャフトのこと?」

「はい、そんなことでは、人生があまり快適だとは思いませんね——とサルヴァトーレが言った——だって、哀れな奴が、ナポリ式に言って、『天国の聖者たち』〈高い地位の友人〉を持たないとしたら、どこにも就職できず、棍棒を喰らうだけでしょうからね。一例を挙げましょう。これは友情に基づく社会だとおっしゃるが、仮に私がサヴェーリオのたった一人の友人であり、サヴェーリオが私の唯一の友人だとしたら、二人どうしでまさにこの瞬間、千リラさえかき集められないとしたら、友だちでいたくても、二人とも餓死することでしょうし、ナポリで言うところの、《盲人が盲人の手を引く》(Tieneme ca te tengo)ことになるでしょう。私の説明がお分かりいただければの話ですが。」

「おっしゃろうとしていることは分かりましたよ、サルヴァトーレさん。でも銘記しておいて欲しいのは、テニエスはゲマインシャフトの生活の質のほうがゲゼルシャフトのそれよりも優れていると主張したことは決してないということです。彼が指摘したのはただ、ゲマインシャフト型の社会が孕む問題そのものが、友情関係を生かし続ける結果になるということなのです。でも、テニエスの著書の説明を続けると、ゲゼルシャフトはゲマインシャフトとは異なって、アングロサクソン型の民主社会の特徴たる決定的に水平の構造をもつことに彼は注目したのです。奇妙なことですが、ドイツ国籍をもちながらも、テニエスはゲマインシャフト、つまり、愛に基づく社会への或る種の偏愛を隠してはいないのです。このことは、たとえば、彼が《心の温かい衝動》とか《冷たい知性の論理》と言うときに明らかとなるのです。」

「それじゃ、先生――と私は言った――マフィアは愛に基づく結社だとお思いですか?」

「そのことは自明だと思います。それは愛と力に基づくと同時に、自由に基づく結社でもあるのです。とはいえ、マフィアはゲマインシャフトの最悪面を代表しています、ちょうど官僚制度がゲゼルシャフトの最悪面を代表しているのと同じように。」

「では、先生のお考えでは、どれが愛の国民で、どれが自由の国民なのです?」と私が尋ねた。

「どの国民も完全に自由に基づいているとか、完全に愛に基づいているとかということはありません。どの国民の心にもこれら二つの感情は混じり合っているのです。ですから、これら国民を黒と白と呼び、地図の上に色づけすることにすれば、純白とか真っ黒とかは存在せず、灰色のあらゆる色調を帯びることでしょう。それでも、二つの地帯――一つはより黒くて、愛の王国と呼べるようなもの、もう一つはより薄色で、自由の共和国と呼べそうなもの――を区別することはできるでしょう。」

「儂の考えでは――とサヴェーリオが言った――儂らは愛の王国に居ると思うけど、正しいですかい、先生《プロフエッソー》?」

「そのとおりだ、サヴェー――と先生は肯定した――実際、ナポリは愛の王国であって、南イタリアの大半に広がる広大な領域のほかに、北ヨーロッパにも、たとえば、アイルランドや旧ソ連の若干の地帯にも拠点を持っている。」

「それじゃ、自由の共和国の首都はどこにあるのです、先生《プロフエッソー》?」

「私はいつも、それはロンドンだと思ってきました。」

「そこは儂が伯父フェルディナンドとピザ作りに出かけようと思っていた場所だ――とサヴェーリオが言った――行かなくて良かったわい!」

「ロンドンのことになると――とベッラヴィスタは続けた――夜中に独りぼっちで、バス停で行列をつくっている男を見たときのことをいつも思いだすなあ。」

「何だって? よく分からないなあ――とサヴェーリオが尋ねた――独りぼっちで行列をつくっていたって? 行列をつくっているとどうして分かったの?」

「道標の近くに立ち、ひとりも見えはしなかったが、他の乗客が並ぶことができるように、道路を右にじっとしていたからさ。」

「おやまあ!」

「でもそうなんだよ。英国人には他人に対して敬意をもつことは宗教みたいなものなんだ! たとえば、英国の代表的な住居には、玄関があり、小庭園を通って戸口まで続く小径があり、一階にはいくつかの客間があり、上階にはいくつかの寝室がある。ところで、今描写してきた家の隣には、同じ家が、さらにその先にも同じ家が続いている。つまり、あえて言うと、たった一つの戸口、たった一つの階段、いくつかのアパートのある、一個の大建築物を建てたほうが安上がりかも知れないのだ。ところが銘々が自分の玄関、自分の庭、私有階段をもちたがるものだから、隣人の名前も、誰が、何をしているのかも、その他隣人についてほかの何かも知らずに暮らすことができることになる。しかもさらに、隣人たちから知られずに、逆に自分のことも無関心で放置されることを何にもまして欲するようになるのだ。」

「儂は——とサヴェーリオが言った——儂の地域のことなら何でも知っているよ。」

「当然だ。ナポリじゃ、家々が洗濯ロープでつながっているし、このロープを伝ってニュースは知れわたるのだから——とベッラヴィスタが言った——そして、少し考えてみれば理由は分かる。ある建物の三階の奥さんが、別の建物の三階に道路をはさんでロープを掛けたければ、これらアパートの奥さんどうしが話し合って同意しなくちゃならない——《奥さん、良い考えがあるんだけど。アパートどうしにロープを掛けて、一緒に洗濯物を干さない？　あんたはいつなさるの？　火曜日？　よろしい、じゃうちは木曜日にするわ。お互いにかち合わないようにね》、という具合に。こうして話し合いが行われ、友情が芽生えたのだ。」

「僕は太陽で洗濯物が乾くのを見るのが好きなんだ——とこれまで沈黙していたルイジーノが言った——僕は幼いときから、洗濯物を陽に当てるのは、何かを、旗であるかのように祝うためだと思っていた。今でもこういう光景を見ると嬉しくなる。僕には上流地区で洗濯物を外に出すのがどうして禁止されているのか分からない。ナポリでロープが家々を結びつけているのは、ほんとうに大事なことだとは思いませんか? ちょっと考えてもくださいよ、仮に神がナポリの或る家を天国へ運ぼうとしたとする。すると、だんだんとナポリのほかの家も次々に持ち上がり、さながら万国旗の満艦飾みたいに、家、ロープ、洗濯物と続き、《女たちの歌、若者たちの叫び》(canzone 'e femmene e allucche e' guaglione) が聞こえてきて、さぞかしびっくりするだろうな。」

「でかした、ルイジーノ! 君は天国へ昇ってゆくナポリの家々について詩でも書くべきだよ!」とサヴェーリオが叫んだ。

「最初のロープが張られると——と先生は続けた——奥さんたちはより親密になり、喧嘩もするし、仲直りするし、階下の奥さんとも喧嘩するし、とうとうその奥さんとも友人になる。もちろん、このシステムには不都合な点もあれば、代価も支払わねばならぬ。つまり、誰についても誰もが何でも知ることになり、何も秘密にはできなくなる。恋も希望も、誕生日も浮気も、宝くじの当せんも、下痢も、みな公共財とならざるを得ない。要するに愛が洗濯ロープを通して、喜びも悲しみも伝達することになる。誰も自由ではないが、誰も孤独ではないし、温暖な気候がいつも窓やドアを開放させて、ニュースの共有を促すのです。」

「先生の言われることはまったくそのとおりです!——とサルヴァトーレが言った——私たちは英国人とは違うのです。誰のことにも首を突っ込まなくてはおれないし、何が起きているのか知らずにはおれないし、物見高いのです。」

「いや、サルヴァトーレ、あんたのいう好奇心はたんに愛への欲求、伝達への欲求に過ぎない——

と先生は答えた——あまり観光がなされていないイタリアの小村とか島——たとえば、ヴェントテーネ——をどこか訪ねてごらん。するとすぐに気づくだろうが、人びとは親切だし、通りで出会えば振り向いて挨拶する。ところが同じ場合ミラノでは、見知らぬ二人がエレヴェーターに乗り合わせると、顔も見合わさず、話もしないで過ぎるこの強いられた数秒の共生が、とても長い不安の数分に感じられるものだ。これは文明社会の不便さです。というのも、もし私がどこか文明都市で見知らぬ人に『今日は』と言ったりすると、相手の人は行動規範がすっかり規制された社会に生きることに慣れているので、怖くなり、疑い出し、《いったいどうしてこの男は『今日は』を言ったのか?》と自問することになるからです。かつては列車にも三等があり、もちろんこれに乗るのは貧しい——といっても、経済的観点からの話であって、愛は豊かだった——民衆だった。ところで、いいですか、ほんの小旅行でも、コンパートメントのみんなに自分の人生を氏名から始めて家族状況や旅の目的に至るまで説明したり語ったりしないでは不可能だった。もちろん、お返しに他の十人ばかりの生涯を知ることになる。そして、この三等車輛はやや臭いことがあったとしても、旅の終わり頃には、この新しい友だちや、彼らの家族の写真や、もう終いまで聞けなくなった未完の話と永久に別れを告げねばならないのをひどく残念がったものだった。さて、自説に関してだけれど、この三等車の臭いは一つの重要な要素なのであって、それというのも、こういう臭いは愛がいっぱい詰まった場所では決まって出くわすものなのだからです。たとえば、このごろの新しくて無菌の飛行機ではとてもこんな臭いの痕跡は望むべくもない。しかも、こういう飛行機が墜落し、乗客たちがしばしば亡くなるとき、隣に腰かけていた人の名前も知らずに、それでも今際《いまわ》のきわには誰とも知らずにその人の手を摑んでいるかもしれないのです。」

「南無三宝《マドンナ・ミーア》、そいつはまっぴらだ！」とサルヴァトーレが叫んだ。

「ほんの数日前に地下鉄の車内で――とサヴェーリオが言った――儂はどう見ても八十歳くらいの、でもはっきり言って、学校をサボった少年《グアリオーネ》みたいな、サン・ジョヴァンニ・ア・テドゥッチョ出身の大工と識り合った。儂はいつものように、メルジェッリーナで地下鉄に乗って、姉のラケーレに会うためにフィレンツェ通りに行く途中だった。というのも、姉はとんでもない卑劣漢の家主と訴訟沙汰になっていて、弁護士のところへ行くときいつも儂がついてくることを欲しているというわけさ。とにかく、話してきたように、地下鉄で識り合ったこの大工ドン・エルネストはたった四駅を通り越すときに、三回の結婚について語ってくれたんだ。まるで一駅で一人の妻みたいに！　彼が最初の妻を識ったのは第一次世界大戦の兵士だったときで、彼が言うには、片足を負傷しており、彼女のほうは看護婦だった。片足を投げ出したまま、軍隊病院のベッドの上ですぐさま彼女とセックスし、その後結婚しなくてはならなかった。でも、どうやら彼女はフリウリのがっしりした少女だったのに、五年後ナポリで肺病で死んだらしい。二番目の妻はナポリ人で、彼の言うところでは、映画スターみたいな美人だったが、彼女も不幸なことに、一九四三年八月四日の爆撃で――先生も覚えておられることでしょう――石につぶされて死んでしまった。でもドン・エルネストはそうやすやすと悲観する人物ではなかったから、二、三年後に三度目の結婚をした。この三番目の妻は彼の話によると、骨と皮ばかりで、しかも病気がちだったらしいけど、それでも結婚は実にうまくいき、二人ともとても幸せで満足だという。そして三回の結婚で現在七人の子供と十六人の孫がいるらしい。」

「愛の世界だ、愛の世界だ！」と先生は叫んだ。

「先生《プロフェッソー》、一つお伺いしたかったことがあるんです。ロンドンでは、誰かが気分が悪くなって地面に倒れても誰も助けようとはしないというのは、本当ですか？」

「まったくそうなのさ、サルヴァトー。でも咎める前に、どうしてそうなのかを理解する必要がある。こういう場合、真のロンドンっ子ならだいたいこう考える――《私の知らぬ男が歩道で足元に延びている。病気かもしれないし、たんに地面で眠るのが好きなのかもしれない。どちらにせよ、私の知ったことではないし、私には介入する義務も権利もない。きっとロンドン市の当局がこういう任務の手配をしているだろう》。それから、彼はその男をまたいで行き、その男は死ぬことになるのだ。」

「こりゃひどい《マンマ・ミーア》、ロンドン人は最悪だ！（sò fetienti sti londinesi！）」

「でもいいですか、ナポリでも結果は同じになるでしょうな。だって、誰かが《うわあっ《マドンナ》！　ほら男の人が気分が悪くなっているよ、さあ、椅子、一杯の水を持ってきて！》と叫びだす。すると数分後には百個の椅子に百杯分の水に千人も集まってきて、哀れその御仁は窒息死するだろうから。もっとも、彼は親切で殺されたことを知るという慰めは味わうだろうが。」

「でも、それは少々やり過ぎのように思うけど。」

「私の語った状況が逆説的なことは認めます。でもいいですか、『誇張』という語は愛の辞典には存在しないのです。財布泥棒でさえ、それが他人の事柄へ関心を持つことである以上は、一つの愛の行為と分類されてよいでしょう。」

「分かった――とサヴェーリオが言った――盗みをするのは好奇心からだって言うんですね。《その御仁は財布の中に何を入れていたのかな?》」

「私の考えでは——とサルヴァトーレが言った——好奇心が一部、貧困も一部というところかもしれない。」

「ねえ諸君、要するに、人生ではすべてを持つことは諦めねばならないのです——と先生が言った——法規や秩序、清潔な街が欲しい? それなら、愛は放棄せねばなりません。逆に騒音や混乱が耐え切れないとしたら、スイスで住むことです。いい考えですね、ベルンへ行きましょう。でも警告しておくと、ベルンの墓地はウィーンのそれより二倍大きいが、半分しか遊びがない、と言われているのです。」

「先生——と私は尋ねた——でも北の人びとと南の人びととのこの行動様式の本質的相違をどう説明なさるのですか? たんなる人種の問題なのでしょうか、それとも南部の人びとのやや情動的な性質は温暖な気候のせいなのでしょうか?」

「気候はあまり関係ないのではないでしょうか。以前にも申したように、技師さん、愛はたいそう寒冷な地帯でも流行しているのです。たとえば、アイルランド人のことを考えてみてください。情動的で、血気盛んで、いつもお互いに助け合おうとします。あるいは、チェーホフやドストエフスキーが描いたようなロシア人のことも。『罪と罰』の中でマルメラードフが居酒屋でみんなに自分の生涯をすべて語ったり、誰でも理解してもらえる場所を持たねばならないと語っているのを覚えているでしょう?」

「でも、マルメラードフは酔っ払いだったんですよ!」

「そのとおりです。でも酒の話に触れたついでに、深入りしてみましょう。人が深酒する理由は自由の状態から愛の状態へと行動を移したいからなのです。しかも人は生来の愛の状態から遠ざかるにつれて、飲酒の必要は強まるのです。たとえば、一般に知られているように、ナポリ人はいろいろ欠陥もあるが、深酒したりはしません。このわけはと言えば、ナポリ人は愛の世界に住んでいるので、アルコールの助けを必要としないからなのです。」

「でもサヴェーリオはナポリ人なのに――とサルヴァトーレが言った――機会があればいつでも一リットルのワインを飲みほしていますよ。」

「彼が飲むのは楽しいから、しかも支払う必要がないからであって、酔っ払うためではないし、隣人との接触で抑制された心理機能を克服するためでもない。」

「それに反してアメリカ人は……」と私。

「アメリカ人は効率、生産性、権力崇拝を追求して過ごす一日の緊張からバランスを取り戻さずには居られないのです。ですから、こういう行動の違いの原因はもっと遠い過去にあると考えざるを得ません。たとえば、愛の社会は一般にカトリックなのに、自由の社会は主にプロテスタントだという事実があるけれど、どちらが原因でどちらが結果だったのか、知りたいところです。」

「私見では――と私が言った――ヨーロッパ人の性格の差異は、宗教改革以前に遡るはずです。」

「これは言いにくいことです。なにしろ、宗教改革は或る国では文明の発達を推し進めたけれど、他の国々では個性的な文化の興隆を妨げた。言い換えると、宗教改革は神父の介在なく、わけてもローマ教会によって施行された価格表に従って特赦を買わされずとも、直接神と対話することを信者たちに認めた。さて、この変化を実行するために、ルターは民衆にこれまではその解釈が専門家だけの独占だった『聖書』を読むように勧めた。そして、このことは教育水準の改善や、結果的には、今日文明と呼ばれているものの興隆を意味した。ところが逆に、情熱的気質の民衆はカトリック教徒のまま留まった。彼らはミサ、教理、信仰、したがって愛を好んだのです。換言すると、進歩と自由への道は愛という通行料の支払いを要求する、と言えるかもしれません。」

「そうすると先生、私の理解が正しければ、先生は愛と無知とには端的なつながりがあると考えており、だから、自由の人びとを品質がやや上級のクラスに置こうとされるのですね……。」

「いやそうではありません、技師さん。私の考えてもいないことを私のせいにしないでください。教育と品質とは別物なのです。愛の人びとがみなあまり教育されていない社会層にいるなどということは、決して真実ではないのです。むしろ私の観点では、自由の人びと、つまり合理主義者たちは、文化レヴェルの低い情動的多数派と、偉人たちから成るエリートとの中間グループを占めており、自由の意識を獲得している以外にも、愛のうちに生の真の意味をも再発見した人たちなのです。」

「すると、愛の人であると同時に自由の人でもあるということが可能なのですか？」

「もちろん。これら二つの性格どうしの関係は私たちがどういう型の人と関係しているのかをはっきり知らせてくれるのに対し、両者の総和はその人の価値についてのイメージを私たちに与えてくれるのです。」

「ナポリの話題に戻るとして、先生はナポリ人の大多数が愛の人びとだと思っていられるのですか？」

「疑いありません。とりわけ、民衆《ポポリーノ》は。ナポリと言うとき、ミッレ通りとポジッリポとの間に住む、私たちに馴染みの十万ないし二十万人のことは忘れねばなりません。真のナポリ、現実のナポリは依然として、スペイン地区、ペンディーノ、ボルゴ・サント・アントニオ・アバーテ、メルカート……のナポリ、巡回商人のナポリ、宗教行列や汚らしい裏通りのナポリ……なのです。今でもよく憶えているのは、サニタ地区[*1]に住み、私たち少年のために仕立て物をしてくれていた……何という名だったっけ……ラケリーナ……そう、ラケリータだった。とにかく、ラケリーナには四歳の赤ん坊がいたのだけれど、小児麻痺ワクチンを受けさせるのを頑固に拒絶していた。とうとう彼女の考えを変えさせるために、婦人警官に頼らざるを得なくなった。まさに壮大な企てだった。ラケリーナはこう言い張った――《息子はサニタ地区の万人の認める守護聖者、有名なサン・ヴィンチェンツォ修道士にしっかり守られているのだから大丈夫だ》。また、こうも主張した――《子供が三歳のとき、気管支炎になり四十度の熱を出したが、一晩息子のベッドの傍の椅子で眠っていると、サン・ヴィンチェンツォが姿を現わしておっしゃった、『ラケリー、ベッドに行ってぐっすり眠りなさい。子供は私が面倒をみてあげるから』(Racheli, vatt'a cuccà e sta senza pensiero, c'o peccerillo ce penzo io)、って。すると、次の朝には子供の熱は下がり、家中を走り回ったんだ》、と。

　ところで、このサン・ヴィンチェンツォだが、サニタ地区ではひどく有名だが、ナポリとは何の関係もない。サン・ヴィンチェンツォ・フェッレーリは実はスペインのドメニコ会修道士だったし、この地区に足を踏み入れたことはなかった。民衆の目から見た彼の唯一の大きな功績は、かつて彼を治そうとした専門の医者たちをみな追っぱらった後で、重病から奇蹟的に回復したことがあったということだけだった。

ともかくラケリーナの話に戻ると、生涯で初めてこの修道士を祝う祭り《フェスタ》を見たのはちょうどそのときだったのです。お話しているのはかなり前に起きたことで、このフェスタはまだ宗教的なものだったし、ステッラ地区からレクルソーリオ広場*2にかけての、ナポリ半分を巻き込んでいた。今日ではあいにくそれは商業化されてしまっています。関心の大半は、地区のボスたちによって《丁重に招かれた》イタリア・カンツォーネのあらゆる大物が参加する、公開のミュージック・フェスティヴァルに移ってしまっています。でもあのときは、よく憶えているのですが、まだ教会による行列が行われていたのです。ラケリーナの息子はドミニコ会士の服装をし、聖者《モナコーネ》によって〝奇蹟的に〟治った他の二十人の子供たちと一緒に、サニタ地区のサンタ・マリーア教会の前で待っていたのです。それぞれの母親からきちんと間隔を置いて与えられる一個ずつのアイスクリームと棍棒での一撃が、小さな修道士たちの神聖さや神秘な瞬間を減じていました。聖者がごった返す群衆に伴われて到着すると、幼児たちは母親の腕でかかえ上げられ、みんなが拍手したり叫んだり感謝の涙を流したりしている間に、一人ずつサン・ヴィンチェンツォにろうそくを一本捧げ、お返しに祝福と肩衣《スカプラリオ》を受け取る。私は心がひどく悲しくなって、その場を離れたのです、今しがた目撃した光景と、熱帯雨林の奥で行われる無意味な儀式とをしっかり区別できなくなって。そして、自問していたのです――わが愛する同郷人たちがこういう迷信から解放され、より理性的な社会感覚に目覚めるときがはたしていつ訪れるだろうか、と。そのとき、私はフォンタネッレ墓地に付属の教会の前にきていました。この墓地についてはよく話には聞いていたけれども、訪れたことはなかったのです。それで、土地の人に《入口はどこですか》と尋ねると、教会の僧侶たちに訊くように言われました。そのとおりにして、僧の一人が私に一緒についてきてくれました。いたるところ骨や頭蓋骨が地上にうず高く積み重なっており、四角い壁からは湿っぽい冷気がただよい、何百本もの細いろうそくの光の中に、私は黙ってひざまずきながら祈っている十人ばかりの女性を見かけました。僧の話では、これらの婦人は或る者はたんなる信心から、他の者は戦争で息子とか夫をなくしたために、骨の山から必要な骨を拾い集めて、自分自身のものと呼べる骸骨を作り上げて、これに自分なりの救済や祈りをすべて捧げているのだ、とのことでした。僧は私に言うのでした、『幾度か私は解剖学上のひどい誤りを直さねばなりませんでした。脛骨を大腿骨で、骨盤を肩甲骨で、というように。でも、こんなことは重要ではないのです。大事なことは信ずることです。あなたが唯物論者だとしたら、よくお考えください。残るものはみな、これだけなのです』」。

＊1　ナポリのもっとも庶民的な地区の一つ。サンタ・マリーア・アッラ・サニタ（健康の聖母）街区に位置する。（訳注）

＊2　〝刑務所〟の意。（訳注）

第8章　喜劇の道

「奥さん、切符をもう一枚お願いします。」

「どうしてもう一枚買わねばならないの？」

「少年のためです。」

「どの少年？」

「ほら、お隣の。」

「これを少年というの？　まだ九歳にもなっていない、子供ですよ！」

「奥さん、子供かもしれませんが、もう一メートルを超えていますから、切符なしにはバスに乗れません。」

「一メートル、一メートルだなんて！　七十センチにも達していないわよ！」

「ねえ、奥さん。今冗談をおっしゃってるつもりでしょう。この少年は——赤ん坊とでも子供とでもお好きなように呼んでください——、ちょうど一メートルの高さにしつらえてあるバーより頭が出ているし、だから切符が必要なのです。」

「あれ、《ゼズー》まあ《ゼズー》！　何と厄介な。この子はずっと一メートル以下だったのに！　でも分かるでしょう、この子はつま先で立っているから高く見えるだけなのよ——奥さんはこう言いながら、無理やり息子の頭を手で押さえつけ、バーの下に頭を下げさせた——坊や、低くしな（E'acalate Cicci！）。」

「もう止めましょう、奥さん。何を考えているんですか！　こんな話をするだけで疲れてしまう。子供の切符を買うか、バスを降りるかだ、よろしいね？」

「それじゃ、赤ん坊を通りにひとりぼっちにしておけっていうの？」

「その子は儂のもんじゃないよ。とんでもない。一緒に子供と降りてくださいよ。」

「私もだって！　私は切符を買ったじゃないか！」

言い合いの間、バスは止まったままだった。少年が切符を買うべきかどうかの問題が解決するまで、ドアを開けたままで。

「私はどういう国にきたんだ？――と或る紳士が明らかに北イタリアなまりで抗議した――発車するつもりか、しないつもりかね？――と運転手に尋ねた――奥さん、あんたはここに働いている人が居ることを知っているの？　あんたが切符に五十リラ支払う決心をするまで、私らがじっと待っておれないんだ。ほら、いいかい、五十リラ上げるから、息子に切符を買っておやり！」

「まあ、誰がこんな人を知るもんか！（Ma 'a chisto chi 'o conosce!）――と奥さんがミラノの男の人を指して叫んだ――この人が私に切符を買ってくれるんだって！――とみんなに向かってどなった――何となれなれしいこと！　その気になれば、私しゃ、息子に切符をいっぱい買ってやるわよ！――それからミラノの紳士に向かって――幸いここには私を守ってくれる夫がいないし、こんな大勢の男たちをかわいそうにたった独りで相手にしているけど、そうでなかったら、こんな五十リラなんかくそくらえだ！　こんちくしょう！（Gesù Santa Anna e Maria）こんな小っぽけな切符のために、これほどひどい目に遭わねばならんとは！」

「よろしい、奥さん――と運転手がハンドルのところから叫んだ――儂が警官を見つけたら、あんたがバスを降りるかどうか見てみたいもんだ。つべこべ言いなさんな！」

こう言うや運転手がドアを閉めて、発車しようとすると、ほぼすべての乗客からの抗議のコーラスでストップさせられた。

「止めて、止めて！」

「どうかしましたか？」運転手が訊いた。

「私らはただ聞くために乗っただけなんだ！」

第9章　定価

市人誇巧智、于道若童蒙。
傾奪相夸侈、不知身所終。
曷見玄真子、観世玉壺中。
窓然遺天地、乗化入无究。

実務家が巧智を自慢するが、哲学では赤児同然だ。
彼らは掠奪的な投機の成功を得意がって、肉体の末路を考えない。
そして全世界を翡翠《ひすい》の壺に見て取る偉大な師匠から
真理を学ぶことは決してないであろう。

陳子昂《すごう》（六六一－七〇二）『感遇三十八首』其五

「今日、儂はドゥケスカで新しいテレビを買ったんだ――とサヴェーリオが誇らしげに言った――二十三インチの、八チャンネルのステレオスコープ・スクリーン付きだ。」

「そいつはまずいことをしたなサヴェー」と先生が言った。

「冗談じゃないですよ、先生《プロフェッソー》！　五五％の値引きにもう五％値引きさせ、銀行の利子だけ付く五年間の月賦にしたんだから！」

「借入金で、ということかい？」とサルヴァトーレが叫んだ。

「いいや、みんなも知ってのように、儂らにはお金はないし、だから工面しなければ買えやしないんだ。」

「いや、私が言っているのは値段のことじゃないんだ、サヴェー。テレビがきみや、奥さんや子供たちに及ぼす害のことなんだ。」

「でも、それは関係ないでしょうが、先生《プロフェッソー》。だって、テレビなら、第二チャンネルしか観られないけど、もうすでに一台持っていますよ。ボッタッツィ婦人が亡くなったおじラフェーレが夢で告げたナンバーでくじを引き当てたとき、くれたものでさ。ラフェーレじいさんのことは憶えていらっしゃらないでしょうな。七十歳のとき、ペンション・エミーリアで腹上死したんです。でも、お話したように、このテレビはもう映らなくなったんです。頭はとんがってしまい（'e cape 'a cucuzziello)、音もほとんど聞こえなくなってしまったんです。」

「いったい、どうなったというのです？」と私が尋ねた。

「サヴェーリオが言わんとしているのは――と先生が通訳した――彼のテレビの頭がカボチャみたいに歪んでしまったということです。そうだね、サヴェー？」

「そう、頭がとんがってしまったんですよ、先生《プロフェッソー》。」

「それじゃ、きみは儲け物をしたのかね？」

「上等でさ、先生《プロフェッソー》。でも、ずいぶんやり合ったんだ！　まあ、第一ランドは先月の中頃に始まったんです。店の前を何回か往来して、それから別段品物に関心がある振りをせずに、いくらかと尋ねた。すると店の者がさりげなく二十万リラだと言ってから、儂だと分かると、儂のいとこが包装作業員として彼の妹と一緒に働いていたことがあるという理由で、現金十三万リラでテレビを渡せる、と。儂は平然として、その値段ならとても手が出せないが、五万リラならなんとかなると答えた。すると奴が言うには、五万リラで儂が入手するには、ボッタッツィ婦人がもう一度くじを当てて、屋外アンテナ（’ncoppo ’o palazzo）の費用を出してくれるのを待たねばなるまい、と。だから要するに、やりとりはたいそう隔たった立場から始まったのだけれど、先生も《忍耐すれば報われる》って教えてくれていたから、ドゥケスカの傍を通るたびに、奴は千リラ負けて行き、儂は五百リラ値切って行って、十一月末頃にとうとう奴は十万五千リラ、儂は七万リラにまで達したとき、あの恥知らず野郎はもう一リラも負けようとはしなくなった。どういうわけか、奴は儂がクリスマスに妻をびっくりさせようとしてることを知り、奴は儂から十万リラをせしめようとした。でもはっきり言って、このサヴェーリオ・サントペッズッロは馬鹿ではないから、儂はただちに包囲作戦を始め、店頭にある、旧式の古い型の中古テレビを交渉しだしたんだ。そして今日、とうとう儂はKOパンチをくらわしてやった。メーターを持って行き、旧式テレビの寸法を測って大声で言ってやった——《こいつは居間のテーブルにぴったりだわい！》それから、奴はそんなことを思ってもいなかったから、儂は店の反対側からだしぬけに訊いたのさ——《八万リラにまからないか？》すると奴は即座に言った、《八万五千リラだ。それと五百リラは若い衆にやっておくれ。》先生《プロフェッソー》、明晩初めてサントペッズッロ家で第二チャンネルが観れますぜ。立ち寄ってみてはくれませんか？」

「それはどうも、サヴェー。でもいいかい、私はテレビを見ないんだ。とにかく、私から見れば、きみがやらかした唯一の重要事は、値切り交渉だったんだ。考えてもご覧、きみがスイス生まれであって、チューリヒへテレビを買いに出かけざるを得なかったとしたら、逆にひどいことになっていただろうよ。二通りということはあり得ず、定価が決めてあったら、それを支払わざるを得ないだろう。」

「そうさ。でも、スイスの定価はナポリの定価票より安いですぜ。」

「そんなことはどうでもよい。定価は自由世界のもう一つの発明なのです。ねえ、みんなが同一価格を支払うほうがフェアだとは思わないですか？　反対する人がいるかもしれないし、それも一理あるだろうけれど、結局のところ、愛の別の取り分を放棄して支払いをするほうが長所があるのです。」

「先生《プロフェッソー》、愛の別の取り分とはどういう意味です？」

「いいですか、サルヴァトー。今日日《きょうび》はスーパーマーケットに行き、好きな品物を買える――たとえば、赤ペンキの一缶を。そして、その赤ペンキを何に使うか、どうしてブルーの代わりに赤なのか、と尋ねる人もいない。こうして、誰とも一言も発せずにスーパーを出ることになる。出口のレジのところに行き、女店員が値段を打ち出し、領収書に合わせて支払い、立ち去る。」

「でも、女店員に何を言ってもらいたいのです？」

「サヴェー、きみには驚くよ！　たとえば、私がメルジェッリーナを降りたところにある金物店、ズグエリア氏のところに赤ペンキ一缶を買いに行くとする。氏と私はまず十五分間、お互いやそれぞれの家族の健康について喋って過ごす。その後、氏はおもむろに尋ねる――『先生《プロフェッソー》、何をお求めで？』『すみませんが、壁用の五キロの赤ペンキの缶をくださいませんか？』すると彼が言う、『赤ペンキだって!?　何に使われるのです？』すると私が答える、『間借り人が部屋を赤づくめにしたがっているのです。』『失礼ですが、先生《プロフェッソー》、その間借り人はホモ（nu poco ricchione）じゃありませんか？』私が答える、『とんでもない。とてもしっかりした人で、彼の兄はナポリ銀行に勤めていますよ。』『ああ、それはけっこうですな。』こうしてあれこれ四方山話をしてから、だんだん本題の値段に移ることになる。これは個人の問題と国際政治経済の問題を巻き込むものなのだから。つまり、上昇する値段、税金、中東の戦争、少々風変わりな私の間借り人……すべての話題があちらからもこちらからも値段を引きずる結果になるからです。このように、人びとはあれこれ話し合うことによって、互いに好意を育むようになるのです。」

「でも今日《きょうび》は――と私が言った――大きなストアでは食べ物だって定価販売ですよ。ナシ、リンゴ、オレンジを買いに行ったら、まずそれらの重さを測ってから、ビニールの袋に重量と値段を記したラベルを貼って渡されるから、たとえば『オレンジ一・五キロ、果汁のたっぷり入ったのをください』なんてわざわざ言うまでもないのですよ。」

「何の話をしようとしていたんだっけ！――とサヴェーリオが言った――アスンティーナの奴は果物を買いに行くと、どのリンゴも一つずつひっくり返します。すると百姓のカルメニエッロはかんしゃくを起こし、彼女が選んだのをみな箱の中に戻し、『そんなふうに選別してはいかん。良かろうが悪かろうが、出てくるリンゴを取り上げなさい』と言うときもある。」

「僕のミラノの友人は――とルイジーノが口をはさんだ――リナシェンテでさえ値引きを要求しますよ。」

「リナシェンテで値引きだって！　気でも狂っているの？」

「いいえ、彼はジョヴァンニ・ペンニーノと言って、ナポリ人ですが、五年間ミラノ住まいです。これは本人から聞いた話です。彼が言うには、リナシェンテに入って、お気に入りの品物、たとえばトースターを見つけると、一万五百リラとある。そこで女店員に近づき『シニョリーナ、このトースターが欲しいんだけれど、一万リラしか払いたくないな。』するとと彼女が答える、『シニョーレ、それはできません。定価ですから。』けれども彼は言い張る、『うん、分かっている。でも一度だけ負けてよ。』『いや、シニョーレ、すみませんが値引きは論外です。リナシェンテは何でも定価販売になっておりますので。』」

「おやまあ、なんて野蛮な！　で、それからどうなるの？」

「すると友人はマネージャーに会いたいと要求するのです――とルイジーノは続けながら、女店員の役をするたびに、声を高めて女のまねをするのだった――『でもシニョーレ、マネージャーをお呼びしても無駄ですよ。定価になっておりますから、一リラも節約はおできになれません。』それでもジョヴァンニはなおも言い張ったので、とうとうマネージャーがやってくる。すると一部始終をこんなふうに語るのです、『ねえ、シニョリーナ。私はこれとまったく同じトースターが家にあるんだけれど、壊れてしまってね。それで今朝、電気屋に出向くと、修理には五千リラかかると言うんだ。それで思った、五千リラとは！　新品でも一万リラしかしないのに！　それで、リナシェンテに行って新しいのを買うことに決めた。ところが今起きていることと言ったら！　値段が一万五百リラに上がっているではないか！　さて、お尋ねするが、私はどうしたものだろうか？　一万五百リラで新品を買うべきか、それとも五千リラ支払って古いのを修理してもらうべきか？』『シニョーレ、どうして私にアドヴァイスができましょう。お好きになさったら！　古いトースターを修理なさってください、私どもリナシェンテでは品物はすべて定価販売ですから、決して値引きはいたしかねます。』すると、私の友人は『シニョリーナ、知っておいてください、私はシニョーラ・リナシェンテの友人ですよ。』するとマネージャーが『ここにはシニョーラ・リナシェンテのような人は居りません。』『いやシニョリーナ、居りますよ。あなたがご存知ないだけです。』」

「それで結局、どうなったの？」とサルヴァトーレが尋ねた。

「彼はトースターを一万五百リラで買いました」、とルイジーノが答えた。

「すまないが、ルイジー。それじゃ何も儲けにはならなかったのじゃないかい？」

「彼がリナシェンテにやってくるたびに、みんなが彼だと分かります。みんなは彼を『シニョーラ・リナシェンテの友人』と呼び、彼にいつも微笑んでいるのです。」

第10章　私の母親

私の母が生まれたのは、イタリア統一後二十年も経たない一八八三年のことだった。私の家では両親や、とりわけ祖父母はナポリ方言しか話さなかったし、たとえば、飛行機に乗ることは、わざわざ自殺を試みるようなものと考えられていた。こんなことを申し上げるのも、私が工学士になり、コンピューターの分野で働くことにしたとき、私がどれほどの困難に直面したかを読者諸賢にご理解いただくためである。第一の問題は、母親にこのことを知らせることだった。

「母さん、仕事が見つかったよ！」

「でかしたぞ！　よかったね！　そうかい？　やっぱりサント・アントニオがお前を助けてくださったんだ。わたしゃ何年もサント・アントニオにお願いしてきたんだよ。『サント・アントーさま、この子は卒業したくて勉強しておりますが、卒業後誰も雇ってくださらないのではと心配です』ってね。わたしゃ、心の中では秘かに思っていたのさ——こんな工学なんかで間違いをしでかしたわい、この子は会計士になったほうがよかったんだ、そうすりゃ、銀行で何かよい職が見つかっただろうし、何も心配する必要はなかったのに、ってね。でも、サント・アントニオが祝福してくださったんだ。さあ、すぐに出かけて行って、サント・アントニオに感謝の聖体拝領をしなさい。いいね？　でも言っておくれでないか、どこに就職したんだい？」

「ＩＢＭだよ。」

「それは確かかい？　そんな名称は聞いたことないなあ！」

「ジューリア――と、母より若くて、もっと物分かりのよい私の叔母が遮った――あんたは何も知らないんだから！　今じゃ家庭用電気器具は大流行なんだよ。スパラーナ夫人のご主人をご覧。小っちゃな店を立ち上げて、一財産つくったんだよ。メルセデス車や、お手伝いさんも手に入れ、イスキアで休暇を過ごしているわよ！」

「とんでもない、電気製品のことじゃないんだ！　僕が働くのはコンピューター会社だよ！　ママ、コンピューターは洗濯機や冷蔵庫のような電気製品ではなくて、たった一秒で数千もの処理ができる、たいそう進歩した有能な機械なんだ！」

「怪我でもしたら大変よ。」

「ママ、怪我なんかしませんよ！　僕が働いているのはマーケット部門で、コンピューターを販売したりリースしたりしているんだ。」

「ねえ、お前。がっかりさせたくはないけど、誰にそんなコンピューターを売ろうと言うのかい？　ここナポリじゃ、計算を要する品物なぞ何もないんだから。」

「でも、大会社はみなコンピューターが必要なんだ。」

「何をするためかい？」

「何をするためって？　会社が日々の取引をするさ！　それぞれの銀行がやらなくてはならぬ計算とか、会社が支払わねばならぬ給料とか、賃金とか、ナポリ市役所の収支……とかを考えてごらん。」

「でも、ナポリにいる失業者たちがみんな、お前の機械を買いたがったりすると思うかい？　わたしゃ、大会社が計算しなくちゃならんときには、ナポリにいる失業者全員に呼びかけて、銘々に掛け算をやらせるだろうし、そうすりゃ、お前さんのコンピューターよりもナポリの失業者たちのほうがより速く計算できるんじゃないかね？　お前はナポリ銀行に就職したほうがましだったろうよ。」

「ママ、心配しないでよ。うまくいくって。」

「で、お前が売ろうとしているコンピューターはいくらするの？」

「いろんなタイプがあってね。これらの機械はたいていは売るのじゃなくて、貸すのさ。」

「リースかい？　で、リース料はいくらするの？」

「それもタイプによりけりだけど、一カ月百万リラとか一千万リラとかだね。」

「月に一千万リラだと？　滅相もない、誰がそんな機械を欲しがるかい？　なあお前。でも、いつも正直を押し通すようにね。私たちの主が天にましまして、何でも御照覧なんだからね。天に居られて、私らみんなをご覧になって、審判なさるんだよ。」

こういう次第で、私はサント・アントニオの加護と主の思《おぼ》し召《め》しにより、ナポリで働き始めたのだった。当初はとりわけ困難だった。なにしろ一九六一年のことだったし、ナポリの客筋は機械化された計算の可能性に関してはまだ無知な状態にいたからである。〝情報工学〟(informatica) なる用語はまだつくられていなかった。

「どうも分かりませんね、技師《インジエニエー》さん——と見込みのある客が私に訊いた——どの商品にもパンチ・カードを付けよというんですね？　あなたが一緒にきていただいて、カードにパンチを打ち込んでくださるんですか？」

「いいえ！　パンチ・カード機をお渡ししますから、よく訓練された従業員の一人に、カードのパンチ打ち込みをやらせてください。」

「分かりました。でも技師《インジエニエー》、すみませんが、売る商品それぞれにパンチを打ち込んだりしたら、年末には事務所はパンチ・カードで溢れてしまいます。そんなパンチ・カードを全部、いったいどこに置けというのです？　スペースなぞありませんよ！　いや、どうもこんな機械は私らにはぴったりこないな。ミラノやトリーノといった自動車を作る人びとには素晴らしいが、パスタを作ったり売ったり、客がきてパスタを買い、すぐその場で支払いをすませたりする場合には、請求書も書かないし、私らは使用人や出費の支払いをするのです。そして神のおかげで残ったものを最後に、家族の私と兄弟で山分けしているのです。」

要するに、出だしは難しかったのだが、年ごとにだんだんとナポリの産業も新しいテクノロジーに馴染んでいった。今日のナポリの技術者たちは北イタリアの人たちに遅れを取ってはいないし、むしろ、分野によっては全国に先駆けてさえいるのである。

私の母親はそうではなかった。彼女は息子が選んだ職業や、月に四万リラもする怪物的な機械に対して、いつも或る警戒心を抱いてきたのだった。

その後、事態がもっと深刻化したのは、私がナポリからミラノへ転勤し、販売代表者から渉外官（PRO＝public relations officer）になったときである。渉外がどういうことかを母に説明するのは、絶望的な企てだった。

「でも、分からないよ——と母は言うのだった——お前は朝九時に出社し、店を開け、それから何をするのだい？」

「ママ、僕は店を開けたりしないよ。会社と外部の世界との関係を改善したり、容易にしたりするだけなんだ。分かった？」

「いいや。」

「ジューリア、ちょっとお聴き——といつものように、私のおばが口を挟んだ——この子は（私は子供だったのだ）みんなに礼儀正しくて優しくしていなければいけないのさ。」

「そうすれば、いつもお金がもらえるの?」

「もちろんだとも！　広報（ＰＲ）はアメリカのはなはだ重要な発明なのよ！　この子が誰か客を見つけるや否や、駆け寄って行って、言うのさ、『素敵なお方ですね！　コーヒーでも持って参りましょうか……』って。」

「それじゃ、毎日何杯もコーヒーを飲まねばならないんだね?」

「いや、無理してコーヒーを飲む必要はない、ただ客をもてなすだけなの。大事なことは、いつもみんなに礼儀正しくし、優しくしなくてはならないということよ。」

「すると、この子は前には礼儀正しくて優しくはなかったというの?」

「もちろん、そんなことはなかったけど、今はもっと輪をかけるくらいにやらないと。」

要するに、読者諸賢よ、私はナポリでＰＲの仕事を分かってもらうことができなかったのであり、これは何も驚くには当たらないのだ。なにしろこの都市では誰もが——ただし、まったく無償で——いつも行っていることなのだからだ。こうして《予言者郷里に入れられず》（nemo propheta in patria）というわけで、私は自分の新しい職業に然るべき敬意を受けるのを断念したのである。今日でさえ、ナポリに戻ると、私に好意を寄せてくれている人たちに、私がやっていることを説明するのにおおいに難儀しているのだ。たとえば先日も、通いの床屋で、古物商で、神のご加護により水道屋もしているドン・パスクワリーノのところに行ったところ、彼は私の顔にシャボンを塗りながら私の顔をのぞき込んで尋ねたのである、「技師《インジエニエー》さん、あなたは建物でも作っておられる技師さんですか?」

「いいえ、ドン・パスクワリー。私はコンピューターの仕事をしており、ＩＢＭで働いているんです。」

するとしばらくポーズを置いてから、彼は上機嫌で私に言うのだった。

「けっこうですなあ、技師《インジエニエー》さん。もうあまり考え込まないでくださいな。健康のこ、こ、と、だ、け、考、え、て、く、だ、さ、い、よ！

(pensate 'a salute!) 健康こそが大事なのですからね！」

第11章　エピクロス

美とか、諸徳とかその他この種のものは、
もしそれらが快を与えるならば、尊重さるべきである。
だが、もし快を与えないならば、それらにわかれを告ぐべきである。
エピクロス『生活目的について』12
〔出隆ほか訳『教説と手紙』、岩波文庫、一九五九年、一〇七頁〕

「ジェンナー、イタリアの当今の経済状況をどう思うかね？」とパルオット博士がベッラヴィスタ先生に尋ねた。

「ブームの最中です。」

「何だって？　きみはときどきいらだたせるなあ！――とパルオット博士が癇癪をおこした――よくもそんなことが言えるね。経済的ブームの最中だなんて！　きみとはまともな話はできんわい。何でも冗談にして返すんだから。困ったことに、きみは舞台に立って何か大騒ぎしたくてうずうずしているんだ。」

「ちょっと待ってください、ドットー――とサヴェーリオが口をはさんだ――そんなにかっかしないで！　先生が何を言ったというのです？　イタリアにはまだ経済的ブームを少々楽しんでいる人が幾名かいる、と言っただけですよ。」

「いや、サヴェー。私が言ったのはそういうことじゃない。パルオット博士は正確にお分かりなんだ——とベッラヴィスタ先生が付言した——私は経済がブームの最中だと言ったのであり、そのことを確言するよ。言い換えると、イタリアもイタリア人もこれ以上の高い生活水準を享受したことはなかったんだ。この祭日期間を観察していても、イタリアには五十万人近く億万長者が居るよ。」

「オーケー——とパルオット博士が座りながら言った——ベッラヴィスタ先生の新しい経済理論を聞くとしようではないか。」

「ねえ、ヴィットリオ。きみは若すぎて、戦前の私たちの暮らしがどんなものだったか思い出せないが、きみの亡き父君がここに居らしたなら、よけいな説明も不要なことだろう。ところで、戦前はどのイタリア人——みんながだよ——もつましい生活を余儀なくされていた。イタリアは貧乏国だったし、このことを知っていて、私たちは相応の生活を営んでいた。少し例を挙げてみよう。金持ちでも週に一回かせいぜい二回肉を食べ、残りの日は卵、野菜、チーズですましていた。レストランはなきに等しかったし、食事はすべて、母親とか、今日ではすっかり姿を消したが、住み込み人といって、生涯家族と一緒に暮らしていた老婆とかによって準備されていたんだ。」

「現代における奴隷制の最後の例というわけだ！」

「ヴィットー、ばかを言わないで！　私の青春時代の住み込み老婆たちはナポリ家庭生活の支柱だったんだ。彼女らは家の巫女《みこ》だったんだぞ！　彼女らには保険証はなかったが、代わりにたくさんの子持ちだったし、この子たちはみなこういう女性や本当の母親と愛情を分かち合いながら、家庭で育ったんだよ。」

「僕が少年だった頃——とルイジーノが言った——コンチェッティーナというお手伝いさんがいました。僕が生まれたとき、コンチェッティーナは四十歳だったに違いありませんし、この四十年の少なくとも半分は僕らの家で過ごしたと思います。僕が生まれたときコンチェッティーナが居たし、僕が成長するのを見届けてきたし、僕が赤ん坊のときチフスにかかると、四日四晩ずっと僕のベッドの傍から離れず、四日四晩眠らなかったということです！　僕が映画のためや、たぶんカスタニャッチョ〔クリの粉と卵などから作るケーキ〕を買うためにお金が必要になるといつも、コンチェッティーナが工面してくれたんです。コンチェッティーナが稼いだお金はそっくり、どうやら僕と兄弟のポケットに収まる結果になったようです。コンチェッティーナには近くに親戚はいませんでしたから。彼女が亡くなったとき、小部屋の中には一リラも見つからなかったのです。引出しの中には彼女が二十歳ぐらいのときに撮った写真があり、彼女は或る水夫と腕を組んでいました。写真の上には《私の大いなるナポリの恋人グスターヴォへ》と書かれていました。ほかにも細々としたいろいろのものがありました。僕が学校で描いた絵、僕と弟たちが初めて聖体拝領を受けたときの写真、聖ジョルジョの小さなたくさんの聖画像、など。コンチェッティーナは龍を殺した聖ジョルジョへの信心が深かったので、ことあるごとに誓いを立てていたのです。たとえば、親父が戦争に出発したときには、もし無事に帰還したら、もう生涯果物を食べません、と聖ジョルジョに誓ったのです。」

「じゃ、あんたは彼女に生命保険を与えないで報いたわけだね」、とヴィットーリオ博士は訊いた。

「そんなことは知りませんよ、ドットー、でも私たちはコンチェッティーナを愛していたし、もしも私たちが彼女の生命保険を支払ったりしたら、彼女はそのことをあまり喜ばなかったでしょうよ。」

「そいつはまったくのへ理屈だよ、ルイジーノ！　この場合、コンチェッティーナが家族の一員になったにしろ、ここに居られる尊敬すべき先生にお得意の表現を使うなら、愛というものは民衆の無知につけ込むための便利な手段だということがよくあったんだよ。」

「ヴィットーリオ、どうしてこうも私らの心は違うのかね！」と先生は悲し気に言った。

「でも私の理解できないことは――とサルヴァトーレが口をはさんだ――コンチェッティーナとイタリアの経済的ブームとがどう関係しているのかということさ。」

「サルヴァトーレの言うとおりだ」、とベッラヴィスタ先生。

「ナポリの古いお手伝いさんたちが私たちを脱線させてきたんだ。言わんとしているのは、イタリアでは大戦前までは、金持ちでさえつましいぎりぎりの生活をしており、絶対に不可欠なものしか買わなかったんだ。たとえば、私は子供のときたった一度だけおもちゃをもらったが、そのとき病気だったからだった。その小さな揺り木馬はずっと私が欲しかったものだったんだが、医者に尋ねて私の生命がほんとうに危ないと確かめるまでは、それを買い与えようとはしなかったんだ。十二夜祭（一月六日）とか聖名祝日〔自分と同じ名の聖人の日〕とかの伝統的な機会には、何か小物をもらえたが、誕生日を祝ってはくれなかったし、サンタ・クロースなぞ聞いたこともなかったんだ。」

「そうは言っても――とルイジーノが言うのだった――今日日《きょうび》は廃れてしまった贈り物が一つあったよ。」

「何のことかい？」

「『素敵なものさ！』子供たちが祖母とかおばさんを訪れる、すると、『よくきたね、ほらおみやげだよ！　素敵なものさ！』と言って、クッキーとかキャンデーをもらったものだ……ところが今日日《きょうび》、おばさんが子供にクッキーやキャンデーを与えてごらん、きっと『けっこうよ、じゃバイバイ』という返事しか訊けないだろう。」

「要するに――とベッラヴィスタは続けるのだった――生活が当時はもっとシンプルだったんだ。こんな習慣はなかった――たとえば、ヴァカンスは大金持ちだけのものだったし、誰も――ひとりもだ――ウィークエンドを趣味で過ごしたりはしなかった。そんな言葉さえなかったんだ！　私の両親がカプリに出かけたのは生涯一回きりで、それも銀婚式のときだったんだ。送られてきた絵ハガキには『カプリからごあいさつ。ママとパパより』とあったね。」

「でも、それが経済ブームとどんな関係があるのです？」とヴィットーリオ博士が訊いた。

「大ありですよ。だって国内外の危機にもかかわらず、国民は全体に、快楽に出費を削ることを拒んでいたし、劇場、映画館、スタジアム、行楽地は今日日《きょうび》と同じように満杯だった。まるでアラブ人たちが何も言わないかのようにね。」

「ジェンナー、きみは錯覚しているよ。言っておくが、今年はこの国民――大半は工場労働者と農民から成り立っている――は生活水準をひどく切りつめているし、カプリやサン・モリッツ〔スイス東部の保養地〕のようなところは見本にはならなくなっている。こんなところへ出かける人たちは経済危機に影響されていない連中だけなんだから。」

「そうは思わないな。少なくともあんたが指している現象に関してはね。農民や工場労働者はフィアット五〇〇を手放そうとはしていないし、食卓には肉が並んでいる。」

「でも、どうしてそれらを放棄しなくてはならないのかい?」

「それは別問題さ。言いたいことはただ、経済危機は新聞紙上に書かれているだけであって、市民の意識としては目ざめていないということだよ。」

「でも、プロフェッソー——とサルヴァトーレが言うのだった——私にはよく分かりません。いったいどうしたらよいのでしょうか?」

「エピクロスはかつて言っていた、『もし君がピュトクレスを富ませてやりたいなら、財貨を増やしてやるのでなしに、かれの欲望を少なくするようにしてやりたまえ』(出隆ほか訳『エピクロス——教説と手紙——』(岩波文庫、一九五九年)、「断片(その二)」一二八、一一一頁)と。」

「それでは彼は何を言わんとしていたのです? プロフェッソー。」

「われわれが要求を少しばかり減らせば、経済危機はまったくなくなるだろう、ということさ。」

「この先生はいつも聖エピクロスの信奉者だったんだ」、とサヴェーリオが説明した。

「サヴェーー、エピクロスは聖人なぞではなかったんだ。考えてみるに、聖人にふさわしかったかもしれないけどね。」

「プロフェッソー、どうしてみんなは彼を聖人にしようとはしなかったのです?」

「第一には、彼が西暦紀元前四世紀に生まれたこと、第二には、みんながいつも彼のことを悪しざまに言ったからだ。」

「実際に——とヴィットーリオ博士が説明した——《エピキュリアン》という形容詞は、飲み、食いし、生活を享楽することしか考えない人物のことを指しているんだよ。」

「けっこうなこった！――とサヴェーリオはウィンクしながら叫んだ――ドットーレ、先生は人生を楽しむとは、五感をすっかり満足させるという意味で使っているのですか？」

「ほら、また始まった！――と先生が抗弁した――こうやって、エピクロスの名が汚されることになるのさ。」

「でも、先生はエピクロスが俗物だったとおしゃいましたね。」

「あんたはすっかり誤解しているよ。五分だけくれれば、エピクロスの倫理を説明しよう。私たちナポリ人は良きにつけ悪しきにつけ、私たちの性格をエピクロスに負うているんだ。」

「ほんとうに？　また、なぜです？」

「というのは、エピクロスの主だった門弟の一人に、ガダラ〔シリアの町〕のフィロデモスという、西暦紀元前一世紀〔前一一〇頃－四〇（三五）頃〕の人物がいたからさ。フィロデモスはナポリ――正確にはエルコラーノ――に引越してきて、アテナイの庭園《アカデメイア》をモデルにして、たいそう重要なエピクロス派の学校を創設したんだ。この学校でフィロデモスはナポリの人びとに、快楽の分類法や、権力への侮蔑を教えたんだ。」

「ほんとうに、プロフェッソー、先生はナポリ人がいつも多少は哲学的だったとおっしゃりたいのですね」、とサヴェーリオが言った。

「そうさ――とベッラヴィスタは続けた――エピクロスは言ったんだ、快楽には三種あると。つまり、第一の快楽は自然かつ不可欠なもの、第二の快楽は自然だが不可欠ではない。そして、第三は自然でも不可欠でもない空しい快楽だ。」

「よく分かりません、プロフェッソー。先生はどんな快楽の話をしていらっしゃるんですか？」

「少しばかり注意しておくれ。そうすれば、もっと説明してあげるよ。第一の快楽とは、自然かつ不可欠なものであって、食ったり、飲んだり、眠ったりすることや、友情のことだよ。」

「食って、飲んで、眠って、それに友情、これだけですか？――とサヴェーリオが訊いた――プロフェッソー、先生はほんとうに大事なものを忘れてはいませんか？」

「いや、サヴェー。エピクロスにとって、セックスは第二の快楽であって、自然だが不可欠ではなかったんだ。」

「そうですか。儂は先生のこの友人には賛成できませんな」、とサヴェーリオは失望して言った。

「それは困ったな！　でも、説明しておくが、エピクロスが飲み食いが大切と言ったとき、腹いっぱいにせよという意味ではなかったんだ。反対に、最小限の必要で我慢すべきことを主張していたんだ。だから、第一の快楽で彼が言わんとしたのは、飲み水、食べるパン、眠るための藁ぶとんのことだったのだ。」

「このエピクロスは何とまあひどい生活をしていたことか！」

「でもねえ、その代わりにこれら快楽はたいそう重要なものだったんだ。だって、人生そのものがこれらにかかっていたのだし、ひとたびこれらを手に入れれば、第二の快楽を何か味わってみる機会をより冷静に考えることもできたろうからね。」

「たとえば？」

「たとえば、チーズだ。もちろん、パンにチーズがあったほうが、パンだけよりもおいしいが、でももちろん、チーズは不可欠ではない。そうなると、人はどうする？　チーズの値段を訊く。安ければそれを買うが、高ければ、『どうも。もう食べましたので』と言うだろう。」

「エピクロスはいつもそんな言い方をしたのですか？」とサヴェーリオが訊いた。

「もちろん。言い換えると、二次的な楽しみ――いいものを食ったり、上等なものを飲んだり、熟睡したりとか、芸術、性愛、音楽、等々――は、瞬間ごとに別個に評価されねばならない。そうやって、私たちはそれらの最終的な利・不利を推し測ることができる。これで分かったかい？」

「はい、プロフェッソー。でも、もっと実例を挙げてもらえれば、分かりやすくなるでしょうよ。」

「承知した。サヴェーリオが今日美人と出会い、この女性がサヴェーリオに、あなたとセックスしたいわ、と言ったとしてごらん。」

「そんな棚ぼたがあったらねえ（Fosse 'o cielo）、プロフェッソー！――とサヴェーリオは叫んだ――でも、儂はお金は払いませんよ！」

「ああ、そこなんだ。ほら、サヴェーリオは一つ条件を出したね。つまり、その女性がどんなにヴィーナスほどの美人であっても、十万リラを要求されたなら、サヴェーリオはもう興味を失うだろう。」

「十万リラとは！　儂のことを何と思っていらっしゃるんですか！　仮に五千リラで、しかもその女性が性根を注いでくれるというのなら、何とか考えてもいいけれど。」

「もう一つ、仮にこの女性がヤクザ（guappo）の愛人であり、サヴェーリオがもしこのヤクザに見つかれば消されると分かっているとしたら、訊くけれど、サヴェーリオはどうするかい？」

「パンツの中にうんちを洩らして――とサルヴァトーレが言うのだった――例の女性に、金輪際その女性を好かない、と言うに決まっていますよ。」

「ちょっと待って、サルヴァトー！　この拙者は誰をも怖がったことなぞないんだ。でも、言わせてもらうが、女だらけのこの世で、いったいどうして儂がヤクザの愛人とかかずらわねばならないのかい？」

「それで、サヴェーリオが何をしたか？　この二次的な快楽のプラス・マイナスを測ってみて、バランスにかけた結果、彼にはこんなことは興味がないと決定したんだ。こういうプラス・マイナスの計算こそ、エピクロスの哲学なんだよ。」

「でも、はっきり言って、プロフェッソー、この哲学はそんなに独創的なものには見えませんな」、とサヴェーリオはコメントした。

「まあ、ちょっと待って。もう少し検討してみよう。初めにも言ったように、私は二次的快楽を欲しくなるたびに、損得をいつも評価しなくてはならないのだから、そこでこの考え方をここにおいでの技師さんの企業生活に当てはめてみるとしよう。」

「私に？——と私は訊いた——技師としての私にですか？」

「そのとおり、労働者としてのあなたにです。ところで、あなたが稼いでおられる給料はだいたい、すべての必要にかなっていると推測できます。でも、あるとき、あなたは海辺に別荘を借りたくなるでしょう。海が好きになるのは自然なことですから、ここで私たちが相手にしているのは二次的な快楽です。つまり、自然だけれども不可欠なものではない。でもお分かりになろうが、この場所を借りるだけの工面をするには、出世しなくてはならないし、このことはいろいろ犠牲を払って、たとえば、夕方遅くまで働くとか、たとえ上役が間違っていても同意するとか、ナポリを去ってミラノで働くとか、等々のことをしなくてはならないことを意味する。ところで、エピクロスならこういう場合にどう振舞うだろうか？　彼なら言うでしょう、ねえ、私ならありのままの自分で十分だし、よく考えてみるに、海辺の別荘なぞまったく興味が湧かないなあ、と。」

すると、パルオット博士が言うのだった、「ねえ、ジェンナーロ、君の描いたエピクロスは、私が知っているエピクロスよりも悪いね。それは哲学じゃなくて、うわすべりというもんだ。そのわけを言おう。第一に、技師さんがエピクロス風にいつも考えてきたとしたら、技師になぞ決してならなかっただろうし、現在の高給取りには達していなかっただろう。第二に、技師さんが働き者で、昇進を求めているのであれば、別荘とかモーターボートを買うためばかりか、きみには分からないかもしれぬが道徳的満足とでも呼べるような、別の人生目標があるからなのだよ。最後に第三に、技師さんには労働が犠牲だ、とどうしてきみは仮定するんだい？　技師さんが仕事を楽しんでいるとしたら？　これが事実としたら、どうして技師さんがこの楽しみを放棄しなければならないのかね？」

「エピクロスの哲学はうわすべりではないんだ、ねえヴィットーリオ。私が言っていることが理解してもらえないのだな。きみの反論を一つずつ取り上げよう。まず第三の反論だが、技師さんは仕事をエンジョイしているという仮説だね。妙な仮説だが、不可能ではない。この場合、『終日働く』といったような不如意は『反対』のリストから消して、これを『賛成』のリストに載せることになるが、さりとて、これはエピクロスの方法を無効にはしない。この方法は、特定の快楽を追求するか否かを決める前に、問題の総体的評価を行うことを私たちに要求するのだ。終日働くというのは、生活のほかの側面を無視することを意味する。妻の愛情とか、子供と長い時間を過ごすとか、読書、散歩、その他の多くの可能性、といったものをね。ところで無論、個人はいつも自主的に、それぞれの好みに応じて、二次的な快楽のうちからいずれかを決めている。けれども個人がしようとしないこと、それは一次的な快楽を無視してまで、空しい快楽に肩入れすることさ。」

「どういう意味です？」

「私が言っているのは、友情、精神的糧《かて》のことさ。ここでの友情とは、近隣者への愛を意味する。ところが、労働というものは、ある限度を超えると、友情を培うのに必要な時間を奪うし、したがって、第一次の快楽の享受を私たちから奪うことになるんだ。」

「でも、技師さんが昇進するために、家族を棄てるとか、隠者みたいな生活をするとかしなくてはならないなんて、誰も言ったりはしていないですよ！」

「では、きみはこれはたんに程度の問題だということを認めなくちゃならない。それこそ私が言おうとしていたことなんだ。きみが言わんとしているのは、技師さんがいつもエピクロスみたいな考え方をしていたとしたら、現在の快適な地位には就いていなかっただろうし、勉強しなかっただろうし、大学を卒業しなかっただろうし、現在の地位を得てはいなかっただろう、ということだ。でもあえて答えておくが、必ずしもそうとは限らないんだ。エピクロスはきみが無為にお腹を空気にさらして過ごすべきだとは言っていない。なぜならそんな選択をすれば、きみの生存そのものを危うくするだろうし、きみの一次的快楽を保障しなくなるだろうからだ。それなら、エピクロスはこの場合にどうするだろうか？　技師さんにこう言うだろう――時間があったなら、勉強し働きなさい、でもこの時間を人生において大切なすべてのものに配分しようと努めなさい、と。こうしてとうとう、私たちはきみの批判する本質に到達した。つまり、仕事と結びついた精神的満足に。ところで、私は靴屋が作り終えたばかりの靴の底を手でなでているのを理解できるんだ。また、大工が材木から家具を作ったり、画家が作品をよく眺めるために片目を閉じてカンヴァスをじっと見つめるのも理解できる。でも、マネージャーになりたがっている雇われ人の満足は理解できない。国会議員が大臣になりたがったり、副社長が社長になりたがったりする気持ちが私には理解できない。権力がなしうることのためではなくて、権力が表わしていることのために権力を欲する人を私は理解できない。権力への軽蔑が、エピクロス哲学全体の根っこにあるのだ。権力とは、優れて空しい快楽なのだ。自然でも不可欠でもないこういう一切のものは、《空しい》快楽だと記憶しなさい。だから、市会議員とか社長とかになること、ダイヤモンドと呼ばれているだけで一財産に匹敵するような宝石を指にはめること、これらは健全な人なら、たとえプレゼントとして贈られても、自尊心だけからもいつも拒絶すべきことなのだよ。」

「でも、一つだけ分からないことがある——とパルオット博士が言った——誰かが市会議員になりたがったとしたら、それがあんたにどうして問題になるのかね？　どうしてあんたの害になるのかね？」

「私の害にはならぬが、彼には大損となる。だって、哀れにも空しい快楽に没頭してしまうや、すぐさま競争活動に巻き込まれるからだ。どんな空しい快楽も無思慮な連中の決まったゴールである以上、競争になるのだ。こういう快楽はみな、自然なものではないのだから、社会の条件づけのせいだけで生き延びることになる。そうなると、何が起きるか？　ある会社にマネージャーの席が空き、そこの社員たちの一人を昇進させようとする。するとその瞬間から社員たちはみなマネージャーになりたがっているものだから、互いにライヴァルとなり、仲良く一緒に働けなくなるのだ。反対に私はというと、真夜中過ぎにメルジェッリーナへすこしばかり散歩することがよくあるのだが、するとよく誰か友人と出会うことがある。いやむしろ、ルイジーノと出会うことが多い。そうだね、ルイジーノ?」

「もちろん!——とルイジーノ——夜中の二時、三時まで喋り続けることもときどきあるよ。たとえば、先生は僕に対して『ルイジーノ、君の家まで送って行くよ』と言い、僕の玄関下まで一緒にやってくる。それから、先生を独りぼっちで行かせたくないものだから、『プロフェッソー、家までお送りしましょう』と言って、二人で先生の家まで戻るのさ。こんな具合にして、僕は先生を家に送り、先生は僕を家に送ったりで、その間ずっと二人は喋りっぱなしなんだ……。」

「通りは散歩とお喋りのためにできているんだ」、とベッラヴィスタはコメントした。

「でも、このことはどんな関係があるのです?」とパルオット博士が訊いた。

「大いにありますよ。私のポイントを完全に照らし出してくれる! 私が夜の散歩を持ち出したわけは、権力者、キッシンジャーとかブレジネフとかカルリ〔サミットで訪日したことがある〕とかチェフィスとかでさえ、友人と夜中に散歩する贅沢は許されないことを指摘するためなんです。二つの理由から、つまり、第一には時間がないだろうし、第二には話せる友人もきっといないだろうからね。」

「すまないね、ジェンナー。でも何てくだらぬ例を出すんだ!——とパルオット博士が抗議した——君が挙げている二人は、朝から晩まで実際上何もしていない人間じゃないか。君とルイジーノが社会にどんな貢献をしていようが、一晩中散歩したってかまわないよ。たしかなことは、翌朝きみらが何もすることがないってことさ。でもこの私としては、きみのエピクロスには気の毒だが、すっかり快楽主義的な人生観に賛成することは断固拒否するよ。」

「今さら雑言を吐くことはしないでおくれ、ヴィットー！——とベッラヴィスタ先生が叫んだ——あんたはエピクロスの節制とキュレネ学派の人たちの快楽主義とを混同している！」

「ドットー、先生には驚いた！」とサヴェーリオはパルオット博士を不信の目で眺めながら言うのだった。

「この瞬間を生き、いつどこでも可能な限り快楽を摑むのは、エピクロスの信条では決してなかったんだ！　快楽の探求を説いたのはキュレネのアリスティッポスだったんだ。」

「分かっている——とパルオットが言った——でも、完全な逃避に基づく生活も、これまた受け入れ難いね。ヒッピーはぼろをまとい、国から国へとうろつき、軽蔑している社会に厄介になりながら寄生動物のように生きているし、私にはまったくうんざりだ。」

「でもヒッピーはエピクロス学徒ではなく、犬儒学派なんだ！　先生はエピクロスとディオゲネスとを混同しているよ！」

「ドットー——とサヴェーリオが口を挟んだ——今日は先生の日ではありませんな。一点も取れていないんだから。」

「エピクロス、大エピクロス、正しい選択の使徒は言っていた、第一の美徳は節制、中庸だ、と。ナポリも或る程度まで物事の仕上がった国なんだ。やり過ぎは怠惰と同じくらい致命的となりうる！」

「もし間違っていなければ——と私は言った——何日か前に、あなたはこの中道の説が中国哲学にも見いだされる、と私たちに言ったよね。」

「中国哲学ばかりか、インド哲学や、ギリシャ哲学のその他の偉大な思想家の作品にも出ているよ。中国哲学者で最初に中庸の説を唱えたのは、孔子の孫で子思*とかいう者だったが、節制に関しての真の弁護を読むためには、もう二世紀待たねばならなかった。そしてとうとう偉大な道家たる荘子とともに、『中道』の説や『相対的幸福』の概念を私たちは手に入れることになる。」

「何も分からなくなるわい！——とサヴェーリオがコメントした——先生がご存知のチュアンとか、シクシクとかいうのはね。」

「でも、私としては中庸の哲学者たちでもっとも有名なアリストテレスを挙げないわけにはいかないね——とベッラヴィスタ先生が平静に続けた——アリストテレスの中庸の原理はプラトンの説いた先蹤に溯り、美徳は両極端どうしの等距離の地点にあるというものなのさ。」

「プロフェッソー、ちんぷんかんぷんですよ——とサヴェーリオが抗議した——こうなると、きっと先生しか分かるものはいないでしょう。」

「最後に、常識の哲学の近代の父ジョン・ロックを忘れないことだね——と先生はもう誰からも止められずに言い続けるのだった——ロックという哲学者は真の自由は情念の規制にあると言ったのです。あいにく、快楽の哲学者たちはいつも夢想家たちからボイコットされてきたのだけれど。夢想家は結局哲学史ではいつも優勢だった。私見では、彼らのアイデアが優れていたからではなくて、たんに彼らの数が多かったからなのだが。ただ考えるべき事実は、十八世紀末のドイツが生み出したのは観念論哲学者たち——カント、フィヒテ、ヘーゲル——だけだったし、みんな生まれはドイツ人で、心もドイツ的だったということだ。彼らはたくさん喋り、それ以上に書いたし、結果、節制した快楽を説く哀れな哲学者たち——ベンサム派やミル派——は、こういう騒音の中で聞いてもらえることさえできなかった……。」

「先生、先生、私たちにはもう何も分からなくなっているんですよ！」

「で、最後にどうなったか？　カール・マルクスとフリードリヒ・ニーチェの登場となる。何てこった！　ニーチェに注意を払ってごらん。期待できることはせいぜい、彼から顔につばをかけられることぐらいさ！」

「先生、私たちはあなたの言うことがまったく理解できないのです——とサルヴァトーレが言った——人びとの顔につばをかけるそのフリードリヒって、いったい誰なんです？」

「フリードリヒ・ニーチェのことさ。この男は言ったんだ、『汝らの罪が仇を求めて天に叫ぶのではない。汝らの罪過の中に示している、汝らの抑制、しみったれ根性が叫ぶのだ！』と。」

「プロフェッソー！……プロフェッソー、僕たちには先生の言っている言葉が一つとして分からないのです」、とサヴェーリオが言った。

「ごもっともだ、サヴェー。それじゃ弁解がてらにお話しよう。荘子についての簡単な小話をね。荘子は、ある日おじを訪ねる途中に語ったんだ……。」

「おじの孔子ですかい？」

「いや、サヴェー、孔子の孫は別の哲学者だったんだ。そうではなくて、こちらは道家の荘子だった。で、言わんとしているのは、この荘子がおじに会うためには大きな森を横切らねばならなかった。ところが或る地点で疲れたため、何百年も経た柏の木の下に座ったんだ。すると十分もしないうちに、樵《きこり》がやってきて、その柏の木の傍に生えているポプラを切り始めた。ところで、樵が仕事をしている間に、柏の木が荘子に話しだしたのだ……。」

「柏の木が？　柏の木が話をしたのですか？——とサヴェーリオは訊いた——プロフェッソー、拙者が思うにはそいつは中国人のたわごとに違いありませんぜ！」

「おだまり、サヴェー！——とサルヴァトーレが言った——これは寓意だよ。プロフェッソー、サヴェーのことは気にしないで、その柏の木があなたの友に何を言ったのか、教えてくださいな。」

「その柏の木は言った、『荘、見てのように、樵たちはより役立つ木を切り倒しにやってきたのです。あなたはもうお分かりでしょう。私が五百年も費やして、私の木を無用にする仕方を学んだ理由を』。そこで荘は旅を続行し、帰宅したら、無用の用について書物を執筆することに決めたんだ。けれどもそうこうするうちに、おじの家にたどり着いた。するとおじは彼に会えたことをひどく喜んで、召使に孫の訪問を祝うため鵝鳥を一羽潰《つぶ》してくるよう命じた。けれども召使は鵝鳥を潰しに中庭に行く前に、主人に向かって、どの鵝鳥にしましょうか、卵をかかえているのをですか、それとも卵を全然産まないのをですか？　と尋ねた。もちろん、おじは召使に対して、役立たないほうの鵝鳥を潰すよう命じた。こういうわけで、荘は帰宅するときになって、中道に沿って旅することにしたんだよ。」

＊　サヴェーリオは〝甥〟と解したのである。イタリア語 *nipote* は、「孫および／または甥」の二重の意味をもつ。その後に続く彼の軽蔑はこれにかかわっている。（訳注）

第12章　スピード違反

「ねえ、ドットー――とタクシー運転手は、私たちが交通ラッシュの中に巻き込まれているときに言うのだった――これは道路のせいじゃないんですよ。問題はどのナポリ市民も車を使って、葉巻一箱を買うのにさえビルを一周することです。まあ、言ってみれば、『私は汗水たらしてこの車を買ったんだ。そいつを手に入れた以上、使ってみよう!』というわけです。きっと私の言うことを信じられないでしょうが、日曜日の午後五時か五時半頃には、平均的なナポリ人が何をするかご存知ですか? 家族全員を乗せてカラッチョロへドライヴに出かけるんです。そうなのです。ルートはメルジェッリーナ、ヴィーア・カラッチョロ、ヴィーア・デイ・ミッレ、ヴィーア・クリスピ、そしてそれから、再びメルジェッリーナに降りるのです。三周もすれば、ちょうどコマーシャル番組の時間に帰宅できるのです。ラッシュの中を運転して楽しんでいるのですよ!」

「でも、私が思うに、交通警察がしっかり道路法規を守らせせないのも責められるべきでしょう。たとえば、クラクションですよ。ナポリではみんながほとんどいつでもクラクションを鳴らしっぱなしですよ、たいていは何にもならないのに……。」

「ドットー、クラクションのことは考えないでください。ドライヴァーたちが鳴らすのは、仲間意識を感じるためなのです。ほんとうの問題は、みんながレーシングカーの運転手になってしまったことですよ。あれをご覧なさい！――彼の前をフィアット五〇〇が横切ったとき、突如叫んだ――見ましたか、あの馬鹿がもぐり込んだのを。（Tu guarda 'a chistu disgraziato comme s'è 'mpezzato!）この野郎がどいつの息子か見たいもんだ（Io mò voglio proprio vedé chi è stu piezze 'e fetente）。あれまあ、女じゃないか！（Gesù, Gesù, ma chella è 'na femmena!）何たることか！　女めが！　道ばたで売春するよりも、家に居やがれ！　どうなったかご覧のとおりです。儂が急ブレーキをかけなければ、今朝大騒動になっていたでしょうよ！」

「でも実のところ、あんたは私に話かけるため後ろを向いていたでしょう？」

「おやまあ、ドットー、何を冗談をおっしゃいますか？　わたしゃ、二十二年間運転手をやってきて、たった一度も事故を起こしたことがないのですよ。決まって、後ろから車をぶつけられたんです。罰金を払ったことはほとんどありません。最近は駐車違反を少しやりましたがね。というのも、少し前までは母方のおじが市の公会堂で働いていて、罰金をみな帳消しにしてくれていたんだけれど、天国に召されてしまい、それでわたしゃ、駐車場所にも神経を少しばかり払うようになっていますがね。罰金の話ですが、ドットー、わたしゃ葬式の行列の後ろを車で走っていてスピード違反で捕らえられた、この世でたった一人のドライヴァーなんです。」

「なんだって？――私は笑いながら叫んだ――葬式の行列で？」

「そのとおりでさ――とドライヴァーはまたも顔を後ろに向けながら言うのだった――ほんとうに葬式の行列でですよ。わたしゃ、霊柩車のすぐ後ろを故人の未亡人と二人の甥を乗せて走らせていた。すると、突然ヴィーア・フォリアで、未亡人が泣き止んだかと思うと、右手の後部ドアを開けて、『ジョヴァンニ、私も一緒に死にたい！』（Giuvanni, voglío murì pur 'io cu tte!）と叫んでから、真後ろに続いていたトロリー・バスの車輪の下に身投げしようとしたんです。ナポリがどんなところかはご存知でしょう。悲劇で私らはかっと興奮するし、ときにはどんな馬鹿なことでもやらかすのですよ。でも幸い、彼女の傍に座っていた甥が彼女の衣服を何とかつかむことができ、さんざんわめき散らした後で、私、甥たち、トロリーの乗客たちがやっとのことでこのやけになった未亡人を宥めることができたんです。

もちろん、こうしたごったがえしの最中に、棺を乗せた霊柩車は消え失せてしまっていたので、わたしゃ、日中のカー・チェイスを初めてやらざるを得なくなった。ところが運が悪いことには、ナポリ表示の付いた車が前を走っており、しかも誰か外人を乗せていたらしく、赤信号ごとに停車したため、霊柩車にやっと追いついたのはピアッツァ・カルロ三世においてだったんです。それで、いつもの葬儀のペースで車を走らせていると、私の隣にいた甥が突然叫び出したんです、『これはジョヴァンニおじじゃない！』私が追っていたのはほかの霊柩車だったんです！　未亡人はまたも叫んだのです、『ジョヴァンニ、私を見捨てないで！』甥たちは、『おばさん、気を鎮めて！』と叫んだのです。車内はてんやわんやとなり、そのうちにわたしゃ、カポディキーノの方向へ丘を上って行く別の霊柩車を見つけたものですから、間違いの霊柩車を追い越して、猛スピードで突っ走ったんです。するとどうでしょう、交通警官が停止の標識を私の前に掲げているではありませんか。どうしたものやら？　私は車を止めて、外に出、劇的な経緯を説明しました。万事片がついたとき、突然未亡人が家族の注意が一瞬離れたすきを利用して、跳び出し、墓地に通ずる道の傍の橋から身投げしようとしたんです。それからどうなったかというと、未亡人の自殺を止めさせようと私は懸命に努力していて、たまたまわたしゃ、お巡りに足払いをかけてしまい、わたしゃ、倒れて膝に怪我をしたんです。実際、未亡人を除き、みんなが大なり小なり怪我をしたんです。この未亡人だけはかすり傷一つ負わなかったんですがね。」

第13章　下町《バッソ》の家

鳥には巣があり
クモにはクモの巣があり
人には友情がある。
ウィリアム・ブレイク

「親愛なるジェンナーロ、きみと議論していて、決して結論に達したためしがないが、その責任はたぶん私だけにあるのだろうな。きみときたら、ナポリ人にはよくあることだが、逆説や逸話が好きなのに対して、私は問題を合理化することに慣れているからね。それでどういうことになるかは、きみも知ってのとおりさ。私がかっかして、叫びだす時点がいつもやってくるのだが、きみときたらそれを面白がっているのだ。でも、今日はできるだけ冷静さを保つことに決めたんだ、私たちの議論から実際の結論を引き出したいと思ってね。」

「で、その実際の結論とはどうあるべきだというのですかい？」

「まずきみに認めてもらいたいんだ、今しがたきみが見事に描写したエピクロス的＝ナポリ的人生観がいかなる実質的進歩ももたらさないことをね。」

「それじゃ、私ともうそんなことを議論するまでもないなあ。私はエピクロス的＝ナポリ的哲学があなたの考えているような種類の進歩をもたらしたりはできぬことをとっくに確信しているんだから。」

「どういう意味だい？」

「問題は生活方法というよりも、達したがっている目的にあるってことですよ。どれもこれも、《進歩》をどう解するかにかかっているんだ。」

「きみに従えば、ナポリの下町《バッソ》の家[*1]、公害の海、失業、コレラ、等々も進歩の例なのかい？」

「そうせかないでくださいよ。人生の真の目的が何かということは、人類が何千年もの間尋ねてきたんだ。それをあなたは二分間で言えと私に迫っているんだ！」

「たいそうけっこうなことだね——とヴィットーリオ博士が皮肉に応じた——すまんが、一年間のサバティカル休暇を取らせてもらうよ。その間にきみは私を啓蒙するのに必要なだけの時間を持てるだろうからね。」

「一つだけ言っておきましょう。私にはあなたのいやみよりも、かっかしたときのほうが好ましいのです。」

「すまんね、ジェンナー、ここじゃきみだけが機知に富んでいることを失念していたよ。」

「ほらまあ、もうけんかをおっ始めている」（E' vvi'lloco mò s'appiccecano！）とサルヴァトーレ。

「いや決して——と先生は言うのだった——一つずつ順を追って行こう。さて、あなたはナポリの下町のことに触れて、これが進歩の一例となりうるのかと私に訊いた。そうさ、ナポリの下町はエピクロスの立場からは文明のモデルたりうる、と私なら答えることができるだろうよ。」

パルオット博士は尋ねた、「ジェンナー、あんたは『フィルメナ・マルトゥラーノ』[*2]を見たことがあるかね？　フィルメナというナポリ女がバッソでどのように幼年期を過ごしたかを語っているのを。いいかい、分かるね、言わんとしていることが？　もしもきみがバッソを文明モデルだと言うのをエドゥアルドが聞いたとしたら、きっときみを殺すだろうよ……ジェンナー、ピルストルではなく、両手でね！」

「人類の悲劇は言葉なんだ！　感情、観念は何億とあるのに、これらを表現するための言葉は一握りしかないんだ！　ときどき考えるんだけど、私たちが思想を言葉よりも数字で表現することにしたなら、はるかに正確なコミュニケーション手段を見つけられたろうにね。」

「プロフェッソー――とサヴェーリオが言った――どうもとんと分からないんですけど。いったい、どんな数字のことです？」

「いいかい、サヴェーリオ。私が《文明》という語を用いるとする。するときみが耳にするこの響きは、私に一つのこと、きみには別の何か、そしてヴィットーリオ博士にはさらに別のことを意味するのだよ。」

「じゃ、どうすべきなんで？」

「がまんして話さねばならんのだ。話しながら、理解にたどりつこうと努め、そして偏見や先入観をみな捨て去るようにしなくちゃならんのだ。」

「よろしい――とヴィットーリオ博士は言うのだった――あんたの言うことを拝聴しよう。でもあんたのいう《文明》がどういう意味なのか、さあ、説明しておくれ。」

「いいかいヴィットー、人びとが《文明》というとすぐに、人間のもっとも大事な偉業のことを思い浮かべるし、こうして文明を進歩と混同する結果になっている。でも、私の解するような真の文明とは、それ以上のものを意味するんだ。事物における人間精神の現前をね。たとえば、あんたの働いているミラノの会社を例に挙げよう。私はそこに行ったこともないが、でもミラノにある以上はきちんと整っていて、素晴らしいオフィス、秘書、電話交換手、等々がそろっているものと想像される。さてヴィットー、あんたに考えて欲しいんだが、この会社は文明の一例かい、それとも進歩の一例と思うかい? この会社にはあんた自身を何か認められるような人間的な次元がはたしてあるかい?」

「人間的な次元て、何のことかい?」

「自転車でのアイスクリーム行商人は人間的な次元の商売の一例さ。自転車はペダルを漕ぐ人がいる間は動く。でもあんたの商売はたぶん自転車ではなくて、何百人もがペダルを漕ぐ巨大なタンデムだろう。それで或る日、あんたは考えるかもしれん――あんたがペダルを漕ぐのを止めても、タンデムは走り続けるだろう、と。そして少ししてからまた考えるかもしれん――このタンデムがあまりにも大きくなり、何千人もペダル漕ぎを必要とするようになったなら、たとえみんなが降りてもその機械は走り続けるだろう、と。まさにこのときに、商売は人間的な次元をなくし始めるのさ。そして、みんなが降りてしまうと、その日にあんたは気づくだろう――機械の上で漕ぎ続けているのは、死んだ目をしている点を除き、どの点からも真の漕ぎ手にそっくりのロボットだけだということに。そして、万一人類全体が原子爆弾みたいな大破局で一掃されたとしても、あんたのこの商売はなおも存続するだろうし、そして次の給料日まで動き続けるかもしれない。静まり返った、死体だらけの中で、電子機器だけが給料(小切手)や、請求書や、支払遅延通知書やらをプリントする音を立てながらね。」

「それじゃ、最大限何名の使用人になると、会社は人間的な次元をなくするのかね？」

「そいつはあんた次第だ、あんたの愛情の力次第だよ。あんたが学会の会議で会社のバスに乗り、そのときそこに居る全員の名前を分かるとしたら、その会社はまだ人間的要素をもっていることになろう。でも、誰の名前も分からなくなる日には、あんた自身の姓名もなくしたことになるだろうよ。」

「それじゃ、プロフェッソー——とサルヴァトーレが尋ねた——あなたの考えでは、大会社はいくつもの小会社に分割されるべきなのですか？　これで正しいんでしょうか？」

「サルヴァトー、そのとおりさ。遅かれ早かれ、そうしなくてはならなくなるだろうよ。」

「あいにく、ジェンナーロ、きみは間違っているね——とヴィットーリオ博士が反論した——最大の会社だけが最適の費用効果性に達することができることは証明済みだよ。今日のテクノロジーは莫大な研究投資を必要としているし、世界規模の大会社しかそんなものを吸収することはできないんだからね。」

「うん、現況はまさしくきみの言うとおりだが、近い将来には、変化が生じて、われわれは第三の産業時期、《愛の時期》に入るだろうし、そうなると人間的な次元への回帰が不可避になるだろうよ。」

「プロフェッソー、《愛の時期》って何のことです？」とサヴェーリオが訊いた。

「みなの衆、現代商業の駆動力は刺激なのですぞ。数年前まで、この刺激はステッキであって、これなしには誰も何もしようとしなかった。仕事をしないのなら、クビにされた。この《ステッキの時期》は多かれ少なかれ、一九六〇年代まで続いたのだが、この頃になって、労働立法により、不当解雇から保護され、最低賃銀も保障されて、雇い人たちの手からステッキは取り上げられた。すると会社は反応して、《ニンジンの時期》を導入した。働いてくれるのなら、報いてあげよう、もっと支払うよ、となった。だがそれから一九七〇年代に入ると、税制改革が行われ、とりわけ労働者たちに影響を及ぼした。この改革は徐々に実力本位制度をも空洞化していき、人びとは悟ることになる——期待に反して、これ以上儲けることはできないんだ、と。それで残ったものは？　権力だ！　シンボルと儀式と勲章を伴った権力さ。今日日《きょうび》、権力はひどく重要になっているから、会社はかわいい雇傭者たちに報いるために、権力のほんの断片を分け与えているし、そうなると、報奨された者たちは喜んでただの称号のために、しかも実際上何らの昇給も期待しないで、より重い責任の荷物を肩に担ぐことになる。だが、権力はいつまでこんな魅力を発揮することやら？　とりわけ、商売が供給可能な権力源を枯渇してしまうときには、いったいどうなることやら？　権力の蓄えは引き出されるのだから、尽きることになる。できることはせいぜい、残っているものをますます小さく区分し、ますます人びとを幸せにしてゆくことだが、ある時点で本物に代わる偽りの権力を配分せざるを得なくなるだろうし、そうなると、第二の時期——《ニンジンの時期》——も終わることになろうよ。」

「すると、それからは？」

「そうなると、第三の時期——《愛の時期》——が始まるのだ。」

「女性のこと？」

「いや、愛情だ。私が上司に抱く愛、上司が私に抱く愛だ。私は彼からの尊敬を得るために働くし、彼のほうは私の尊敬を得るために働く。だがこんなことが可能なのは、人間的な次元の存在する会社だけだろうよ。」

「そんなのは言葉だけだ――とパルオット博士が嘲笑した――素晴らしい、示唆的な言葉だが、実をいうと、世の中を動かすのは、生産性、心の錬磨、専門化の三つなのであり、この三つのことは献身と責任を前提にしているんだ。」

「ばかな！――とベッラヴィスタが答えた――生産性に関しては、私はこんなもので世の中が前進するなぞとは信じられない。いつの日にか、生産性が反生産性になることだってあるだろう。エコロジーとかその恐ろしい諸問題のことを考えるだけでよい。次に心の錬磨や専門化に関してだが、考え方をはっきりさせようじゃないか。私見では、この二つは対立している。前者は世の中全般への好奇心を意味するが、後者は特殊なものへの好奇心を意味する。もちろん、私は前者は尊重するが、後者には反対だ。」

「ジェンナー、ちょっと待って――とヴィットーリオ博士が間に入った――あんたは脱線しているよ。少し前はきみはナポリの下町《バッソ》の家が文明的な住居のモデルだという驚くべき意見を提示しながら、もうその話題を捨ててしまった。今度は尊敬するベッラヴィスタ先生の口から、ナポリのバッソの社会的快適さについて、何かお知恵を拝聴できませんか？」

「分かっているよ！　快適さのことを言っているのだね！　文明がガス・水・電気のことを意味するのであれば、ねえ、ヴィットーリオ、もう話す必要はないよ。バッソは非文明的な住居さ。でも、きみの家庭の定義に愛情・家族・共同体・友情が含まれるのなら、バッソには、六階では欠如し始めているものが見つけられるんだ。」

「でも、あんたはバッソで暮らしたことはあるのかい？」

「いや。でもそんなこと無関係じゃないかい。私はバッソに住んでいる人を大勢知っているし、六階に住んでいる人も大勢知っている。トリーノに居る友人が或る日こう言った、『ジェンナー、私はここで未婚だが裕福に、二百平米の床面積をもつアパートで暮らしている。一度訪ねておくれ。素敵な家をお見せしたいし、それにあんたの友人でも歓迎するよ。告白するが、私は怠け者なのと、トリーノでは知り合いも少ないので、毎晩独りだ。それで、テレヴィを観た後、まだ床に就くほど眠くないとき、きみの想像がつかぬほど落ち込むんだ。ジェンナー——と彼は言うのだった——私たちが互いに身近に、小さな小路《ヴィコロ》に、*3私は自分のバッソ、きみは隣のバッソ、その隣にはペッピーノ、さらにフェデリコ、ジョヴァンニというように、一緒にみんなが住めたなら、どんなに素晴らしいだろうね。でもそれどころか、運命のいたずらで、私はトリーノ、きみはナポリ、ペッピーノはパリ、フェデリコはローマ、ミミーはラ・スペーツィア、ジョヴァンニはミラノにというありさまだ。こんなありさまでは、どうやって互いに話ができるというのかい！』と。」

「そいつは誇張だ、プロフェッソー！——とサルヴァトーレが言った——でも先生のその友人はトリーノで二人ぐらいは友だちをつくれたんでしょうが!?」

「ことはそう簡単じゃないんだよ！　友人ひとりつくるのにはほぼ一生かかるんだ。一緒に貧乏暮らしをするとか、ときには一緒に幸せになるとかしなくちゃならん。友情には時間がかかるし、しょっちゅう引越していては愛情が固まるのは不可能となる。社員を引越しさせる会社はこのことをちっとも考えていない。ときには、横断するのに一時間半を要する大都市も、二人の友人を永久に引き裂くことがありうる。ところが、小路のバッソではそういうことは起こり得ない。たとえば、ちょっとこの家がバッソだとしてみよう。ドアは開けっぱなしだし、往来の人びとをすべて見ることができる。ふとわれらの友人ペッピーノが通りかかる。『ペッピー――とわれわれが呼びかける――元気かい？ちょっと立ち寄って行けよ。面白い話があるんだ。』こうしてお喋りが始まるんだ。」

「私は信頼している呼び売り商の兄弟を識っている。パーチェ・ア・フォルチェッラ小路のバッソに住んでいるんだ――とサルヴァトーレが言った――ある日彼が語ったんだが、テレヴィが三日間、スピーカーの故障で音が出なかったのに、家族の誰もそれに気づかなかったというんだ。隣人たちのスピーカーですべてが聞こえたのだとさ！」

「分かったかい？――と先生がほほえみながら言った――彼らは隣人のスピーカーで聞いたんだ！実際に、《今晩何をすべきか》という問題はナポリのバッソでは生じないんだ。社会生活はバッソの開けっぱなしのドアを通してひとりでに過ぎてゆくのさ。たしかにプライヴァシーはないのだが、病人がほったらかしにされることもない。老年になったときのことを考えてごらん。年老いて、大都市の住区の六階マンションに独り暮らしだ。外界とのコミュニケーションとしては、まあ、電話しかない。ところが、バッソでは老人で孤独な者は居ないし、子供で遊び相手のない者はいない。実際上、クルーズ船に乗っているようなものさ。各自に船室があるのだが、みんなデッキに出てお喋りできるのだ。考えてみるに、ナポリでは少なくとも二百万人が永久に続くクルーズ船で暮らしているのさ。」

「ねえ、ジェンナーロ、あんたの話はとても面白いが、でも私が神さまなら、今日からあんたをナポリのバッソに住まわせてやりたいなあ。素敵なクルーズができるだろうよ！　あんたのように、自分の妻子と一緒に居ることが五分も我慢できない人に。あんたの家から四六時中出入りする人たちと一緒にバッソで暮らしている姿を見たいものだね。」

「ヴィットーリオ、あんたが言いそうなことだね。もちろん、生涯マンション暮らしをしてから、バッソ暮らしにまで生き残りたくはないけれど、だからと言って、それが小路《ヴィコロ》に見られる愛情の力についての私の考えから少しも妥当性を奪いはしないよ。私が言わんとしているのは、バッソ暮らしの人びとには、六階に移動したいという気持ちが全然ないことでも証明される。実際、一再ならず当局はバッソの住民たちをそっくり低コストの新住居に移転させようとしたのだが、失敗したんだ。みんながこの愛しい穴倉を去るのを拒んだものだからね。当然さ！　当局の《善行者たち》が考えたのは、バッソが住居に過ぎないということだったのだが、間違っていたのだ。バッソはまた、店でもあり、カウンセリング・ルームでもあり、スポーツ・クラブでもあり、出会いの場でもあり、教会でもあり、輸出入の会社の事務所でもあり、とりわけ人間の環境なんだよ。」

「ジェンナー、あんたは分かっていながらごまかしているんだ！　もちろん、これら哀れな連中はバッソを立ち去るのを拒んで当然だが、でもどうしてか？　それはバッソが唯一の収入源だったからさ。バッソの住民は何で暮らしているか？　商売や密輸入でだ。子供用の玩具と大人用の葉巻さ。あんたのいう《善行者たち》が六階のアパートだけでなく、立派な職業も彼らに提供したとしたら、彼らはたちどころにその穴倉を出ただろうよ。」

「それどころか、あんたに言うが、彼らは市役所の仕事を受け入れても、相変わらず、偽玩具を子供たちに売ったり、葉巻を大人に売ったりしてバッソでの生活を続けたんだぞ。」

「バッソはゲーテやデュマの時代から批判されてきたが、それでもその間ずっとバッソをなくすためには何もなされてこなかったことを考えろよ。」

「私見では、それはせっかちな批判だったんだ。ここ数世紀にわたって、バッソが果たしてきたはなはだ重要な社会的役割をあんたは分かっているのかい？　ナポリは貧民街のない世界で唯一の大都市だってことをあんたは考えたことがあるのかい？　トリーノとかシカゴのような大産業都市で見られるようなゲットー地区は、ここじゃ存在しなかったんだ。ナポリでは貧乏人《ポポリーノ》はバッソに住み、貴族は二階——いわゆる貴族の階（piano nobile）——に住み、中産階級《ブルジョアジー》はもっと上階に住む。こういう垂直的な社会階層化はもちろん、階級どうしの文化交換を促したし、これによって、階級制の大きな悪の一つ、つまり、金持ちと貧乏人との絶えず増大しつつある文化的分裂が避けられたんだよ。」

「でも正直に言うと、私にはナポリの貧乏人《ポポリーノ》がとくに洗練されているようには見えないがね！」

「待った、ヴィットー。私が《洗練された》と言っても、何もナポリのプロレタリアートの学識のことを指していたのではないんだ。これは別問題であって、責任はほかでもない、中央政府の肩にかかっている。私が言わんとしたのは、ナポリの労働者はたとえ無知でも、人間的価値に富んでいるし、こういう性格は私見では、入り混った環境に暮らしていて、二階の侯爵、三階の弁護士、地階のバッソの何でもやらかす貧民が絶えず接触することにより、社会身分とは関係なく、建物のすべての住民たちの生活の地平線を拡大してきたということによると思われるのだ。」

「でも、今日日《きょうび》、事態は変化した。金持ちはナポリの下町を捨て去って、ヴィーア・オラーツィオやヴィーア・ペトラルカ——ちなみに、ここじゃ、バッソなぞ存在しない——沿いに彼ら自身のゲットーをつくってきている。他方、貧民はというと、バッソ地区の生き残りとして住んでいる。彼らはあんたのいうように幸せかもしれんが、もちろん、以前よりずっと貧しくなっているんだぞ。」

「ヴィットー、分かってもらいたいのは、幸福は相対的だということさ。誰にもそれぞれの《幸福》観があり、これがメジャーの標準になっている。だから、その人がそれぞれの瞬間に幸せか否かを見いだすためには、その人が自分の現状をその人の理想たる幸福と比べなくてはならない。たとえば、今私はサヴェーリオに訊く――『サヴェー、きみにとって幸福とは何かい？』と。」

「プロフェッソー、お好きなように。」

「サヴェー、『お好きなように』とはどういう意味かい？　きみの考えでは、幸福とは何か、言っておくれ」、と先生は追及した。

「プロフェッソー、儂はいつも先生に賛成だし、おっしゃることは何でも儂にはオーケーです。ですから、幸福とは何かをおっしゃってくださいな。このサヴェーリオはうやうやしく拝聴し、決して逆らったりはしませんから。」

「サヴェー、いいかね。かつてきみは私に言ったね、きみも家族全員もサン・パスクワーレを崇拝している……って。」

「サン・パスクワーレ・パイレンヌさま！　大聖人にして、サン・ジェンナーロの親友であられます。儂は結婚してこの方、サン・パスクワーレを信仰してきましたし、いつも素敵なものを儂に見せつけてくださったことを認めざるを得ません！」

「何を言うんだい！――とヴィットーリオ博士が抗議した――きみは失業していて、一文なしなのに、それでも素敵なものを見つけてもらったというのか！　少し前にも私に言ったではないか――

『子供たちの成長が早く、とくに足が大きくなって、三人みんなのためにどうやって靴を買ったものか分からなくて、心配している』って。」

「ドットー、そのとおりでさ。儂は子供たちの靴のことがひどく気がかりになっているんだけれど、でも儂らは靴のことをサン・パスクワーレさまに申し上げたことはなかったんです。申し上げたのはただ『サン・パスクワーレさま、お助けくださいさい』(San Pascà aiutaci tu) だけです。するとありがたいことに、儂らはいつもずっと元気でこられたのでさ。」

「それさ! ——と先生は言うのだった——それが私の聞きたかったことなんだ。私はサヴェーリオが求めてきた最大の祝福が何か知りたかったんだ。それを知れば、サヴェーリオの幸福観を引き出せるからね。言い換えると、私たちがバッソの戸口で笑ったり歌ったりして遊んでいる汚いぼろを着た少年を見かけると、私たちは安楽な家庭にすっかり慣れているから、無論この少年を哀れに思い、同情をかき立てられるが、この少年のほうでは、ほかの環境は知らないから、その瞬間、相対的な幸福の絶頂にいるのかもしれないんだ。」

「きみのいう相対的幸福は、むしろまったくの無責任と呼びたいね——とヴィットーリオ博士が言い返した——ねえジェンナーロ、わけを話そう。ある利便の重要性がそれを欲しがる人に関係しているのは事実だとしても、この主張はほかの利便の場合には無効だよ。たとえば、私がゴムボートを入手して得られる満足が、強さでは億万長者の息子がヨットを購入して得られる満足に比べられるにしても、人生には完全に客観的であって、誰にも関係なく同じ重要性をもつような利便も存在する。先にサヴェーリオが挙げた例を取り上げるなら、それは健康だよ。サヴェーリオの家族は最良の健康を享受していて幸せだ。もう百年もそれが続くことを願っているが、でも急に医療処置が必要になったり、優秀な病院の手当てが必要になったとしたら？　ナポリでいったい救急病院が見つかるというのかい？」

「ドットー――とサヴェーリオが遮った――こんな〔角を立てる〕仕草を許してください、でも儂はどうしても悪魔の邪眼を払いのけなくっちゃ……。」

「しかも優秀な病院は――とヴィットーリオ博士が続けるのだった――空中から現われるのじゃなくて、懸命な努力や生産性の成果なのだ。何千人もの科学者や学者の自己犠牲と献身がなければ、人類は今日でも野生の状態に置かれていただろうよ。」

「ねえ、ヴィットーリオ、儂たちの間でいつも同意できないわけは、あなたがいつも過激過ぎるということですよ。儂は人びとが手を抜くべしとか、社会条件の改善を拒否すべしとかと弁護したことは決してない。ところがあなたによると、すべての人間は必ずしも平等ではないとか、スーパーマンのような幾人かと、はるかに大勢の凡人とが存在することを認めざるを得ない。ところで、エピクロスが行動倫理を定めたのは、普通のきちんとした人びとのためだった。彼の分別のある常識的な学説は、人びとを条件づけている偽の偶像から離れさせるためだった。もちろん、天才に恵まれた人、開拓者の消すことのできぬ炎をもった人、改革者、求道者は生涯においてその使命を成就しなければならない。クリストフォルス・コロンブス、セービン〔アルバート・ブルース（1906–1993）セービンワクチン（経口生ポリオワクチン）の発見者〕、フレミング〔サー・アレクサンダー（1881–1955）ペニシリンの発見者〕はかけ離れた人たちですよ。そうはいっても、どいつもこいつもが自身の家族愛を放棄して、ひたすら名もない会社の社長の地位に就こうと躍起になる権利があるということにはなりませんよ。」

「賛成できなくてごめん。私はセービンやフレミングのような人たちは、どの人間にも備わった資質を最高度に持っているだけだと考えているんだ。ミラノの生活水準がナポリに比べてはるかに高いのは、ミラノ当局のせいではなくて、ミラノ市民全体のせいだと確信しているんだ。《高い》とか《開けている》とかで私が何を言わんとしているのか、とわざわざ訊かないでおくれ。ポッツオーリがイタリアで幼児死亡率の記録をつくっているということは、未開を意味する。コレラのような病気も未開的だ。」

「ドットー、あなたもナポリ人だということを忘れないでくださいよ――とサルヴァトーレが言った――そんな話し方は止してくださいな。民衆を非難する前に、ナポリ当局やとりわけイタリア政府がナポリ市に対して担っている責任を追及すべきなんだ。十九世紀のナポリは最初に鉄道を作った首都だったし、当時は今日よりたくさんの劇場をもっていたんですよ。」

「サルヴァトー、そんなことを私が言うのは、自分がナポリ生まれだからなんだよ。新聞でナポリのことを読んだり、誰か哀れな市民の一人に対してテレヴィのインタヴュアーが無慈悲なインタヴューがなされるのを見たりすると、心が痛むんだ。この同郷人には愛情も恥辱も同時に覚えるんだ。懸命にイタリア語を喋ろうとしていながら、ナポリ・チームが勝利しただけで（abbasta ca vence 'o Napule）、諦めてしまい、自分の都市がダメになるのを眺める気になっているのだからね。」

「ヴィットー、あんたの気持ちは分かるし、あんたの気持ちが好きだよ――と先生が言った――ナポリが締めつけられている腐敗や密貿易の縄から解放されるためにはどれほど努力しなくちゃならんかということは十分承知しているけれど、あんたはナポリがミラノのカーボン・コピーになることを望んではいけないな。ナポリじゃ、何十人もコレラで死んだが、同じ瞬間にミラノでは何千人もが孤独死しているんだぞ。私は愛情を失ってまで進歩を買いたくはないね。私は別の道を試したいんだ。権力と競争の石で舗装される必要のない道をね。だから、もう一度第一に重要な質問をしたい。《人生とは何か?》だ。」

「人生は人生さ——とヴィットーリオ博士は即座に答えた——この返事を陳腐と思わないでおくれ。これは、生きることが最重要ということさ。でも、みんなができるだけ長生きするためには、みんなが最大限の努力をしなくちゃならんのだ。エピクロスは物事を短期でしか考察せず、人生の特定の選択が二、三年後に招来するであろう結果を分析しただけだった。ところが、問題ははるかに広範なんだ。私たちが今日懸命に努力するのも、子供たちが明日幸せに生きられるようにするためなのだ。」

「どうして?」

「けれど、そういう論理をたどると、私らの子供の子供も明日幸せにはなれないだろうぜ。」

「時間がないだろうからさ。彼らは子供の子供を幸せにするために懸命に働いて、その結果、自分では幸福を経験しないまま死ぬことになろうからだ。」

「ジェンナー、無駄口ばかり叩くなよ! なんてこった。無駄口ばかりじゃないか! 今さら何をか言わんやだ。もう止めようよ。でも、きみが物知りだということは分かっているんだ。きみがナポリの通りを歩くとき、きみも知ってのとおり、目にするナポリはきみのいうナポリじゃないことは分かっているよ。そういうナポリはきみの頭の中だけにあり、たぶん存在したためしはないんだ。」

「さあ、どうだか！　ほんとうのナポリがどういうものか、誰にも分からんよ。でも、ときどき考えるのだ、ナポリ――私のいうナポリ――が現実の都として存在しないとしても、観念として、形容詞としてはたしかに存在する、とね。そして、そのとき考えるんだ、ナポリは自分が知っているもっともナポリ的な都だし、世界のどこへ行こうとも、いつもナポリがいくらか必要だったって。ルイージ、きみは黙りこくっているが、ミラノで暮らしたことがあるのだから、お願いだ。ヴィットーリオに言ってやってくれないか――ナポリが私たちにとってどういうことを意味しているのかを。」

「さあ、どう言うべきか分からないね。お二人の意見を聴いてきて、二人とも正しいような気がする。たしかに、私はミラノで一年間暮らしたし、ヴィットーリオ博士が言うように、ミラノは都市として機能しているし、人びとも反感を覚えさせるわけじゃなくて、むしろ、いつも大変親切だ、ということも分かる。たとえば、地下鉄。たいそう素晴らしい。清潔で速いし、一電車逃しても、すぐ次のがやってくる。天候？　天候には慣れられる。ヴィーア・ミルキオッレ・ジョイアに朝八時に居た日のことを覚えている。寒くて霧が出ていた。太陽もときどき顔を出したが、見ることはできなかった。空の一部分が灰色から少しばかり白くなったので、太陽が輝いたと分かるだけだった。八時には人びとは仕事に出かけていたし、誰も話すのが聞こえなかったし、口からぷっと煙を出して、さっさと立ち去ってしまうのだった。私がミラノについて覚えているのはこれだけですよ。とにかくみんながせわしかったね。」

＊1　バッソ（I bassi〔複〕）は純ナポリの現象であって、道路に直面した、みじめな窓なしの一部屋のこと。

地階はたいてい地面より低くはないので、この語は《地階》(basement)とか他の語では訳することができない。(英訳者脚注)

＊2　ナポリの売春婦に関しての、喜劇作家エドゥアルド・デ・フィリッポのもう一つの映画。ソフィア・ローレンが演じている。

＊3　ナポリの貧民区に特徴的な狭い道路のことを指している。

第14章　モーニングコール

「おはようございます、インジェニェー！──サルヴァトーレが玄関から出ようとしている私に声をかけた──いい日じゃないですか！　とても十二月とは思えませんね。」

「ほんとによい日だね、サルヴァトー。コートも要らぬくらいだな。」

「ええ、神さまは雪、つまり欠乏をご覧になると日光を振りまくらしいです。」

「まあ、それくらいが限度だ。」

「インジェニェー、欠乏の話をしていて、ほとんど忘れてしまった。今何時です？」

「九時五分だよ。」

「それじゃ、若男爵デ・フィリッピスを起こさなくちゃ。あなたも僕と一緒にいらっしゃいませんで？ほんの数秒ですよ。」

「デ・フィリッピス男爵を起こしにかい？」

「ええ。でも、彼の家にではないのです。中庭の裏に回って、窓の下から呼びかけるんです。二階に住んでいるもので。いいですか、デ・フィリッピス男爵は私が毎日九時きっかりに起こすために、月三千リラ払ってくれているんです、日曜を除いてですが。」

「分からないな。彼は目覚まし時計を使うほうが簡単だろうに。」

「いや、インジェニェー。目覚ましはまったく役に立たないんです。」

「どうして?」

「わけを説明しましょう――と答えながら、サルヴァトーレは中庭へと歩き出した――この若男爵は大学で法学を勉強しているんです。誰かに毎朝九時に起こしてもらい、勉強する必要があるのです、そうしないと、卒業できませんから。」

「でも、九時ならひとりで起きれるはずだ。六時というのなら、理解できるけどね。」

「もちろんです。でも、この男爵はあいにく少々やり手(scafatiello)でしてね。お分かりかな? 彼は女好きなんです――とサルヴァトーレは意地悪くにやりと笑いながら言った――ですから、帰るのは朝方の二時、ときには三時になるのです。メラでダンスをしに通っているからです。根っからのプレイボーイなんですよ(è veziuso!)。」

喋りながら歩いて行き、このプレイボーイがまだ眠っているに違いない部屋の窓の下に到達した。このとき、サルヴァトーレは低い声で、囁くかのように、叫ぶ振りをした。

「若男爵……若男爵デ・フィリッピスさま……九時ですよ……弁護士さん、起きてください……九時ですよ。」

「でも、サルヴァトーレ、もっと大きな声を出さないと、聞こえないぞ!」

「もちろん、インジェニェー、聞こえませんよ。でも大声で彼を目覚ますと、きっと怒り出すんですよ。」

「じゃ、窓の下へ何しにやってきたんだい?」

「ああ、インジェニェー。何も分かっていらっしゃらないね!――とサルヴァトーレは我慢強く説明するのだった――さっきも言ったとおり、彼は毎月三千リラ支払って、儂が男爵の窓の下に毎朝九時きっかりにやってきては、起こそうとすることになっているのです。それで義務を果たして、おさらばするのです。男爵としては、儂をこさせて、毎朝九時に起こしてもらうようにすることで、いわば善意を示したことになるし、彼の良心は落ち着くのです。あなたはその証人になったわけです。まあ、こうして、儂らはみんな幸せになるってわけですよ。」

第15章　十六タイプの羅針盤

理性と情熱、
それは海を渡って行く魂の
舵《かじ》と帆。
カリール・ジブラン『預言者』（*The Prophet*, 1910）
〔佐久間彪訳、至光社、一九八四年、四九頁〕

「私見では、どの時代でも独自の哲学者たちを輩出してきた——と私が言った——し、今日の私たちは二千年以上も前に生きた哲学者の考えを共有することはできない。エピクロスが現代に生まれたとしたら、きっと別の説教をしていただろうね。」

「いいえ、技師さん。エピクロスの哲学はいつも最新流行のものですよ。」

「いや、先生、そんなことは言えませんよ！　人びとは一次的な欲求だけを満たすべしというエピクロスの言明はもはや通用しません。私の見るところでは、違いはここにある。つまり、エピクロスの時代には飲食という基本的な欲求に備えることが真の問題だった……。」

「いや、インジェニェーレ——とヴィットーリオ博士が遮った——それは今でも問題ですよ！」

「うん、今日人類の七〇パーセントはまだ飢え死にしているが——と先生は明言するのだった——、三〇パーセントはダイエットしているのです。」

「言いたかったのは――と私は続けた――今日の西欧の生活水準がひどく上昇したため、西暦紀元前三〇〇年にエピクロスが二次的、否、三次的とさえ見なしていた多くの利便――芸術、肉、教育、コミュニケーション、等々――は今やなしではすまされなくなり、したがって、一次的重要性を帯びてきているということですよ。」

「そうですかい？――と先生は私を遮った――みなさん、お願いだ、もうちょっと真剣になれませんか？　物事をそう額面通りに受け取らないようにしようではありませんか！　エピクロスのメッセージの本質を理解しようとしさえすれば、今日ほどエピクロス哲学が重大性をもったためしのないことに気づくでしょうよ。エピクロスはいったい何を言ったのか？　快楽はその自然な中身や欲求に応じて評価されねばならないということです。こうすることにより、結果として、すべての快楽を整序するのを可能にする評価尺度に到達するのです。つまり、頂上には自然かつ不可欠な、一次的快楽が、その次には自然だが不可欠ではない、二次的快楽が、そして最後には自然でも不可欠でもないことを特徴とする空虚な快楽が存在するのです。この時点で友人の技師さんがやってきて言うのには、『エピクロス時代に不可欠と見なされなかった利便が、今日では逆に不可欠になっているのだ』、と。ごもっとも、と私は答えるのだけれど、こんなことは少しも私たちの問題にはならないのです。ただ言わんとしていること、それはエピクロスによれば、一次的快楽と二次的快楽を区分していた線が、そうこうするうちに移動してしまい、さらにもっと一次的快楽を包含するようになったということです。でも、だからと言って、エピクロスの倫理がもう無効だというのではない。むしろあえて言うと、そのテーゼは補強されるに至っている。エピクロスは飲食、睡眠、友情を一次的利便と見なしたし、あなたもおっしゃったように、飲食、睡眠は今日ではエピクロス時代よりも比較的容易に手が届くようになっているにせよ、第一次的快楽としての友情の重要性をさらに増大したと結論せざるを得ません。しかも忘れてはいけないことだが、友情は権力に対置されねばならないのです。権力は競争的快楽なのであって、第三次的なあらゆる快楽の唯一の原因でもあるからです。」

「はっきり言って、これはエピクロスの立場というよりもキリスト教の立場のように思えますが。」

「ちくしょう、そいつはあんたらが《エピクロス》という用語を取り違えているからなんだ。ほんとうはまったく別のことを意味しているのに！　すまないが、言わせてもらいたい。今日日《きょうび》私たちの住んでいる世の中は一つのビッグ・レースじゃなかろうか？　みんながそこでは成功を求めて、つまり、自分なりの私的な権力を求めて躍起になっているんだ。流行の車、名称の後の肩書、貴賓席、その他消費社会の発明した無数の商品、これらは人びとにますます産み出すよう仕向けるために、権力がつくりだした価値尺度の階段にほかならない。ある政党、ある個人会社、あるいは或る者の入っている、どこか事務所に行くとする。目にする唯一のこと、それはたまたま訪ねた当の職員が獲得した権力がどの程度かということさ。ミネラル・ウォーターのカラフ一杯分とか、一メートルの高さの異国風なゴムの木だって、なにも効用や美のせいでそこに置かれているのではない。そうではなくて、幾年ものハードワークや日々の葛藤で得られた権力のレヴェルそのものを表わしているんだ。会社によっては、フルタイムの雇傭者が誰かこの事務所を上級レヴェルに属する品物で飾りはしないかと監視だけしていることさえある。こうなると、エピクロスがこの偽価値の大混乱の中に不意に舞い下りてきて言うのだ――『みなさん、物事の本質に注意なさい、そして健康に次いでもっとも値打ちがあるのは友情だということを考えなさい！　偽価値で振り舞わされてはいけません！　目的物を選ぶ前に、それらがあなたたちの真の欲求に合致しているかしっかり確かめなさい！』と。」

「ジェンナー、どうも私にはしっくりこないことが一つあるんだ。先日きみは三時間もかけて説得しようとしたね――自由と愛情とは対立している、と。ところが今日きみは、愛情は権力と対立すると言っている。するってえと、きみには自由と権力が同じものだという結論になる……。」

「そんなにせかないで。馬鹿な結論を出すなよ！――と先生は遮った――一分だけくれれば、私の理論を正確に説明した図表をお示しするよ。サヴェー、これはお願いであって、命令じゃないんだ。テーブルの上を見てくれないか、ペンと方眼紙はないかい？　よく探せば、ノートブックがどこかにあるはずだ……」

「はい、先生。注文どおり、ペンと紙です。よろしければ、ぶどう酒《レッテレ》をもう一びん持ってきますよ。話がこんがらがってきているようだし、頭をリフレッシュするものが何か必要ですからね。」

「良かろう、サヴェーリオ。では、私が言ってきたように、愛情と自由の説をはっきりさせるには、人間精神を図示しなくてはならない。詳しく説明しよう。人間の本性が、二つの衝動だけ――一つは愛情、一つは自由――から成っていると仮定するなら、人間の心をデカルトの二次元図表で表わせるであろう……。」

「プロフェッソー、さようなら――とサルヴァトーレは言った――もう失礼します……。」

「まあ、待ちなさい、サルヴァトー。すぐに簡単なことだと分かるだろうからね。ほら、見てごらん——こう言いながら、先生は直角に交叉する二本の直線を紙の上に書いた——この水平線は愛情の軸を、垂直線は自由の軸を表わしている。さて、私、ジェンナーロ・ベッラヴィスタはこのデカルト図表のどこに居るのか？　ほらこのB地点あたりだ——と言いながら、先生は紙の上に点を書き、そこから二本の線を引き、直角で交わらせた——この点は私を表わし、私は愛情の或る量xと自由の或

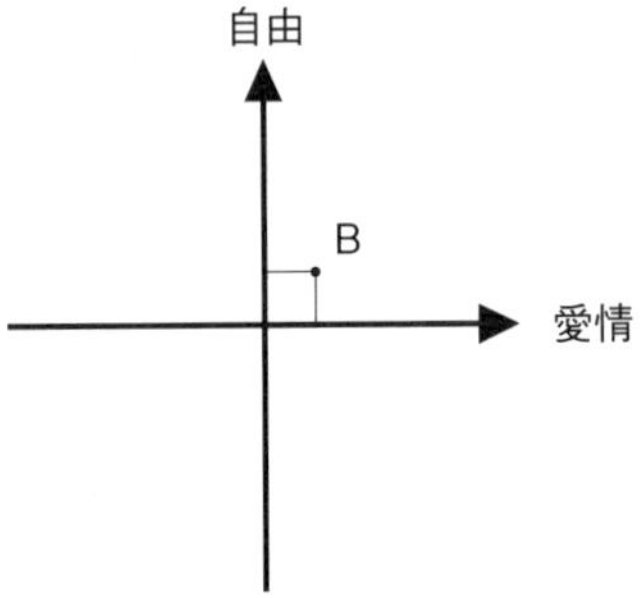

る量yとを有している。言うまでもなく、生涯の過程でこの私に等しいB点は振りかかる環境次第で一瞬ごとに移動する。たとえば、大勢の人びとと共生することを強いられると、当然ながら、私の自由への欲求は、愛情への欲求を犠牲にして増大するであろうし、他方、無人島に難破したとすれば、私は愛情への欲求をすぐさま感じるであろう。ラッシュアワーに運転する人と、公海の水夫との態度の違いを考えてみたまえ。ラッシュでは息が詰まるし、すぐにけんかをおっぱじめたり、相手のドラ

イヴァーに悪口を吐いたりするだろう。しかし、海水以外に何もない公海では、ほかの船に出会うと相手のことをまったく識らなくても、遠くから挨拶するであろう。」

「なるほど、そうだ。」

「でも、だからといって、図表に特殊な点——私たちが生涯の過程で、ごく頻繁に出くわした精神状態のせいで動いてきた地域の重心とでも呼べそうな地点——を銘々がいつも占めていないというわけではない。」

「先生、儂はどこに居るんで?——とサヴェーリオが訊いた——よろしければ、この図表に儂を示してくださいませんか?」

「サヴェーリオ、きみはほら、S点にいるよ。愛情はたくさんあるが、自由はほとんどない。」

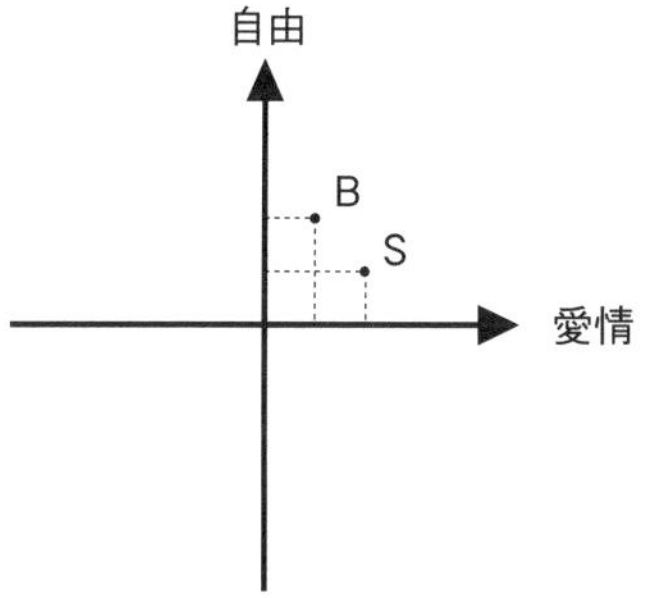

「プロフェッソー、どうして儂には自由が欠如しているんです？」

「だってさ、アスンティーナと子供たちがプロチダに行ったとき、きみは平和で静かな数日を聖母に感謝する代わりに、みんながナポリに舞い戻ってくるまで、途方に暮れていたじゃないか。」

「そのとおり、プロフェッソー。まったくおっしゃるとおりだ。」

「では、この図表分析の試みを続行しよう。先にも言ったように、水平軸は愛情軸だ。でもこの軸には否定的な部分――左側の憎悪を表わす部分――もある。もちろん、ここでかかわるのはそっくり心から成っていて、頭は皆無の、本能的な、情動的な軸なのだ。」

「それじゃプロフェッソー、自由の反対は何ですか？」

「せかないで。ここでは事態がより複雑化するんだ。愛情が何かということは、みんなが多かれ少なかれ理解しているが、自由となると、同じことは言えないように思うのでね。」

「自由は自由でさ」、とサルヴァトーレは言った。

「いいかい、サルヴァトーレ。あいにく答えはそれほど簡単ではないんだ。ある人にとって、自由とは民主政を意味するが、別の人にとってはそれは無秩序を意味するし、だからこの時点で、私はもう数分を費やして、自由とは何を意味するのかをきちんと説明しなければなるまい。」

「ご心配なく、プロフェッソー。拝聴しますよ。」

「それでは言うが、自由とは、圧迫されたくないという欲求であると同時に、他人を圧迫したくないという欲求でもある。だから、自由の反対は、服従されたいという欲求や、他人を服従させたいという欲求、換言すれば、《権力》だ。」

「私に関する限り、自由の反対はファシズムだ」、とヴィットーリオ博士が言った。

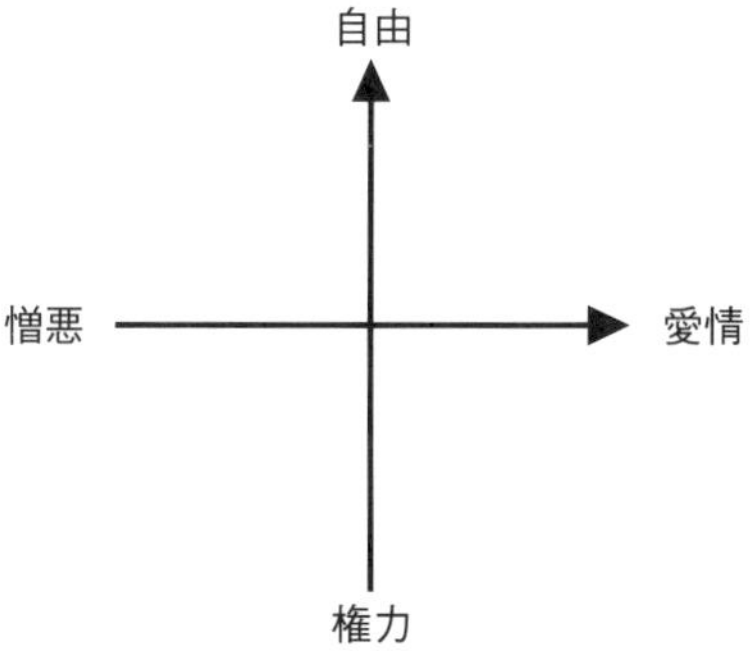

「ファシズムは権力の最悪の表われに過ぎない。権力をファシズムと同一視すると、政治的な考えも持たずに、それでも家族の一員であれ、職場の同僚であれ、周囲の者に命令して楽しんでいるような連中を、権力者として認めなくなる危険がある。いや、みなさん、ここで《権力》というとき、たんにクーデタの意味だけでそれを使うわけではないんです。管理人頭になりたがるとか、隣には誰でもフィアット五〇〇しかもっていないのに、フィアット一二八を買いたがるとか、いうのも権力欲なのです。フィアット一二八が便利だからというのではなくて、ただ他人の嫉妬心をかき立てたい一心

でね。《嫉妬心は死ね》(Invidia crepa) というのはナポリの貧しい小路の手押し車に書かれているスローガンです。」

「でもプロフェッソー、フィアット一二八を買えないとしたら、どうすべきなんで? 進歩を無視すべきなのでしょうか?」

「いやまったく、サヴェー。フィアット一二八なら買えるよ、でも荘子の言葉を思い出さなくっちゃ。『物を物として用い、物から汝を物として用いられるべからず』と言っている。言い換えると、荘が言わんとしたのは、フィアット一二八をフィアット一二八として使え、そして権力の象徴として使うな、ということなのさ。たとえば、ここにいるわれらの友人の技師さんも、素晴らしいモーターボートを買ったばかりだと先に言っていたね。けっこうなことだが、われわれとしては、彼になぜこのモーターボートを買ったのかを尋ねるべきなんだ。公海が、汚染されていない海が好きだから? 浜の群衆から離れたいから? 独りで考えごとをしたいから? 技師がそうと答えるなら、彼は自由人だということを意味する。逆に、モーターボートを買ったのが、みんなから、彼が桟橋から出てゆくとき、『ごらん、あの技師は何ともきれいなモーターボートを買ったわね、月末にはどっさりお金が儲かっているに違いないわ』と言ってもらいたいからだったとしたら、この技師を権力追求者と分類しなくてはなるまい。」

「儂が思うに――とサヴェーリオは言った――技師さんがモーターボートを買ったのは、女性たちを海に連れだすためだったんだ。」

「だから消費万能主義は権力欲と考えてかまわないのかい?」と私が訊いた。

「当然だ——と先生は答えた——消費万能主義は人間のうちにある権力欲をだんだん拡大させていくし、この目標に向かって、ゴールの目盛りを定めるんだ。どの一歩も一段階、獲得すべき勲章なのだよ。哲学者にとってだけ、消費万能主義は上昇どころか、下降する途であり、人を奈落に導き、ますます愛情の軸から遠去ける途なのだ。」

「でもはっきり言って——とサルヴァトーレが口を挟んだ——われわれナポリ人はそんなに消費しちゃいないけどね。」

「じゃこのデカルト座標にちょっと注目しよう——と先生が続けた——四区画それぞれに名称を付けようではないか。右上の建設的な区画を聖者の区画と名づけたい。筆頭に置きたいのは、大聖者、非暴力の予言者のマハートマ・ガンジー〔1917–1984〕だね。実際にはほかにも何百人もの思想家を愛情と自由の区画に入れることができるだろう。たとえば、バートランド・ラッセル、法王ヨハネ・パウロ二十三世、マーティン・ルーサー・キングとかね。でも一人ずつ入念に検討してみて気づくのだが、ラッセルは愛情よりも自由を少しばかり好んでいたし、ヨハネ二十三世は自由の、というよりも愛情の人だった。ほかの人たちについても同じことが言える。中道、つまり建設的な区画の二等分線は、人の自由欲と愛情欲が完全に等しくて釣り合っていることを要求するが、この場合、人は元の軸点から隔たれば隔たるほど尊敬されることになろう。」

「サン・フランチェスコは?」

「サン・フランチェスコは純粋に愛情だ。彼は自由の問題は完全に無視している。だから、彼はイエス・キリストのごく近くに、愛情軸の真上に場を占めることになろうよ。」

「じゃ、プロフェッソー、ほかの区画には誰を入れますか?」

「さあね。少し考えてみよう。左下の区画は暴君、極悪な連中の区画だ。この種の状況にいるのは一人の名前しか思い浮かばない。ヒトラーだ。憎悪と権力だよ。」

「ひどい奴でしたね!」

「左上の区画は反逆者の区画であって、私としてはパレスティナ・ゲリラ兵フェダーイーに当てたいね。すまんが、フェダーイーの立場に身を置いて、言ってくれないか――この哀れな男は憎悪する理由も自由を欲する理由も同時にすべて兼ね備えているのじゃないかね? 彼は実際にすべてを失ったんだ、家も、祖国も、自尊心もね。だって、イスラエル人たちは彼の国土を奪っただけではない。彼の面目を汚して、世界中に証明さえしたんだ――懸命に頭をつかえば、パレスティナのような荒地からでも果実や裕福が得られるということをね。私に言わせるなら、これこそが、フェダーイーにイスラエルを憎悪させる本当の理由だと思うよ。」

「はっきり言って――とサヴェーリオが言った――このフェダーイーというのは分かりませんや。イスラエル人たちが餓死寸前の国に巨万の富をもってやってきているのに、連中は地面に顔をくっつけて聖母に感謝するどころか、こんなひどい面倒をつくり始めているんだ! イスラエル人たちが抱いているこの労働欲をできるだけ有効活用して、利益をすっかり絞り取るほうがはるかにましだったのではないでしょうかね? それどころか、テロリストになってしまった。ありがたいことに、幸いにも、ほらあんたたちの住んでいるところは、世界中でいちばん神聖な都エルサレムなんだ。どうしてすぐにそこを宗教トゥーリズムの一大センターにしようとはしないんだ? 聖遺物、聖像、メダル、それに石のかけら、――嘆きの壁から取ってきたものだと主張したっていいじゃないか！　まあ、ヴァチカンで学ぶことだな。ポンペイやパドヴァでやるべきことを勉強するんだな。異なる宗教のサッカーチームをつくるんだな！」

「サヴェーリオの言うとおりだ――とサルヴァトーレが言った――ちょっと投資したら、たんまり儲かるのに！　ちょっと宣伝番組《コマーシャル》を流す――たとえば、『エルサレムの聖餐拝受はほかのところの二倍の値打ちがあるよ』とか、『祝日割引期間中に割礼をしたまえ』とか。そうすれば、イスラエル人もパレスティナ人もみな豊かになれるのに。そうじゃないですか、プロフェッソー？」

「私見では――とパルオット博士が笑いながら言った――米国人はキッシンジャー博士を中東に派遣するよりは、サヴェーリオやサルヴァトーレを送るべきだったんだ。」

「ご冗談を！――とサヴェーリオが言った――でも国連の代表がみなナポリ人だったなら、きっと戦争が勃発したりはしないだろうし、世界の武器工場は新年祝いのための爆竹や花火しか作らなくなるだろうになあ。」

「みなさん、ちょっと注目して！――とベッラヴィスタ先生が言った――話題に戻って、残りの最後の区画に名称を付けようじゃないですか。愛情と権力にしたい。あなたらはどう思うか分からんが、この二つは制度としてのキリスト教会の目標にほかならないから、私としてはこれを法王の区画と呼びたい。」

「でも、僕たちはすでにヨハネ二十三世を第一区画に入れたのではなかったですかい？」

「もちろん。でも、権力と愛情というとき、私は抽象的な、つまり、歴史的機能としての法王制度のことを考えているんだ。個別に法王たちを評価するなら、ヨハネ二十三世はもちろんガンジーと同じ区画に属するが、アレクサンデル六世やボニファチウス八世はヒトラーの区画に属することになる。」

「それじゃ、法王の区画にはどの法王を入れるべきなんです？」

「それには疑いがない。ソアナのヒルデブラント、グレゴリウス七世だ。四区画をそれぞれ規定したから、これからは頭に浮かぶ歴史上の人物をみな配置して楽しむことができる。バイロンはここに入れよう。自由をひどく欲しており、世界全体への憎悪を少しばかり抱いていた……。」

「でも、バイロンは愛情と自由の人じゃなかったのですか？」とパルオット博士が訊いた。

「いや全然。自由はいっぱいあっても、愛情のかけらはほとんどないんです。愛情をロマンスと混同しないでください。バイロンはカルヴァン主義者で、びっこで、人間嫌いで、スノッブだったんです。彼が好んだのは、憎悪のせいで、また自由を求めて神に反旗を翻した光の天使ルシフェルだったことを忘れないでください。反逆者の話をするときには、ニーチェも正しい位置に入れましょう。いいですか、ニーチェは分類のはなはだしがたい人物なんですよ。彼が大詩人で憎悪の人でもあったことに疑いはないけれど、質問は、彼を権力か自由か、どちらに入れるかということです。」

「ニーチェはヒトラーに好かれた哲学者でしたね――とヴィットーリオ博士が言った――どうして違うのです？　両者を一緒に入れれば問題は起きない。」

「いや、違う。ツァラトゥストラは権力追求者ではなかった。ツァラトゥストラは言ったんだ、『反逆は奴隷の高潔さだ』と。たぶん、ニーチェは自由、権力、愛情、憎悪、の何にでもなれるのだろうね。どこにでも飛んでゆく落ち着かぬ点なのさ、でも、無理矢理彼を釘づけしなければならぬとした

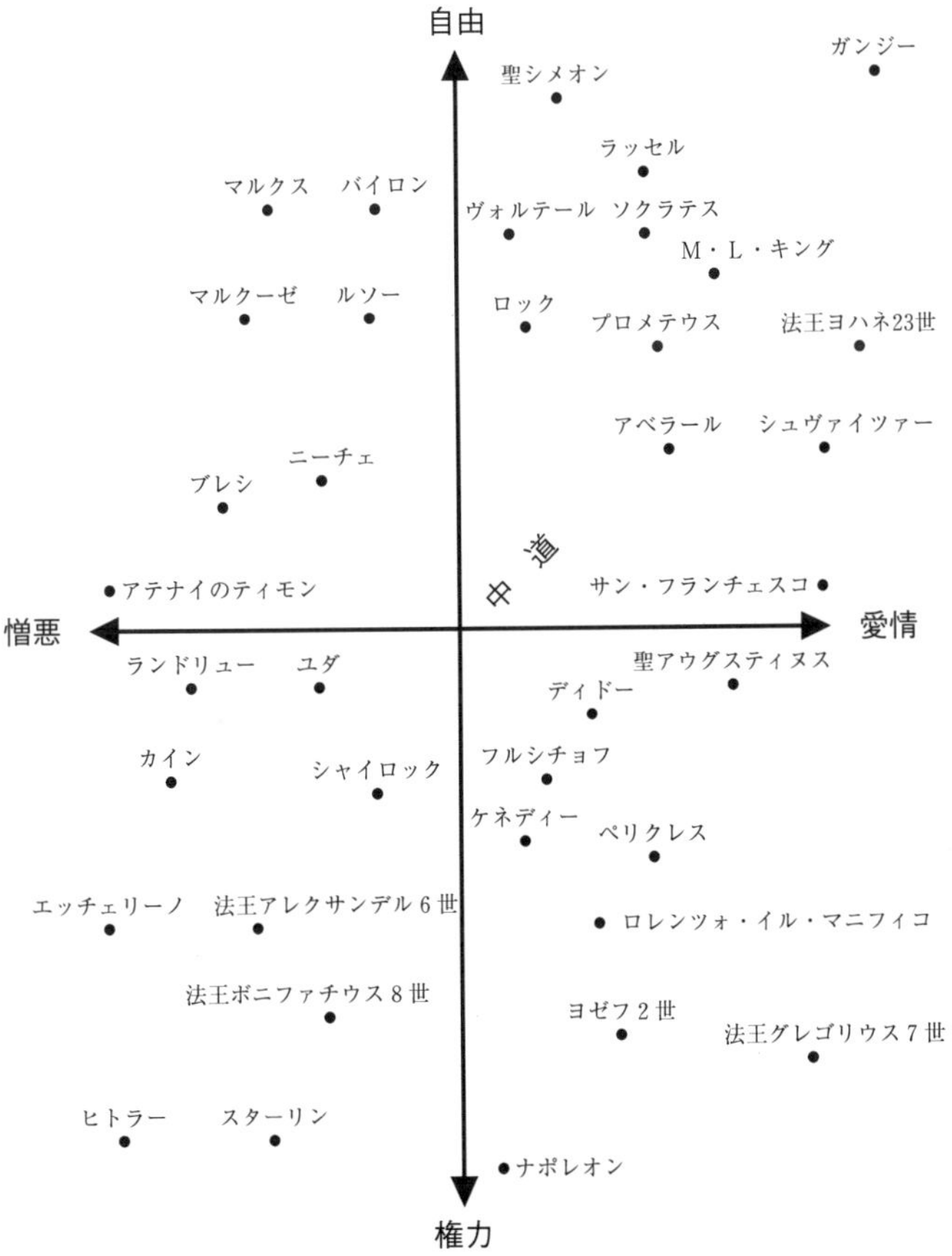

自由
ガンジー
聖シメオン
ラッセル
マルクス
バイロン
ヴォルテール
ソクラテス
M・L・キング
マルクーゼ
ルソー
ロック
プロメテウス
法王ヨハネ23世
アベラール
シュヴァイツァー
ニーチェ
ブレシ
中道
アテナイのティモン
サン・フランチェスコ
憎悪
愛情
ランドリュー
ユダ
聖アウグスティヌス
ディドー
カイン
シャイロック
フルシチョフ
ケネディー
ペリクレス
エッチェリーノ
法王アレクサンデル6世
ロレンツォ・イル・マニフィコ
法王ボニファチウス8世
ヨゼフ2世
法王グレゴリウス7世
ヒトラー
スターリン
ナポレオン
権力

ら、暴君よりも反逆者たちの居る、憎悪と自由の区画に入れるだろうよ。ニーチェは言った、『知性は人が耐えられる孤独の量で測られる』と。ところで、もう少しこの遊びを続けてみよう。ルソーはここ、ヴォルテールはここ、アルベルト・シュヴァイツァーは別の側の、右のやや下に、ナポレオンはここ、スターリンはそこのヒトラーとナポレオンの中途に、エッチェリーノ・ダ・ロマーノ〔1194-1259 ドイツ皇帝フリードリヒ二世の補佐者。後にその女婿となる〕はもっと憎悪のほうに置き、ジョン・ロックは中道のどこか近くに置かねばならない。誰をも無差別に嫌いだと主張した、アテナイのティモンは憎悪の線上に置いてよかろう。プロメテウスは？　プロメテウスは人類愛から神々より火を盗んで、永久に鎖につながれる破目になったのだから、愛情と自由の区画に入れよう。マルクーゼは憎悪と自由の区画に一つの点を見つけねばならない、もう一つはマルクスのために……。」

「マルクスは実のところ愛情の区画に属するね」、とヴィットーリオ博士が言った。

「全然違うね。憎悪への何らかの能力なしには、彼が書いたものを誰も書けはしなかったんだ。以下、ユダとカイン、自由軸の上のほうには柱頭での生活者聖シメオン〔390頃-459 シリアの苦行者〕。さて、ランドリュー、ケネディー、フルシチョフ、ペリクレス、ディドー、ソクラテス、ハプスブルク家のヨゼフ二世——ヨーロッパの最大の君主——は権力と愛情の区画に入れよう。それから、アベラール、シャイロック、ロレンツォ・イル・マニフィコ、聖アウグスティヌス、ロレンツォ・ブレシ……も。」

「これは面白い——と私は言った——あなたの理論でゲームをすることだってできますね。たとえば、古代・現代の有名人のリストをつくり、それから、私たちが銘々、別個に、彼らをこの図表の中のどこに位置づけするかを確かめてみることもできますね。」

「実をいうと、私自身もかつてそういうゲーム用の一種の図式を考案して楽しんだのです。これを後に《十六タイプの羅針盤》と名づけたんです。」

「十六タイプの羅針盤とは？」

「お見せしましょう、ほらね――と先生はもう一枚方眼紙を取り出して、もう一つ図を描いた――今度は十六本の線が得られる。ちょうど羅針盤の方位みたいにね。そして、それぞれの線に一つの職業――広義のタイプ――を授けることにする。主軸に関しては、先に述べたからもう説明の必要はあるまいと思う。感情軸には、一方の極に聖人、他方の極に悪魔がくることになろう。一方、理性軸では、自由の側には、愛情であれ憎悪であれ、同胞との一切の関係を絶った隠者が、そして権力軸上には、血肉の通った個人というよりも、抽象観念と考えられる王が位置するでしょう。四五度角の軸については、もうすでに語ったから、あんたらはもうそれぞれの区画の定義を先行できるので、今さら繰り返すまでもない。第一区画は賢者のもの、第二区画は法王のもの、第三区画は暴君のもの、そして第四区画は反逆者のものだったね。けれどももっと面白いのは、二次的な軸にかかわる職業だ。たとえば主な区画には、論理よりも感情をつかう詩人を入れよう。他方、愛情よりも知性をつかう科学者は別の側に入れよう。第二区画では、反対に、女性が見つかるだろう……。」

「女性だって？」

「そう。一つのタイプとしての女性だ。このタイプには、愛情の大きな能力が備わっているが、しかしまた、ある種の所有欲もあるから、結果としては、嫉妬、情熱、保護欲、奴隷にされたい欲求、母性本能、等々の入り混ったものが出てくる。」

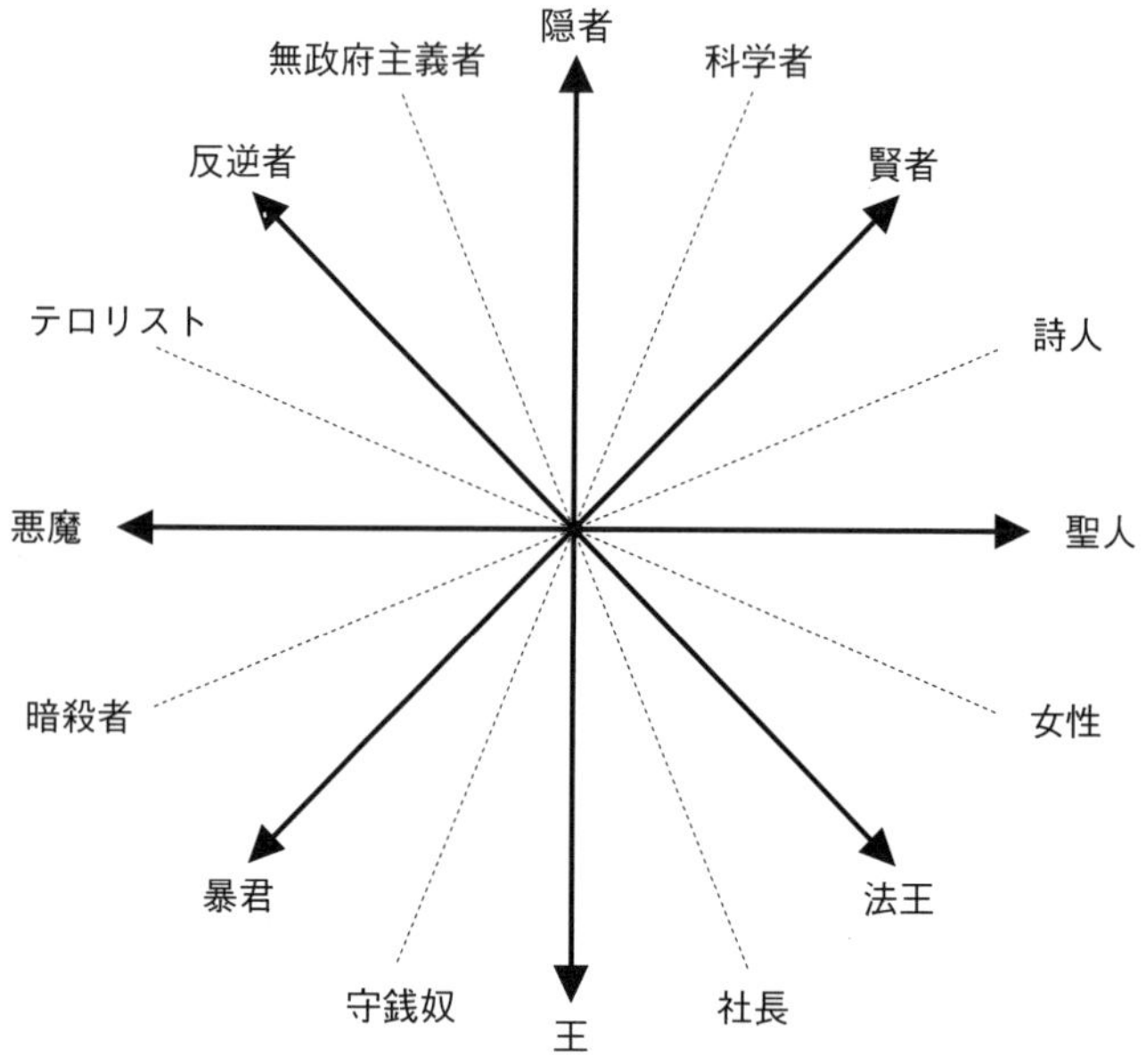
隠者
無政府主義者
科学者
反逆者
賢者
テロリスト
詩人
悪魔
聖人
暗殺者
女性
暴君
法王
守銭奴
王
社長

「でも、自分が知っている女性には……。」

「そう、そう——と先生は私を遮って言った——いいですか、私の理論は一般化したものであって、みんなが個人的に知っている知識を分類しようとはしていないのです。だから、もう少し続けることにしましょう。第二区画には、王と法王の間に社長を置いている。ここで私が考えている社長とは、特殊なタイプのマネージャー、企業家であり、ヒエラルキーの頂点に立ってはいるが、《自分の》従業員の面倒をよくみる人のことです。換言すると、社長とは、家父長制、慈愛、クリスマス・プレゼント、それに、《父》としての雇傭者と《息子たち》としての従業員たちとの間に絆をつくりだす一切のものを指しているのです。だから、社長とは、旧式なロマンティックな意味でのマフィアの大ボスや、また立憲君主、啓蒙的な王子、等をも意味しているのです。」

「ええ、プロフェッソー——とサルヴァトーレが言った——でも、一つはっきりしない点があるのです。それは先生がおっしゃったような資質を一つ以上もっている人はどこに入れるべきかということです。たとえば、女性科学者の場合は?」

「いいかげんにしておくれ！　そんなことはもうすでに技師さんにすべて説明したんだから！　この理論は一般化したものであって、図式しか打ち出してはいないんだ。」

「プロフェッソー、続けてください。」

「今や私たちは第三区画にきた。ここには守銭奴を入れましょう。憎悪より権力というわけです。実際、守銭奴は憎悪に対してさえけちなのです。こういう人物は隣人を憎悪するのも、この憎悪が自分の財産を衛るのに役立つ限りにおいてなのです。守銭奴の反対側には暗殺者——憎悪に満ちているが権力欲はほとんどない——が入ります。真の暗殺者は、名誉とか盗みのためではなくて、殺害のために殺す人物なのです。第四区画には、革命のさまざまな度合いがすべて見つかります。自由への途方もない欲求を同胞への憎悪と結びつける、独立した無政府主義者から、革命の瞬間を利用して憎悪と暴力への抑えがたい欲求を満足させようとするテロリストに至るまで。」

「まったく別の問題を一つお尋ねしたいのですが——とルイジーノが言った——僕たちのような凡人はこの図式のいったいどこに収まるのです？」

「ねえ、ルイジーノ。その質問は私が今夕、提起した中でたぶんもっとも重要なものだろうね。私たちはどこに収まる？　ヴォルテールやナポレオンがどこに収まるのかを知るのは大いにけっこうだが、私たちの関心事は、私たち自身、友だち、毎日出会う人びとがどこに収まるかということだ。第一には、この質問に答えて、私としては知っているほとんどすべての人びとを愛情と自由の区画に収めたい。なにしろ、結局のところ、みんないい人だと思われるのでね。独裁者はひとりも知らないし、四六時中、同胞を嫌悪している者も知らない。だから、ふるい落としてゆくと、僅かばかりの愛情と自由のかけらをもって、第一区画の小部分にみんな集まっているのが見えるのだよ。でもよく考えると、一つの基本的事実に気づく。自由人はほとんど皆無だということに。金銭の好きな人は権力者だ。出世欲のある人は権力者だ。カモッラ団、エゴイスト、やきもち焼きの恋人、過激派、消費万能主義者、地位の象徴を欲しがる者、これらはみな権力追求者たちだ。だから、私の友だちも知己もみんな一人ずつ下の区画の、愛情欲が限られており、権力欲にいっそう燃えていることを特徴とする地帯に割り当てられることになる。」

「おっしゃる通りかも知れません。でも、事態は違っていると想像したいですな――とルイジーノが言った――僕にはほとんどみんなが愛情と自由の区画に収まると思えるんです。子供たち、動物……とくに犬……や、樹木、植物も。これらはきっと、日光のほうへ動き身を伸ばしたがっているかも知れない。ときどき樹木を眺めていて、これらが何か喋っているのが聞こえる気がするんです。いつもパヴェーゼの詩を思い出すのです。

『……大地を覆う植物たちは
日光に当たって苦しんでいるのに、
一つのため息も聞こえはしない。』」

第16章　昼休み時

夏の午後三時。太陽が照りつけている。陰はなく、あるいはひょっとしてそれは錯視なのかもしれない。私はメルジェッリーナ・カフェの外側にあるビーチパラソルの下に座っていても一向に休息感を覚えないのだから。ナポリではこの時間帯を昼休み時（controra）という。この用語が示すように、これは暗室のベッドで身を延ばしている、夜中の時間のように過ごされるべきときのことである（直訳は《反対の時》）。八時間労働は、太陽が顔を出さない国々の考案なのだ。

私はミラノの同僚と一緒におり、《ヴィーニ・エ・クチーナ》という、メルジェッリーナ駅の真向かいにある、奥さん《シニョーラ》経営の有名な飲食店で、素晴らしい食事をした後で休息をとっているところなのだ。奥さんは私たちに何か簡単なもの（una cosa semplice）を用意してくれた。そして、食事の間、私の哀れな仲間が、――ミラノ人だという罪があるし、それだから、ミラノのサッカーチーム《インテル》のサポーターだろう、とさんざん悪口を浴びせた。友人は生涯に一度もサッカーの試合に出かけたことはないと抗議したが、無駄だった。馬耳東風のありさまだった。奥さんは執拗に続けて、彼の容貌のこと、〝r〟音の話し方がフランス語式だとか、見たところ男性らしくないことをぐずぐずとコメントした。それからこの観察はすべてのミラノ男や、とりわけ、インテルの元コーチ、ヘレニオ・ヘッレーラにおよび、最後に、ガリバルディに対しては、ナポリのサッカーチームに両シチリア王国〔ブルボン王家のシャルルが一八一六年シチリアとナポリを併合して建国〕の選手権を毎年制覇してユニフォームに盾形ワッペンをつけられるようにするという明白な目的から、イタリアを統合したんだ、と痛烈に弾劾した。

私たちは太陽が強い光を発するなか、事務所に戻るという自殺的な意図をもって、ヴィーア・オラツィオの第二スロープを登っていった。予見できたことだが、私たちはメルジェッリーナのビーチ・シャレーの近くでとうとう倒れ込もうとしたのだが、幸いにも、その瞬間にビーチパラソルの下に二脚の空き搖れ椅子が見つかった。たとえ、アラビアのローレンスでもこれ以上は歩けなかったであろう。ウェイターの注文訊きにも言葉を発しないで、やっと首を縦や横に振って答え、どうにかかき氷のムース・レモナードを二つ注文することに成功した。十分間うとうとしていると、やっと飲物が届いた。二人はグラスを最後の一滴まで飲み干してから、じっと身動きも話しもせずにへたり込んでいた。すっかり頭が空のまま、目の前のオレンジ色のテーブルや、空のグラスや、灰皿の下に置かれた千リラの請求書を眺めながら、ウェイターが戻ってくるのを待った。そのときだ、わっと現われた、——餓鬼たちだ（'e guagliune）。十名の少年たちのグループ（una chiorma）で、みな裸足で、水着を着用しており、丸めたジーンズを小脇にかかえていた。下のポジッリポの数あるビーチの一つから戻ってきたところだった。彼らは笑ったり、叫んだりして通り過ぎた。集団の列の最後の一人、年の頃は十三、四歳、濡れた髪の毛をしており、輝く目をしていて、日焼けした黒肌の少年が、私たちのテーブルの前で立ち止まり、ちょっと考えながら、私の顔を眺めて問いかけた。

「ドットー、もし僕がこの千リラをかっさらって逃げたら、どうするつもりです？」

「どうするって？　追いかけて行って、一発くらわすさ。」

「走るつもりで、ドットー？　揺り椅子の上にだらりと寝そべっているくせに。あなたが起き上がろうとする前に、僕はサント・アントニオ教会の上に着いていますよ。」

「いったい、何を言いたいんだ?」

「何も。ただあなたがその千リラをなくすかもしれないと知らせたかったのです。こうしましょう。二百リラ下されば、もう終わりにしましょう。」

このとき、友人はこの子供にまるまる千リラを渡そうとしたのだが、私は反対した。こういうイニシアチヴをあまり奨励してはいけないからだ。そこで、私たちは五百リラと葉巻一本で片をつけたのだった。

第17章　第四の性《セックス》

行進の隊伍が組まれても、
多くの人は知らない
列の先頭に立つやつが敵だということを。
指揮をとる声は
敵の声。
敵が敵がとわめいているやつ
そいつこそ敵。

ベルトルト・ブレヒト「スヴェンボルの歌」
〔野村修ほか訳『ブレヒトの仕事』3、河出書房新社、二〇〇七年、二七九頁〕

「サヴェー、国際的に言うと――サルヴァトーレが言った――きみは馬の骨だぞ。よく頭に叩き込んでおけ。きみはイタリア人として、アビシニア部族の値打ちもないんだぞ！　サヴェー、きみはアメリカの群落《コロニー》だ。奴隷貿易が過去の話になったことをわれらが主に感謝したまえ。さもなくば、きみは今頃ニューヨークのロックフェラー広場で首に値札を下げているところだったろうぜ。」

「何だって、気が狂いそうだ――とサヴェーリオが応じた――でも、もしも儂がアメリカの大統領だったら、何をするか分かるかい？『貴様らがベッドをつくったんだ、さあ、そこに寝ていろ。今から儂はナンバーワンを選び出しに出かけるからなあ。貴様らイタリア人はロシア人、エジプト人、中国人、ヴェトナム人、その他一緒に居たがる奴らと一緒に勝手に餓死せよ』、と言うだろうぜ。」

「アメリカがそうしたけりゃ、やってよい！　見物させてもらおうぜ。」

「なんだと？　それがきみの感謝というのかい！　サルヴァトー、よく思い出すんだ、先の世界大戦が終わったとき、イタリア全国はまるでめちゃくちゃな状態に陥ってしまったんだぞ。だからマーシャルとかいうアメリカ紳士がやってきて、『イタリア人たちよ、心配しなさんな。おじさんがあんたらの世話をしにここへやってきたんだ。必要なものを言いなさい。いくら欲しいのかい？　遠慮なく言ってくれたまえ。』すると、私たちのうちの一人が言った、『どうしたのかって？　昨日までは私らは敵だったし、きみを見かけるや否や、射撃することしか考えていなかったんだぞ……。』ところが、その男は答えた、『いや違う。そいつはしっぺ返しと言うんだ。むしろ許してもらいたいね。あまりに暑くて少々混乱しているんだ。でも、もう心配は無用。ほら、お金もあるし、何でもやって上げるから。』そして、文字通り、儂たちの生命を救ってくれ、食べさせてくれ、衣服を着せてくれてから、アメリカの大統領がイタリアにやってくるたびに感謝の印としてきみはどうする？　口笛を吹いたり、やじを飛ばしたりしているだけだ！　サルヴァトー、こんなことが正しいと言うのかい？」

「サヴェー、きみの子供っぽい純朴さが好きなところだ。きみは小学一年生みたいだよ。誰かがキャンデーをくれると、きみは頼みごとを何でもやっている。きみはマーシャルがイタリアにお金を支払ったのは、ヴェズヴィオ火山に突如惚れ込んだからとでも思うのかい？　サヴェー、アメリカの基地、米軍基地のことを考えろよ！　いいかい、マーシャル氏が儂らにお金をくれなかったとしたら、彼はどこに米軍基地を定めたというのかい？　彼はきっと姉妹たちの陰部でしくじったに違いない。兵隊どもは大満足しただろうが、国際戦略としてはあまり効果がなかっただろうよ。」

「オーケー。でも、アメリカを批判しておいて、それから、キャッシュが不足するたびにニューヨークに行って助けを乞うのは正しいようには思われない。」

「サヴェー、そんなに心配しなさんな。アメリカ人は馬鹿じゃない。彼らがわが国の経済を支える気になるとしたら、ちゃんと目的があるんだ。さっき言ったことを思い出してくれよ。サヴェー、きみは群落《コロニー》なんだぞ。」

「オーケー。じゃ、儂は群落《コロニー》かもね。大事なのは彼らが俺たちを支えてくれることであって、儂たちが彼らを支えるのだったら、困ったことになるよ。」

「ある程度まではそのとおりだ。彼らの気に入るようにきみが振舞う限り万事はうまくゆくよ。でも、政治体制を変えようでもしてごらん。何が起こるか分かったものではない。きみはひもで或る場所にくくりつけられた、クリスマスの食用雄鶏みたいだな。じっとしている限りは、きみはどこへなりと自由に行けると想像してよい。でも、一メートルでも離れてごらん！　縄がきみの脚のぐるりをきつく締めつけるぞ。きみは群落《コロニー》なんだ、サヴェー。」

「だからこそ、ハンガリーやチェコとスロヴァキアは自由に独立して空中を飛び回る鷲になっただろうな！　実はナポリはずっと群落《コロニー》だったし、今ある疑問は、ロシアの植民地になるのとアメリカの植民地になるのとどちらがましかということだな。」

「若い衆（guagliù）、お止しなさい――とベッラヴィスタ先生が間に割って入った――政治の話は止そう。何の役にも立たない。話はいつも同じ。きみらがチリと言うと、私はチェコとスロヴァキアと言うし、きみらがアメリカの悪口を言うと、私はロシアの悪口を言う。しまいには、みんなやり始めたときと同じ意見になっている。同じことが何百万回も繰り返されてきた。こんな話のわだちはあまりにも深くなっているから、政治的議論の道に入り込むと、取り返しがきかぬほど身動きできなくなるんだ。」

「でもプロフェッソー、先生はどうお考えです?」

「ほらきた! 『どうお考えですか?』というのは、あらゆる政治的議論のもう一つの欠陥なんだ。《ラベル貼り》というやつさ。あなたはファシスト? コミュニスト? リベラル? このいずれでもないとなれば、あなたは無関心主義者ということになってしまうのだ。誰かからときどき私の政治的立場を訊かれたら、どう答えたいと思っているか分かるかい? 『私は男ですから、女が好きです』って答えるよ。」

「そのことがどんな関係があるのです?」

「大ありさ、サヴェー。政治の問題をまったく異なる立場——セックスのそれ——と対比してみよう。世の中にあるには、男性・女性・ホモセクシュアル・権力追及者、の四種だ。さて、この第四のセックスを理解するために、彼らの身になってみよう。」

「ナポリじゃ、『セックスするは命令するに如かず』(è meglio cumannà che fottere)って言われていますよね。」

「そうさ、サルヴァトー。第四のセックスの態度はまさにこれなんだ。権力を手に入れると考えるだけで、彼らは美女の近くに居るときのように興奮するんだ。唯一の違いは、権力は満足させないし、逆に麻薬みたいなものであって、ますます多くの服用量を求めるようになるってことさ。」

「ジェンナー、そいつは無関心主義だ！」とパルオット博士が遮った。

「ほら、言ったばかりじゃないか？　ラベル貼りがしたくなるって、ね。使われた言葉は鈍器みたいなのさ。ある人が一つの視点を打ち出すと、もう一人は反対するが、合理的な返事をしないで、『俺の考えではそうは思えないのだが』と言い逃れをする。いや、諸君。政治的議論のルールは、ラベル貼りが前提になっているんだ。私がきみの意見に同意しないとすると、私は或るシチリア人みたいにきみを無関心主義者呼ばわりするんだ。シチリア人は友人と議論して負けるといつも、その議論を打ち切って、こう言うのさ、『けっこうだ、でもきみは寝取られ男だな』って。これは相手に劣等感を抱かせるためなんだ。誰かを無関心主義者呼ばわりするのは、その者を寝取られ男と呼ぶようなもんさ。ひょっとしたら、私はこの議論の終わりに、自分でも驚くことになろうが、毛沢東の永久革命論に同意しているかも知れない。でも、ここの友人ヴィットーリオはすでに私を無関心主義者呼ばわりしてしまっている。こういうラベル貼りをすることにより、この理論を切り崩したことになり、たとえ万人に支持されていようともこの考え方の値打ちを下げてしまったことを承知しているからさ。誰だって、寝取られ男と呼ばれるのを好みはしないものだよ。」

「まあ、ジェンナー。なんて大げさなことを言うんだ！――とパルオット博士が叫んだ――私は口を慎んだほうがましらしいね。でも、せめてお願いだ、あんたの事柄を政治的議論だなんて呼ばないでおくれ。」

「あなた方二人のように、学がありながら、二つの言葉〔政治的議論〕を言うと、互いにけんかしないではおれないんですか？――とサルヴァトーレが言うのだった――あなた方が私と無学なこのサヴェーリオのようだったなら、それも分かりますがね。サヴェーリオときたら、サヴォイア家の貴族ででもあるかのように、いつも君主政支持者に投票してきたんですから。」

「何だって？　儂が君主政支持者に投票してきたのは、政治理念のせいじゃなくて、市の評議員が儂の弟ヴィンチェンジーノを清掃班に採用してやると言ったからなんでさ。その後とにかく弟はこの職にありついた。なにせ、儂の弟の婚約者――今じゃ儂の義理の妹だが――が評議員アッボンダンツァ様のお手伝いさんをしていた。それで、ある日、みんなが一緒に外出したとき、幼児――評議員の息子――が轢《ひ》かれそうになったとき、その子の生命を弟が救ってやった。実を言うと、この子はこのことをいつも否定し続けてきたんだが。とにかく、評議員が儂の弟に清掃班の仕事をくれたんだ。とはいえ、ヴィンチェンジーノは道路の清掃をする必要はない。なにしろ、弟の仕事は他人がきちんと清掃したかどうかの確認さえすればよいのだからね。」

「ナポリじゃ、政治的議論はいつもこうなってしまうんだ――とヴィットーリオ博士が言った――喜劇だね。ジェンナー、話の腰を折ってすまないね。あんたの、セックスと権力との面白い対比を続けておくれ。」

「セックスと権力。見事な言い方だね。私も権力をちょうどそのように見ているんだ。人びとを捉えて支配する激しい欲望。どんな道徳的抑制をも踏みにじる統御不能な興奮。友情とか名誉とか弱者への同情よりも勝る盲目の力。だから、裏切りさえ理解したり、拷問を正当化したりするに至る。いったいこの《権力》とは何を意味するのか？　あらゆる真の激情と同じく、かき立てる情念が絶対的であるがゆえに、抑えきれなくて切り離せない、この妖婦は誰なのか？　この女性は一人なのにしかも大勢から欲求されている以上、どうやって征服できるというのか？　彼女を征服するのには軍隊の要ることをとうとうわれわれは悟り、われわれの軍隊をその後ろで召集するための旗を探し始める。こうして大きな理想、つまり、《歴史的口実》が生じてくるのだ。」

「歴史的口実？」

「そう。フロイトはこの現象を《同一化》と呼んでいた。要するに、権力を握るために、私の後ろに軍隊が続いてもらいたければ、なすべき第一のことは、口実、つまり従うべき旗を見つけることとなのだ。部下は戦闘でお互いを識別できるような軍服が必要となろうし、スローガン、軍歌、なかんずく、理想が必要となろう。最良の理想を注意深く選ぶには、人の心を探らねばならないし、どの琴線に触れるべきか、どういう感情が私の軍人たちの若い心の中に宿っているのかを見いださなければならない。こうして、私は人の心を鼓舞する理想が三つ——宗教・愛国心・正義——あることを発見する。歴史上のいかなる帝国も、これら三つのうちの一つを接着剤として持っていた。古代エジプトの神官たちが《オシリスはわれらとともにあり》と宣言したとき、彼らは周知の権力の原理を宣揚していたのだ。彼らの後には宗教を使って成功を収めた、イスラム教徒とキリスト教会が続いた。前者はアフリカやヨーロッパに侵入するための推進者としてアラーを用いた。そして、ちょうど現代アメリカのマネージャーがやろうとしたように、イスラム教は誘因尺度、『コーラン』を生み出した。異教徒を殺せば、天国に行けたし、アラーのために死ねば、予言者の天女たちと一緒にベッドの中で永遠に生を送ることができたのだ。キリスト教会とて五十歩百歩だった。西欧世界においてイエス・キリストの排他的権利を獲得してから、これを支配の手段として約十五世紀間利用してきたのだ。権力を維持するのを助けた間は万事うまく運んだ。神が世界で最良の搾取者だと分かったのだ。なにしろ、神からは何も隠すことができなかったからだ、そして神は何でもお見通しだったから、万人は地上での神の代理人たる法王に、各人の収入の一〇パーセントを支払わねばならなかった。どんなひどい罪を犯そうとも、浄罪界で過ごすべき幾世紀を、現金・分割払い・免罪符購入で交渉して切り抜けることさえ可能だった。残念ながら、当時コンピューターは発明されていなかった。」

「でも、それはもう古い話だな。」

「いやまったく。北アイルランドでは、みんなキリスト教徒でありながら、キリストの名の下にお互いの尻の下に爆弾を喜々として置き続けている。だが、私たちの史的なカメラの移動撮影を続行するとしよう。愛国心が権力を目標として過去でもっとも広く活用された理想だったことは疑いない。自分の子供や両親を愛さない者がいるだろうか？　自分の友だちや同胞に連帯感を抱かない者がいるだろうか？　自分のサッカーチームへの応援と、外国との闘いとの違いはほんの一歩に過ぎない。言語・種族・習俗はそれら自体がもう一つの軍服なのだ。相違を誇張するだけで、すぐに軍隊が見つかる。こうして、ローマ帝国が生じたし、ここではローマ市民（cives romanus）なる称号はこの世界が供すべき最高の名誉となったのだ。ナポレオン、ヒトラー、ムッソリーニもこうして生まれた。他方、正義の理想は十八世紀末頃に動機として選ばれ始めたに過ぎない。当時まで、キリスト教会が真に巧みな組織として機能していたから、圧迫と剥奪の犠牲者たちはみな、正義は現世では求められるべきではなく、あの世において初めてあらゆる決着がつけられるのだと説き伏せられてきたのだ。とはいえ、ひとたび正義の理念が足場を得るや、やがてすぐに愛国心や宗教の理想を追い抜いてしまうのだ。マルクスは救世主に、レーニンは戦略家、スターリンは独裁者になった。今回もキリストから出発して、ボニファチウス八世に行きついたことになる。権力とは、心の純朴な人びとの列の中に絶えず入り込み、そこからピラミッドの頂点に現われる怪物なのであり、そのときには、みんなが自発的にそれの後ろから歩調をそろえて歩くことになっているのだ。」

「ジェンナー、遮ってごめん。でも、何を言おうとしているのかい？　いつでも理想を横取りする者がいるから、私たちはそれを持ってはいけないというのかい？」

「そう。ある点ではね。私は人びとがよりクールになり、心よりも頭で考えてもらいたいと思っている。イタリアは愛情界に属しているし、そこでは最大の大衆に支持された政党は、旗として三つの基本理念――宗教・愛国心・正義――の内の一つを選んできた。大衆は情緒的であるし、それだからキリスト教民主党、イタリア社会運動派（ネオ・ファシスト党）、イタリア共産党――つまり、愛情の各政党――に投票しており、他方、頭に訴える政党たる、自由党、共和党、社会党の各党員は得票数がはるかに少ないのだ。」

「儂は最近の選挙で共和党に投票したかったのだが――とサヴェーリオが言った――この政党は最後にランクづけられると思い、考えを入れ替えたんだ。」

「でも、共和党員や社会党員でも正義の理念を追求しているよ。」

「うん、でもそれほど攻撃的に行ってはいない。ねえ、政治イデオロギーを評価するときには、究極目標を考慮すべきではなく、それをどうやって達成するかだけを考慮すべきなんだ。もっとはっきりさせよう。きみが横町から目抜き通りに出て、どちらに回りたいかを最初に決めるよう求められるとする。もし右に向かうのならば、きみは保守主義者であり、物事が現状通りなのを好んでいるのだし、要するに、すでに手にしていることを少しでも改善しようと危険を犯すつもりが全然ないことになる。だが左に向かうとすれば、きみは革新者だし、事態を改善したくて変えたがっていることになる。ところで、推察するに、この部屋の中の私たちは全員が、現状のイタリアは絶対によろしくないことに賛成するだろう。誰ひとりとして私たちの病院、学校、年金や、絶えず回りで目にせざるを得ないごみの山にすっかり満足しているとは正直な話、言えないだろう。だから、思うに、私たちはみんなが左に回るだろうし、理念で舗装された有名な道、つまり、革新の方向へ進むであろう。だが、この時点ですぐに第二の決心を迫られる。私見ではより重大な決心を。つまり、《どれほど早く旅したいか?》という問題だ。周知のように、理想社会、ユートピアが道の果てにあるのだし、だからそこへできるだけ早くたどり着きたがるのは人間らしいことだ。だが、その道は曲がりくねっているし、私たちの力ではどうにもできない。こういう障害は私たちの意志には無関係に存在しているし、何とかこれらに注意を払って、道を踏み外さないようにしなければならない。一例を挙げよう。かつてイタリアでは人民の健康につけ込むのは不道徳と考えられた。それで労働者たちはみな無料の医療援助を得る権利があった。こうして、健康保険組合が導入された。この理念自体は完璧だったし、その最終目標にふさわしいものだった。だが、これを適用すると破局的になった。なぜか? そのわけは、人民はこの権利を濫用して、必要以上の薬を要求したし、多くの医者は質を犠牲にしてやってくる患者の数を増やすことだけを考えるようになり、しまいには、利益を得たのは製薬会社と不真面目な医者だけになったからだ。そこで当時、何がまずかったのかを自問しなくてはなるまい。答えは簡単だ。私たちの道、進歩の道にはカーヴがあることを忘れていたんだ。イタリア人は目下、社会意識が乏しいことを忘れていたんだ。しなくてはならなかったこと、それはほんの少しばかりでも社会改革のスピードを減らすことだったのだ。たとえば、立法者たちがそれぞれの薬に、まあ、百リラでも健康保険組合に負担させるだけで十分だっただろう。そうすれば、私たちは封も切られていない薬箱の山がごみ箱に詰まっているのを見かけたりは決してしなかったであろう。イタリアの薬の消費量も他国並みになっただろうし、国庫も何千億もより豊かになっていたであろう。でも、こんなことをするには、民衆指導者たちに頭を下げる必要があったであろう。今日のイタリアの政治家で、民衆指導者たちと対決するだけの勇気のある者がはたしているだろうか？　おそらくラ・マルファ〔(1903-1979) イタリア共和党党首となる(七五年)〕だけだろうが、ほとんどの人は彼には投票しないし、しかもテレヴィ映りもよくない。要するに、何か選択が行われるたびに、理想的解決を考えるだけでは役立たないのだ。現状を考慮しなければならないのだ。たとえば今日のイタリアの政治情勢では、闇取引とか、えこひいきとか、官僚の権威主義とかで詰まっているから、私としては、たとえ共産党でも、ただ一つだけの政党にすべての権力手段、通商センター、政治力、情報手段を委ねるのはためらうだろう。ここの私たちのうちの誰が共産主義者で、イタリア人がこういう挑戦にうまく対処するものと心底信じている者がはたしているだろうか？」

「ジェンナーロ、きみの言うことには真実味が多いよ——とパルオット博士が答えた——でもきみが例示した通りに戻ると、右へ回る人びと——反動主義者たち——のことを話すのを忘れたね。ところで、こういうおめでたい連中はただ立ち止まってむだな時間を過ごすわけじゃない。ブレーキになる活動もやらかすから、これを考慮に入れないわけにはいかないよ。というのはつまり、私たちは常に少しばかり必要以上にアクセルを踏まなくてはならないということさ。他面ではこっそりとブレーキに足を置いている奴がいることとの埋め合わせをするためにね。たとえば、学生の騒動を取り上げてみよう。これほど乱雑で無秩序なものはないが、それでもそれらの効果たるや甚大だった。学校の問題だって、こういう無茶な突き上げがなければ、政府の注目を引かなかっただろう。私が言いたいのは、一国の統治は穏健な政党だけでは十分ではなくて、過激派もはっきりした役割を演じているということさ。」

「もっとも、こういう連中は勝利できないうちが花なのだ。」

「ベッラヴィスタ先生はいつも辻褄が合っていることは認める必要があるな——とルイジーノが言った——生活に快楽を求める際と同じような節制を政治的選択でも守っていらっしゃる。でも、こういう節制が誰にもアッピールしないというのはどうしてなんだろうかな。」

「いや、その理由はちゃんとあるんだ。すごく簡単なことさ。一見、社会は若者と芸術家によって引っ張られているかに見える。ところで、若者に関しては、出版社ロンガネジのモットー《われらは火つけ人として生まれ、消防士として死なん》(Si nasce incendiari e si muore pompieri) を想起してもらいたい。また、芸術家に関しては、節制の哲学が不快な言葉であるのはもちろんだ。でも思い起こしてもらいたい、——過去数世紀にわたる事件が教えてくれたように、結局はいつも中産階級が決定するのだし、この中産階級は学生運動よりもときには危険となりうることをね。共産主義を悪用すると、新しい形のファシズムになりうることに中産階級が万一気づくならば、われわれは全員破滅するだろう。法と秩序、死刑制の回復、ストライキの非合法化、への欲求があまりにも優勢になってきているために、われわれはこの種の可能性を割り引いて考えることはできなくなっているのだ。」

「遮ってごめんなさい――サヴェーリオが言った――でも一つ、共産主義でどうしても分からない点があるのです。共産主義社会になると、みんなが平等になり、同じだけの給料を得られる、と言いますね。そうかも分からない。でも、このことは儂には関心がない。関心事は別のことなのです。糞、この糞はいったい誰がぬぐってくれるんです?」

「何だと?」

「糞ですよ、いたるところに積まれているこの糞はいったい誰が取り去ってくれるんです? 誰かが糞の処理をしなくちゃならん。そこで質問したい、――みんなが順番にやるのか、それとも特別に糞を取り去るための人を雇うことになるのか? 儂に言わせてもらうと、民主制だろうが共産主義だろうが、いつも儂が糞を取り去らなくっちゃならんのだ。」

「でも、そういうことのためには、機械があるだろうよ。」

「ええ、機械ね! じゃ、老いた病人をどうしようというのです? 彼を機械で洗うのですかい? いいえ、シニョーレ、実は良い暮らしをする者と悪い暮らしをする者がいるのです。そして、われわれが生まれる前にこれを決めているのは、いつもわれらが主なのです。主はおっしゃるのです、――『この者をサヴェーリオと名づけよう。この者に糞をすくい出させよう』と。」

「サヴェーリオ、そのとおりだ――とルイジーノが言った――でも主はこうもおっしゃっている。

『このサヴェーリオをアスンティーナ・デル・ヴェッキオと恋に陥らせよう。そして両人には三人の子供を持たせよう。これら三人はみな美しくなるようにしよう。彼らはいつも互いに愛し合うようにしよう』とね。」

「ルイジー、そうさ――とサヴェーリオが答えた――もう一つきみに言っておくことがあるんだ。糞には慣れるものだが、働き始めた数日間だけは臭いのだということをな。」

第18章　ビジネス・ランチ

ナポリでビジネス・ランチを用意する？　あり得ない！　この都はきちんとしていない。そういう要求を満たすレストランもないし、メニューはみな炭水化物中心だし、ウェイターも客もプライヴァシーをまったく意に介さないし、おまけに、流しの楽士たちはレストランで食べている者が誰であれ、「恋する兵士」（'O surdato 'nammurato）を聴きたがっている異国のツーリストに違いないと固く信じ込んでいるのだ。

そうは言っても、ナポリでは食事しながら商売するのが不可能というわけではない。まあ、ちょっと異なっているだけであって、だから合わすようにしなくてはならないのだ。たとえば、私自身がまだナポリで働いていたときにあったことだが、私と客とが取った、いわゆるビジネス・ランチのことを覚えている。私は《チーロ・ア・サンタ・ブリジダ》は料理は旨いのだが、きっと混雑しているに違いないから、ここは避けて、映画館の真向かいのサンタ・ルチーアの軽食堂《トラットーリア》に向かった。私の予想では、そこはこの時間には空いているはずだからだ。客は二時頃に食事する風習になっていたのである。万事計画通りに運んだ。部屋はほとんど空いていたし、アサリ入りのスパゲッティに始まり、それから、例の避けられない注文聞き――魚にしますか、肉にしますか？――が続いた。とにかく、良かれ悪しかれ、形式ばった注文を何とかこなしてから、念頭にあった話題を切り出し始めたとき、現われたのだ、どうしようもない、宿命的な、微笑を浮かべた、やせぎすの流し楽士（posteggiatore）が。職業柄、服装は貧しいながら品位があり、芸術家らしい色調を帯びており、目立つギターを抱えながら、ほとんど空っぽのレストランに入ってきて、私たちのテーブルから約三メートルのところに止まった。私は観念して、この楽士が感動的に「君はカナリア、死んでも新たな歌を歌う」（Tu si 'a canaria, ca pure quanno more canta canzone nove）を変曲するのを待った。ところが期待に反して、彼は私たちをうやうやしく眺めながら、黙りこくったのである。

私がビジネスの話を続けていたので、どうやら楽士は私たちの会話が終わるのを待っているらしかった。だが、会話が途切れたとき、楽士はそっとテーブルに近づき、軽くお辞儀してから、印刷されたカードを手渡したのだ。それには《お邪魔しないため、プレイを控えます。グラーツィエ》とあった。

私たちが五百リラを与えると、彼は立ち去った。

ウェイターのガエターノは私たちに請求書を持ってきたとき、言うのだった、「かわいそうに、養う家族が居ながらプレイできないとは！」（Puveriello è pate 'e figlie 'e nun sape sunà!）。

第19章　ベッラヴィスタ氏の政治理念

死への道から解放したまえ、
私が未知の国へと
自由に並んで歩めるように。
ラビンドラナート・タゴール『バラカ』

「ジェンナー、失礼だが、あんたはお喋りばかりしていて、結局何も言ってはいないね」、とパルオット博士が言った。

「何も言っていないって、どういうこと？」

「いろいろ政治論議をした後で、多弁を弄していても、あんたの政治理論が何かを分からせてはくれなかったということさ。」

「プロフェッソー、パルオット博士が知りたがっているのは、先生が誰に投票したのかということでしょう」、とサヴェーリオが示唆した。

「分かった。あんたたちは私にどうしてもレッテルを貼りたいんだな。だってあんたたちの言い方では、話し相手がファシストか共産党員かあらかじめ分からなくちゃ、誰も政治の議論はできないというのだからね。そうじゃないのかね？　ヴィットー。」

「それは関係ない――とパルオット博士が言い返した――あんたが誰に投票したか、なんて少しも知りたくはないんだ。はばかりながら言わせてもらうと、あんたはただ今の政治論議の中で二つばかり大事な主張を行った。あんたの言によると、権力はそのイデオロギー基盤が何であれ、少数者が大衆に意志を推しつけたがることでしかない。そしてさらに、あんたは権力に対抗したどんな革命的なやり方も批判して、穏健策を説いた。さて、私の考えを言うが、もし間違っていたら直しておくれ。政治というものは権力に裏づけられている限り、政治に無関心になるよう隣人に説き伏せる一方で、同時に、復讐しようという一切の試みを緩めよと説くのは、よく考えてみると、無関心主義を勧めることに等しいし、現状からすると、こういう無関心主義こそ権力を掌握しているお偉方たちが欲しているいることなんだ。だから、今度はベッラヴィスタ先生にお訊きしたい、どうか仮面を外して、先生がどの立場なのか言ってもらいたい。先生の政治的理念はいったい何なのです?」

「この私ジェンナーロ・ベッラヴィスタには政治的理念なぞないって告白したら、きみはどういうつもりかい?　ねえ、ヴィットーリオ、私にときどき浮かぶ政治的理念は、家に閉じ込もって考えることだけだ、と答えたら、どういうつもりかい?　私を信じてくれるかい?」

「もちろん、信じないな。」

「たぶんきみが正しいのかもしれない。でも、一つ提案したい。私たちには暇もあれば、議論も好きなんだから、みんなの役に立つような政治理念を一緒になって打ち立てようではないか。」

「私は決して成功しないと思うけど。」

「それでもかまわない。せめて、やってみたというだけでもよい。どうなるか、やってみようよ。

まず、質問するが、あんたたちは政治理念がほかのすべての目標に優れているはずだと考えるかい？」

「そうさ、そのことに疑念はない――とヴィットーリオ博士が答えた――究極目標は社会正義でなくてはならない。要するに、国家とは何か？　人びとが依然としてろくでなしだという事実にその存在理由を負うている制度なのだ。《人は人にとって狼だ》（Homo homini lupus）とホッブズは言っていた。だから考えてみるに、国家は人間のエゴイズムの結果生じたのだとしたら、明らかに国家の第一目標はこのエゴイズムの制御、言い換えると、社会正義の達成にあるに違いないのだ。」

「社会正義の重要さに関してはまったく賛成だ――と私が言った――でも、国家が考慮すべき目標はほかにも存在することを忘れてはいけない。もうお分かりのことと思うが、私が言わんとしているのは、個人的自由のことです。残念なことに、《自由》なる語はみんなが絶えず用いるために、やや曖昧になっている。でも、ヴィットーリオ博士が国家の起源について言われたことに関連づけて考えるならば、国家とは実際上、威圧的なものである、つまり、第一の目標は実際上、個人の自由意志の抑制にある……ということに私たちは気づく。」

「そう。でも、それは略奪衝動を抑えるため、つまり、他人に不当な行為を犯すのを回避するためにほかならなかったんだ。」

「同感だ。でも、こういう問題の道徳的評価は国家に任されているし、しかもこの国家はとにかく、ホッブズが狼と規定した人間どもから成っている以上、どうしても個人的自由への重要性を過重に評価することはできなくなる……。」

「嬉しいことに――とベッラヴィスタが言った――あなたたちは、正義と自由、集団的善と個人的自由、という核心の問題に直行したことになる。」

「けれど、どうして儂たちは正義も自由も全部好きだと言わないのですかい、これ以上もう言うことはないでしょうが」、とサヴェーリオが提案した。

「それはね、サヴェー、その両方を手に入れることはできないらしいからさ——とサルヴァトーレが答えた——だから、人は決心しなくちゃならんのだ。黙って食べるのを欲するか、それとも飢え死にする自由を好むか?」

「僕が見たところ——とルイジーノが言った——これは個々人の性格次第だな。たとえば、自分がカモシカだったとして、しかもライオンや蛇だらけのジャングルに住むか、それとも毎日飼育係が食事を運んでくれる動物園で暮らすか、どちらかを選ぶ破目になれば、迷いはしない。ジャングルを選ぶだろうよ。」

「それもそうだな、ルイジー——とサヴェーリオが介入した——でもいいかい、ナポリじゃほとんどみんなが失業しているし、しかも市役所——儂らの飼育係——にはすでに二万五千人も役人がいて、もうこれ以上雇えないんだぞ。そうだから、毎朝儂たちはみんな一緒にジャングルで食料をあさらなくちゃならんのだ。しかもルイジー、儂たちはわんさと居るんだよ。何を言っているかは分かるな?少々は動物園の扱いをしてもらうのも、そんなに悪くはなかろうぜ。」

「みんな、ちょっと拝聴してください!——とベッラヴィスタ先生が遮った——このことに関して、現代の大哲学者バートランド・ラッセルが言っていることを話したいのです。この老大家は物質的善と精神的善という、二種の善がある、そして、それぞれに呼応する二種の衝動——所有衝動と創造衝動――がある、と主張した。物質的善は数量に限りがあることで特徴づけられる。換言すると、ラッセルによれば、このボトルに入ったワインを私がすっかり飲み干せば、あなたたちは口が乾いたまま取り残される。だから、ワインは物質的善というわけです。」

「でも、儂も同感だ」、とサヴェーリオが言った。

「他方、精神的善は数量に限りがないことを特徴とする。仮に私がベートーヴェンが好きだとしたら、私は朝から晩まで彼の音楽を聴き続けることができるし、だからといって、あなたたちから同じように彼を観賞する機会を奪うわけではない。むしろ、私がベートーヴェンの音楽に聴き入れば聴き入るほど、あなたたちも彼の音楽を聴く機会は増えることになる。ラッセルは物質的善に対する精神的善の質的優位をこのように示した後で、私たちの今の議論にとってはなはだ大切な考察をただちに行っている。つまり、人は基本的な物質的必要を満足させないうちは、いかなる創造的衝動にも応えられないというのです。」

「プロフェッソー、儂が間違っていなければ、――とサヴェーリオが口をはさんだ――先生は空き腹ではベートーヴェンを鑑賞できないと、この友人は言っているのですかい？」

「そのとおり。でも、問題は人が思うよりもはるかに複雑なんだ。《基本的な物質的必要》とはそもそもどういう意味なのか？　各人にふさわしい善が何かをどうやって決めるというのか？　誰でも車を所有している社会では、車を持たない哀れな者は当然貧乏な気がするだろう。だから、物質的善の分配を話題にするとき、私たちはたんに生き残ることだけを参照枠組としてはいけないのであって、むしろその時期に支配している平均的な社会的条件を考慮に入れなければならないのだ。要するに、諸君、人が精神的発達を遂げられるのは、基本的な物質的幸福のレヴェルと見なしているものに到達した後でしかないように思われるのだ。ところで、ここ数百年間に私たちは資本主義と共産主義という、二つの主要な政治経済的モデルの興隆を見てきた。今述べてきた考察に照らして、これら二つの政治モデルの限界を分析してみるのも面白かろう。資本主義はアダム・スミスなる者が考案したものであって、自由競争に基づく発展モデルなのだが、弱みとして、二つの基本的欠陥がある。第一に、それは社会正義を保証していないし、第二に、人類を精神的善への探求から逸れさせる。資本主義の背後にある原動力が人の利己心という、現代どこにも見受けられる唯一のエネルギー源なのだ。市民の義務とか、聖書的な慈愛を欠如した資本主義は、人の貪欲に訴えており、利益を宗教に変えている。この信条は簡単そのものだ。つまり、民衆は銀行口座と同じになるし、その値打ちは権力と現金で測られるのだ。消費万能主義は今や氾濫している。みんなはあり余る生産物を買えるように、ますます生産することを余儀なくされている。休息のための余裕はないし、精神的善を探し求めるための機会もない。創造的衝動は発達できなくなる。人びとは来年のヴァカンスに必要なお金を儲けることにかまけてしまうからだ。では、いったい何が起こったのか？　かつてはより少ない物しかなかったのに、なぜみんながもっと幸せだったのか？　その答えは簡単であって、消費万能主義がその価格を釣り上げてしまったからだ。最低水準の幸福が今日ではかつてよりも高くなっているのである。そして明日にはもっと高まるだろうし、カラーテレヴィを持たないということは、ひどい苦痛となるであろう。」

「プロフェッソー、それは儂のことですかい？　——とサヴェーリオが叫んだ——儂は第二チャンネルを持っていないから、水曜日に第二チャンネルで映画を放映するとき、次の通りに住む義理の妹のところに行かなくっちゃならんのでさ。」

「今度は共産主義だが――とベッラヴィスタ先生は動じないで続けた――ここで当面する体制は、所期の目標に到達するために、暴力に、すなわち、いわゆるプロレタリアートの独裁に訴えざるを得なかった。政党であれ企業であれ、絶対権力をもったすべての例がそうであるように、それは手下に対して完全な順応を要求する。諸君、幻想は抱かないようにしよう。絶対権力の支配するところに個人は存在しないし、自由も存在しないのだ。」

「でも私の考えでは――とヴィットーリオ博士が言った――まず第一に、《自由》なる語の意味を確定しなくてはなるまいね。」

「ヴィットー、私はラッセルの言葉を憶えている限り、そのまま繰り返すことにしたい。政治理念で最大の目標は個性でなければならない。政治家は民衆を一様なマスとしてではなく、男・女・子供といった、別個の数多の人間と考えなくてはならない。人びとは考えるものだし、こういう思想の違いから、未来についての理念も生じるであろう。個人主義は生を意味するし、合意は死を意味する。けれども、権力者は大衆の合意が大きいほど支配しやすくなることを心得ている。大衆が同質的ならば、最初から予測が可能となる。だから、社会の不公平は物質的富の不完全な配分を生むが、個人の自由の欠如はますます狭い空間へと人の心を押し込める。この過程をラッセルは古代中国人が女性の足の成長を妨げるために行った纏足《てんそく》の習慣に比べている。教訓――共産主義下でさえ、創造的衝動は破滅に追いやられる。理由は西欧世界のそれとは完全に異なるとはいえ。」

「ジェンナー、すまないけれど、あなたは重大な誤りを犯しているように思うのだが。東方ブロックは精神的価値をいつもひどく尊重してきたし、そのことは共産主義世界が当初から教育問題に注いだエネルギーや、工場でも事務所でも動機がもっぱら道徳的だったという事実でも立証されている。実際のところ、より高給を得ることが共産主義国の労働者に生産性を増大させたのではなくて、共同体への奉仕という意識がそうさせたのだ。これこそ共産主義の真の奇跡なのだ。」

「ねえ、ヴィットーリオ、あなたのいう奇跡に賭けたくはないということを別にしても、ここは私たちが誤解し合っていると思うな。私のいう自由は主として思想の自由なのであって、反証が見つかるまで、私としては自由がたとえ不完全ながらにせよ見つかるのは、議会民主制においてだけだ、と信じ続けるね。」

「でも、いつも資本主義経済においての話だ。」

「さよう。でもわれらが主よ、どうして民主主義体制に到達しようとする私たちを妨げられるのか？多党制に基づき、しかも健全な立法により資本主義のシニシズムを制御しながら、同時に、あらゆる情報手段——新聞・映画・テレヴィ——を民衆に得させて、精神的善を探求するよう奨励するこの民主主義体制に到達するのを。」

「でも、それはいつも物質的改善に到達した後の話でしょうが、プロフェッソー？」とサルヴァトーレが訊いた。

「もちろん。人がより創造的衝動を受け入れるようになるのは、物質的隷属状態から解放されたときなのだからね。」

「あなたがこれまで言ったことには同感だ——とパルオット博士が言った——でもお尋ねするが、

どうしてあなたは共産主義を独裁体制と思い続けるのかな？　もしや、あなたが共産主義というとき、ロシアのことを考えているのかな？　ジェンナー、はっきりしておくれ。でもどうして、別の共産主義、たとえば、イタリア共産主義のことを想像しようとはしないのかね？」

「私が共産主義を独裁体制と見なすだけの理由はいろいろあるということを別にしても、私が言ったすべてのことは、いかなる全体主義よりも民主体制のほうが好きだということです。」

「じゃ、なぜあなたは、イタリアの共産主義政府が民主的でありうるという可能性を締め出すの？」

「その可能性はありうるかもしれない。でもその場合、そういう共産党は社会民主党とどう違うのか、言ってくれないか？　いや、ヴィットー、私はできる限り繰り返して言うが、毎日三紙を出かけて行って買いたい。そして、これら三紙が同じ事実を三つの異なるやり方で報告している限り、私は自由な気分を感じることだろうよ。」

「でも、あなたの三紙が異なるのは、ねえ、ジェンナーロ、第一紙面、つまり、政治面だけだよ。その他の紙面は完全に同一であるし、実はそこに落とし穴が潜んでいるのさ。」

「あなたはいったい、何を狙っているのかい？」

「説明しよう。どんな情報媒体——テレヴィ画像であれ、印刷された言葉であれ——でも共通の特徴が一つある。この共通特徴とは宣伝、言い換えると、資本主義のプロパガンダなのさ。精神的価値が大半のスペースを占めている世界をあんたは夢見るかも知れないが、宣伝が頭の弱い者たちを弄んで、余分な消費へと誘惑している限り、あんたは風車《かざぐるま》を相手にしていることになる。」

「その点はまったく同感だね。だからこそ、私たちは現代資本主義と闘うしかない、と言っているんだ。」

「でも、たった一人で資本主義を倒せはしないよ。それにはかなりの政治的刷新が必要だ。これを実際的な言葉に置き換えると、民衆の合意にしっかり支えられた政党を通しての行動ということになる。ところで、私が知る限り、バートランド・ラッセルはイタリアでいかなる政党も創設しなかったのだから、あなたはイタリア共産党の助けを借りて初めて、資本主義を打倒できるわけだ。」

「なにも共産党員だけに仕事を任せないで、私たちがみな一緒に本腰を入れて取りかかってはどうかね？」

「でも、儂のことは考えないでください——とサヴェーリオが言った——儂にはもうそんな力はありません。初めにしっかりした仕事と家族のための二部屋のアパートをくださいな。そうしたら、儂もあんたらを推す手伝いをしましょう。プロフェッソー、先生は幸せ者だ。毎日三紙も読めるとはね。儂が妬んでいるのは時間のことじゃない。時間ならあるし、実を言うと、あり余っているんだ。そうじゃなくて、心底妬んでいるのは、先生が毎朝新聞を買うのに費やす四百五十リラなんだ。でも、怒らないでくださいな。もう一杯ワインを（nu' bello bicchiere 'e vino）注がせてください。先生の健康を祝し、百歳まで生きていただけますように、乾杯！　儂は政治のことはこれしきも知りません。このサルヴァトーレには、反議会主義的な集団に属するいとこがいて、うまくやっているんです。でも儂はというと、投票に出かけてもコンサート・ホールの中のロバみたいな気分になるし、誰か友人の気に入るようにいつも投票している仕末でさ。あるときは極右に投票し、あるときは共産党員に投票しているんだ。思い出すのだが、たとえば、離婚に関する国民投票があったとき、儂とフェルディナンドは取り引きした。奴は賛成票を投じたかったが、儂は反対票を投じたかったものだから、二人でどちらも投票しないことに決めた。そして、その代わりに国民投票を祝して、守衛室でグラキャーノ一リットルを飲み干した。そして、二人とも翌日投票に行けるような事態を避けるため、こんな言い方をしてすみませんが、トイレの中で投票用紙を流してしまったんです。プロフェッソー、どうか責めないでいただきたい。だって儂がどうして離婚にはっきりした態度を取れるというのです？　ペルクオコ家から離れる力も残ってはいないのに。」

「ペルクオコ家？　誰かい、ペルクオコ家って？」

「ペルクオコ一家でさ。父・母・耳の聞こえない義理の娘、それに四人のフェダーイー。ペルクオコ夫人は彼らを『うちの四人の餓鬼ども』と呼んでいるんです。」

「そのペルクオコ家が離婚とどんな関係があるのかね？」

「それじゃ説明しましょう。ドン・エルネスト・ペルクオコは抜け目なくうまく切り抜けている立派な人物で……。」

「抜け目ないって？」

「抜け目ないというのは、物知りの人ということです。たとえば、あなたの車が故障したとすると、ドン・エルネストのところに行けばよい。そうすると、彼は知っている修理工のところにあなたを連れて行き、あなたを友人として紹介するのです。それであなたは割引してもらえ、しかもドン・エルネストは紹介料をいくらか儲けるというわけでさ。」

「で、ドン・エルネストはどんな業者を知っているの？」

「何でも。タイル屋、水道屋、服屋、葬儀屋、レストラン・オーナー、電気屋、などなど。」

「私の理解が正しければ、そのペルクオコさんはこのアパートに住んでいるのかね？」と私は訊いた。

「そのとおりで、——とサヴェーリオが答えた——どうしてかというと、儂がエルネスト・ペルクオコを識ったのは、一緒にフォルテッツァに従軍していたときで、その後、ナポリでメッツォカンノーネ通りのビリヤード・ホールでときどき出会っては、トランプのスコーパ遊びをしたんです。この結末がどうなるかはお分かりでしょう。『ねえ、きみ。なんとも素敵な家を手に入れたね！　こんな大きな家をどうしようっていうんだ！　一部屋、僕と女房のために貸してくれないかい、小さいもう一部屋を義理の妹に貸してくれないか？　もう数日したら学校の教師と結婚し、出て行くもんだからね。僕も女房もおとなしくて、そのへんでは見当たらないくらいだぞ。結婚して五年になるが、子供はいないんだ。主の御意でね。』ところがどうしたことか、ペルクオコ一家が儂の家に引っ越してくるや否や、主はお考えを変えられてしまった。五年間に四人の子供ができてしまった！　ペルクオコ夫人は出産日が近づいているとき、もう一人妊娠していたんだ！　今一番下の子が八歳。数日前、この子はピアッツァ・サンタンナのキオスクに放火しようとした。オーナーのドン・エウジェニオがこの子のサッカー・ボールの空気を抜いたからだ。義理の妹のアメリアは耳が聞こえなくなったし、そのため相手の婚約者はもう彼女と結婚したくなくなって、司祭になった。さて、こんな状態で、儂の家で起きていることをちょっと想像してみてください。ペルクオコ家の四人の子供とうちの三人の子供がみんな合わせて七人の犯罪人になってしまい、ひっきりなしに殺し合いをしており、それを止めると、一緒になって、誰かよその人を殺しにかかるんですよ。女房はペルクオコ夫人と悪口の言い合いをして時を過ごしているんですよ。この夫人は元馬車の御者をしていた人の娘で、付け焼き刃の話に向いた語彙を貯えているんでさ。かいつまんで言うと、儂の家に比べりゃ、中近東も討論会に過ぎん。儂はいつもエルネストにこう言い続けているんです。『おい、エルネー、自分で住み処《か》を見つけろ！そのうち死人が出るぞ！　もうこんな暮らしはできん、別れようぜ！』と。でも利き目はない。彼が言うには、『正規の借家人だから、たとえ荒れ馬〔機甲部隊〕でも自分を家から引きずり出せはしまい。』それで、いったいこのことが離婚とどんな関係があるのかい、とお訊きになるでしょう。大ありでさ。ペルクオコ一家から離れることもままならないのに、どうやって女房から別れたり、二軒別々に暮らすお金を工面したりできるというんです？」

「よろしい、サヴェー。でも訊くが、きみの結婚が不幸せで、妻が浮気でもしていたらどうする？それでも彼女と離婚できないとしたら、どうするつもりかい？」

「どうするかって？　第一に、あまり考えたりせずに、女房を殺し、それから、そうする際に、ペルクオコ夫人も、餓鬼どももすっかり（cu tutt'e guagliune）殺してしまうでしょうな。」

第20章　新聞売り

今日の午後、私は旧い校友デ・レンツィと出会った。私はレッティフィロ*のバス・ストップに立っており、彼は車の長い渋滞に捕われて、私の前の車の中に居た。

交通が二進《にっち》も三進《さっち》も行かなくて、私たちが互いに気づき、学校時代の思い出を少しばかりよみがらせてくれた。「ボッタッツィはどうなったんだっけ？　アヴァッローネ先生のこと憶えている？　1-E組のあの少女は誰だったっけ？」こういうすべてのことは、私がバス・ストップで立ったまま、彼のほうはカターニャのナンバー・プレートをつけた、赤いフィアット一二七の運転席に座ったままなされた。ある時点でデ・レンツィが私に訊いた。

「ところで、きみはどちらへ？」

「ナツィオナーレ広場の近くまで。」

「それじゃ、乗りたまえ。送ってあげよう。」

こうして、道を急ぐためにというよりも、思い出を続けるために彼の側に座った。

「デ・レンツィ、ねえ、今何の仕事しているのかい？　どこで働いているのかい？」

「サマプ-イタリアのカターニャ支店長だよ。建設業のプラスチック製品に携っているんだ。まあ、良くも悪くもないな。目下、クリスマスをナポリで過ごしているんだ。もちろん、ナポリのことはいつもいささか懐かしいよ。引越してもう七年以上も経つがね。カターニャの女性と結婚して、子供が二人いる。一人は五歳、もう一人は三歳だ。こんな具合さ。友人の輪もできたし、ありがたいことに、みんな健康だよ。で、きみは今どうしているんだい？」

私が答えようとしたとき、「コリエーレ・ディ・ナポリ」紙を売っている新聞売りの声がした。彼は肺の奥から大声を張り上げて叫んでいた、「カターニャで大事故だ！　読んでみて！　カターニャで大事故だ！」デ・レンツィは少し戸惑って、すぐさま「コリエーレ」を一部買い、素早く新聞をめくり始めた。どの見出しにも、どの囲み記事にもカターニャの事故のことは言及していなかった。ところが、なおもニュースを追っていると、先の新聞売りがまたも車に近寄ってきて言うのだった、「ドットー、ご心配なく。何でもない、い、い、い、いんです（è cosa 'e niente）。新聞に何も書いていなければ、大したことは起こらなかったということですよ。」

それから、新聞売りはカゼルタのナンバー・プレートのついた車の方向に去ってしまったのだった。

＊　駅からプレビシターリア広場に通じている幹線道路。（訳注）

第21章　永久闘争《ロッタ・コンティヌア》

兀然無事坐
春來草自生
青山自青山
白雲自白雲

東陽英朝『禅林句集』〔『定本禅林句集索引』（禅文化研究所、一九九〇年）75、一三四頁〕

「サヴェー、きみの頭に入れたくないように見えることは、もはや共産党員であるだけでは十分でないということさ——とサルヴァトーレが言った——もうそんなことは無意味なんだぞ！」

「どうして？　あんたはずっと共産党員だったじゃないか！」

「いやもう止めた。私は左翼に移ったんだ。」

「共産党員よりももっと左翼に？」

「そうさ。いとこのトニーノはセスト・サン・ジョヴァンニで機械修理工をしているんだが、こういうことについては何でも知っているよ。最近彼に会ったとき、詳しく説明してくれたんだ。目下、真の共産党員は院外党員だけだってね。」

「セスト・サン・ジョヴァンニの人たちはそんなことをすぐに知るのだが、ナポリじゃ、儂たちはいつも少し遅れを取っているんだ。」

「いいかい、サヴェー。今のイタリア共産党は実際上、旧い社会党だし、今の社会党は旧キリスト教民主党の焼き直しにほかならないんだよ。」

「まあ言ってみりゃ、戦争直後の王党と同じようなものよ。」

「やれやれ！　こんな混乱はいつから起きたのかい？」

「出来事を言い換えると、イタリアの有権者が左翼に移ったのに対して、政党は右翼に移ったため、結局のところ、すべては元の木阿弥にかえったことになるんだ。」

「で、こういうことはみな、きみのいとこのトニーノの口から出たことなのかい？」

「はい。でも、先生だって同意なさいますよ。数日前にも私たちにこうおっしゃったでしょうが、――当面の真の危険は、ブルジョアジーが共産党員に投票し出したことだって。」

「サルヴァトー、あなたにずっと尋ねたいと思ってきたことがあるんだ。よく聞くブルジョアジーって、何だい？　ときどき『プロレタリアートはブルジョアジーから自衛せねばならぬ！』とか『労働者万歳、ブルジョアジーは打倒せよ！』といったことが聞こえてくる。サルヴァトー、このブルジョアたちとは誰なのか、教えてもらいたい。働かない人びとか？　たとえば、僕は無職だが、そうするといったい何者なのかい？　労働者かブルジョアか？」

「いいかい、サヴェー。平たく言えば、ブルジョアとは保守派であり、現状に満足し、貯金した僅かなお金を守ることだけ考えている人のことさ。ブルジョアだって働いているが、それでも社会の最低の連中さ。だって、物事を改善するための努力を一切しないんだからな。ストがあるとする、それでも彼は仕事に行きたがる。また、離婚に関しての国民投票が行われたときには、反対票を入れた。新しいことだったからだよ。分かるね、サヴェー？」

「はい。でも、先生は何をおっしゃったんですか？　ブルジョアジーは共産党に投票し始めたのですか？　まさか先生はこのことをからかいたかったのでは？」

「いや全然。それどころか、先生の言ったことにはたくさんの真実がある。彼が言わんとしたのは、ブルジョアジーが欲しているものは何か――秩序と規律なのか？　今日、共産主義諸国も明らかに秩序と規律があるから、共産主義が彼らに魅力的になってきている。でも、ほかの誰かが言う――『さよう、秩序と規律はある。でも共産党政府の下では、きみ自身のいかなる政治理念も抱くことが許されないぞ。』するとそのブルジョアが答える――『政治理念なぞ糞くらえさ！』『でも、君の財産は取り上げられてしまうぞ！』『私の財産が？――とブルジョアは言い返す――私の財産を奪ったりできはしないさ。ラウロやアニェッリからは取り上げるかもしれないが、私はろくなものを持っていないから、私から取り上げたりはしないだろう。こういう具合に、だんだんとブルジョアたちは共産党員に投票するに至るのだが、一つだけ小さな違いがあって、彼らの好む共産主義は私たちの好む共産主義と同じではないんだよ。」

「そうなると、二つの違った共産党が必要になるね。」

「ブラヴォー！　サヴェーリオ。私が言わんとしていたことがきみに分かってきたな。二つの共産党が必要なんだ。ブルジョアジーのためのと、私やきみのための真の共産党とが。」

「じゃ、この第二の共産党はどう呼ばれるべきなのだろうか？」

「永久闘争《ロッタ・コンティヌア》さ。私はすでに入党したよ。今度はきみも入って欲しいんだが。」

「永久闘争に？」

「そうさ。」

「でもサルヴァトーレ、一つお訊きするが、本当にこの闘争は《永久》につづくと決っているのかね？」

第22章　パウダー

「もう飽きた！　これ以上続けるわけにはいかないな。この国は糞だよ、ドットー。下品な言葉ですみません。でも、それが必要なときだってあるんだ。なんだってまた、道の真ん中で女性からハンドバッグをかっぱらったりするんだろう？　オーケーとみんなは言うかも知れない。少しの我慢だって。銀行強盗でもやらかす？　たいしたことじゃない、銀行はそれぐらい何でもない。億万長者の息子を誘拐する？　これはパパがお金持ちということの証拠だ。店を手伝っているボーイが、最上の肉片を夕方くすねる？　かまわない、私は口をつぐむ。労組に駆け込んで、社会保障分担金のことでも告げ口されたなら、私を路頭に迷わせることもできるだろう。要するにだ、私が言わんとしているのは、イタリアはこそ泥に慣れっこになっているということ。すっかり慣れてしまっているから、もうニュースにもならない。でも、ときにはそんなことが起きると、こう思うのだ――『イエス様、聖アンナ様、マリア様、ヨゼフ様、いったいこの世で信用できる人はいるのでしょうか？』」

「それは大変ね、ドン・エルネー。いったいどうしたというの？」

「お話しましょう。たぶんご存知でしょうが、私ども肉屋はみな、肉を少々赤く見せるために、いわゆる《パウダー》を使っているのです。はっきり言って、見かけが大事なものですから、でも今日では、神のみぞ知るだが、このパウダーは禁じられています。科学者たちがこれは《粗悪品》だと言うものだから、ときどき保健所がチェックをしに検査官を派遣するのです。話を戻すと、先日も保健所の検査官がやってきたので、私は丁寧に言ったのです――『検査官さん、私はあなたのために世界一のステーキ片をどけておきましたよ！　素敵なジェノヴェーゼをつくれます。』すると彼は答えた――『いや、けっこう。今日は金曜だから、肉は食べません。』こう言ってから、すぐさま微量の、あるかないかぐらいのパウダーが冷蔵庫のヒレ肉に付着しているのを見つけた。ドットー、この野郎が私に罰金を課したんですよ。この罰金のせいで誰かが言うことになるんです、――『そのうちきみは店を閉じて通りを渡り、そこにあるナポリの銀行支店を襲撃し、数億リラを強奪して、引退するだろうよ。』」

「冗談じゃない、ドン・エルネー。こんな立派な肉屋をやっていたら、銀行強盗より儲かるくせに。」

「それじゃ、申し上げますが、私がこのいまいましい罰金のショックから立ち直らないうちに、聞き知ったんですよ。保健所の者が私の弟ジッジーノのところにやってきた。この男もヴィラノーヴァで肉屋をしており、もちろん、私どもと同じように、肉の上にパウダーを振りかけていた。で、保健所の者が肉のサンプルを取り出して、分析にかけ、何の罰金も課しはしなかったんだとさ！」

「たぶん、あなたの弟さんと何らかの合意があったんでしょうな。」

「ドットー、合意なぞ全然ないですよ！　弟は偽パウダーを買わされていたんでさ！」

第23章　ピエディグロッタの聖母の祭り

私たちは一つの翼しか持たない
天使なのだ
互いにくっつくことでしか
飛ぶことはできないのだ。
L・D・C

「あなたたち、昔のピエディグロッタの聖母の祭りを憶えている？——と先生が尋ねた——もう終わってしまったね。やってきて、通り過ぎて行き、もうほとんど気づいていない。かつてはそうではなかった。みんなが楽しんだお祭りだったし、ずっと待ち遠しかったものだった。行列がヴィーア・ローマやヴィーア・パルテノペとかを通って、リヴィエラに降りる街道沿いにバルコニーを持っている人びとは、友だちを招待したものだった。子供たちは紙玉や小さなラッパや、ゴムのバットを手に、互いに頭の上を叩き合って笑いながら、小グループを作って街道を走って行くのだった。私が幼い頃、母は通りに私を出すのを恐れていたから、いつもクップローネ（色つき段ボールでできた、一種の大きなバケツ）を買ってくれたものだ。私はひもでバルコニーから垂らし、そして誰かおかしな身なりをした女性とか、奇妙な男性が下を通りかかるやすぐさま、稲妻みたいにドカン！　と彼らの頭上に落としたものだった。」

「私が憶えている限り――とヴィットーリオ博士が言った――あれはたいそう悪趣味な祭りと決まっていたね。騒音と暴力、それがピエディグロッタの聖母の祭りだった。何年も経ってから今になって思い起こすと、ピエディグロッタの祭りが楽しいものだとよく分かるのだが、でも明らかに、なつかしく思い出されるのは、私たちが思春期にいたせいであって、このお祭りそのもののせいでは全然ない。お祭りは決してためになるものでなかったんだ。」

「ほらきた――と先生が言った――ヴィットーリオのせいで、私のピエディグロッタの祭りの記憶も台なしだ！」

「少し、真面目になろうじゃないか。認めようが認めまいが、こういう民俗のガラクタがナポリの死に至ったんだぞ！　ここに居るみんなが憶えているように、ピエディグロッタのお祭りに浮かれている間は、私たちは街道を避けたものだ。だから、はっきり言って、ピエディグロッタの祭りはまったく面白くはなかったんだよ。」

「全然遊ばなかったなんてわけはないんでしょう！――とサヴェーリオが叫んだ――儂は幼かったけど、山車《だし》のことを今も憶えている。ハーレクィン、プルチネッラ、その他の仮面役者たちが乗った山車、少女たちが貝殻の中から脚を揺り動かしている海産物の山車、本当に煙を出しているヴェズヴィオ火山の山車、ライト・アップされたケーブルカーが続き、人びとは『ヤンメ、ヤンメ、ヤンメ、ヤンメ、ヤ』を歌っていたんだ。ドットー、ピエディグロッタの祭りは素晴らしかったですよ。パパはブリキのトランペットを買ってくれたし、ボール紙の一面に黒インクを塗って兵隊帽を作ってくれ、それから、紐と鑿《のみ》を手に入れて、前日の日曜に食べたニワトリの羽根で飾り立ててくれたものだった。この本物のニワトリを家で飼っておき、お祭りになると食べていたんでさ。」

「花火のことは憶えているかい？　沖の花火ことを？」

「はい。でも、開始を待つのは退屈なものだった！　一晩中、花火の打ち上げを待っていたのを憶えている。花火師が一発打ち上げると、次に打ち上がるのを二時間待ったものだった。だから、とうとういつもどこででも儂は寝入ってしまったことがよくあった——椅子の上とか、窓辺のソファーの上とかで。」

「僕らはいつもおばあさんの家の花火を見に行ったもんだ——とルイジーノが言った——親父の母のおばあさんがコルソ・ヴィットーリオ・エマヌエーレに住んでおり、そこのルーフ・テラスからはカステッロ・デッローヴォからプンタ・ディ・ピエトラ・サラータまで、ナポリ湾全体を眺めることができたんだ。素敵な家だったたし、ピエディグロッタの祭りの夕べには、いつも人びとで満員だった。おばあさんは夕飯を作ってくれた。クリスマス・イヴのようだった。おじ、おば、いとこがみんな集まり、子供用のテーブルと大人用のテーブルが設けられたんだ。おばあさんの家でピエディグロッタの祭りの夕べに僕ら子供が出したものすごい騒音は、想像できぬようなものだった。色紙吹雪《コンフェッティ》の打ち上げで始まり、棒での叩き合いで終わったものだった。」

「ルイジー、はっきり言って、きみが棒で叩くのをとても想像できないよ。」

「どうしてできないの？　僕だって子供のときはあったんだ。でも憶えているが、いつもあたりを走り回った後で、いちばん幼い子供はぐったりしてベッドに倒れ込むこともあったが、僕たち少年は大人たちと一緒に、花火の開始を待ったものだった。みんなが風邪を引いたりしないように、誰か一人が外に留まっていて、最初の一発が打ち上げられると、『花火だ、花火だ』と叫ぶ。すると、みんなはテラスのほうに駆け出すのだった。パパは『お母さんをこちらへ！』と呼び、すると僕の若いおじたちはおばあさんを肘掛椅子ごと持ち上げ、テラスの前まで運び出すのだった。誰かが『ほら、あそこだ、よく見ろ！』と叫ぶと、みんなは『なんてきれいなんだ！』と叫ぶ。また憶えているのだが、ある夕方、幼いいとこアンヌッチャの傍で、ほかの人たちの後ろに立っていたことがある。アンヌッチャは一歳僕より年下だったが、僕はすっかり彼女に惚れ込んでしまったのだ。僕は彼女のためによく詩を作り、テーブルでは互いに隣どうしに座らせてもらっていたし、婚約者と呼ばれたりしたものだった。花火を眺めながら、僕は彼女の手を握ったのをまるで昨日のことのようにはっきりと憶えている。アンヌッチャの手は氷のようだった。初め彼女は僕の手を払いのけようとしたのだが、それからだんだんと握り返してくるのだった。僕の心臓は喜びで胸から飛び出しそうだった。それから、彼女のほうを振り向くと、蒼白い、びっくりしたような顔をしており、目は僕を眺めようとはしなかった。その小さな顔は恥じらいや、花火の反射で、黄色くなったり、赤くなったりするのだった。いゝいゝいゝい、今ごろアンヌッチャはどこに居るのかなあ（Và trova Annuccia mò addò sta)。」

第24章　神風特攻隊員みたいなジェンナリーノ

「インジェニエー、十分前にここにいらっしたら、神風特攻隊員ジェンナリーノを紹介できたのですがね。」

「どのジェンナリーノ？」

「神風特攻隊員のジェンナリーノですよ――とサルヴァトーレが繰り返した――ジェンナリーノは私とサヴェーリオの友人でして、ナポリでは名を知られた人物です。イタリアの主だった生命保険会社はみな、彼のことを知っていますよ。」

「で、そのジェンナリーノは何をしているの？」

「車から身を投げ出して、生命保険会社に支払わせているんです。」

「サルヴァトー、きみは何と素敵な友を持ったもんだな！」

「インジェニエー、ちょっと待ってくださいな――とサルヴァトーレが気分を害されて抗議した――ジェンナリーノもみんなと同じように、生計の稼ぎをしなくちゃならんのです。その点では、彼は自分の生命を賭《と》しているんです。このために、彼はこれまでどれほど骨を折ったか知れない。」

「私が分かっているのは、自分の車にナポリのナンバー・プレートがついているせいで、あんたのジェンナリーノのような連中のために、通常の倍額の保険金を支払わなくちゃならんということぐらいだね。これが正しいことだと思うかい？」

「こうなると、ジェンナリーノの話をしなくちゃなりませんな。ジェンナリーノは元はというと、父親、祖父、曾祖父、等々と同じく、手袋製造人だった。ところがそれから、流行が一変し、もう誰も手袋を使わなくなった。指紋を残したくない殺し屋を除いてはね。それで哀れジェンナリーノは、十八歳で結婚し、子供も何人かいたものだから、何とかして生き延びざるを得なくなった。しばらくの間、列車のトイレから真鍮の格子枠組を盗むのを専門にしていた。列車に乗り込み、床から格子枠組を剥がして、どこかの野原にそれを放り投げ、後でゆっくりと拾いに行くのだった。ところが、流行が彼に逆らった。イタリアの国鉄がトイレのデザインを変更することに決めたため、哀れジェンナリーノはまたも職を変えなければならなかったのだ。そこで、彼は言わば、より当時の流行に沿った職業に就くことに決め、保険会社に就職した。それで、だじゃれを言えば、まあ何とか生計の保険にはなったのだった。」

「すまないが、でも保険会社はこの事故がいかさまだと分かっているのかね?」

「いかさまだと? インジェニェー、この事故はいかさまじゃないんだ。彼は本当に車の下に身投げするんだから!」

「それで、死なないのかい?」

「いえ、彼は名人でさ! ジェンナリーノはほんの一瞬のタイミングを逃がさないんです。車のスピード、ドライヴァーの反応の速さ、車のタイプ、持ち主の経済力、をほんの一瞬で判断できるのです。いいですか、ごく些細なミスをしただけで、ジェンナリーノは本当に車の下敷になるか、それとも、責任感のまったくないこういうチンピラからひき逃げされる危険だってあるのです。こういう連中はほんの少額でもしぶって、保険に入ったりはしませんからね。」

「でも、その哀れな男はときどき大怪我をすることもあるだろうな。」

「当然。くる日もくる日も、こちらでぶつかり、あちらで引かれたりで、今じゃ、ジェンナリーノもけっこう年を取っています。その代わり、いくらか貯えもできたんです。いいですか、彼が儂に少し前語ったんだが、イタリアの保険会社（複）が彼のせいで会議を開いたというのです。そして、どうやら彼にいくらか月給のようなものを支払ってもよいと申し出たらしいです。もう二度と車の下に身投げしないこと、という条件つきで。一種の恩給ですな。」

「良かったな！　彼はもう生命を賭ける必要がなくなったんだ。」

「でも、こういう定職は今のジェンナリーノには役立っていないんだ！　もっと以前にくれたのだったらなあ！　今では神様のおかげで、ジェンナリーノは名を上げて、卸売りをしているんです。」

「卸売りって、どういうこと？」

「というのは、彼はもう自分だけの事故には限っていないという意味ですよ。言わば、他人の事故も買い受けているんです。誰か隣人が怪我をする――まあ、階段から滑り落ちて、脚を折る――とかすると、その人はすぐ病院に行く代わりに、まずジェンナリーノに連絡する。するとジェンナリーノはまだ無事故の誰か友人の車に巻き込まれたかのように、にせの事故をすぐさまでっち上げ、それから病院に当人を連れて行くのです。」

「そんなことをしているのかい？」

「そうなんでさ。ご想像のとおり、脚を骨折した当人にはことはすごく有利に作用するのです。彼は保険会社から弁償してもらうほかに、ジェンナリーノから一流の法的・医学的忠告を受けるわけでさ。ジェンナリーノは法医学の真のエキスパートなんです。ときには負傷者のうめき声を聞くだけで、どういう骨折をしたか、所要の入院日数、請求すべき損害賠償金額が正確に分かるんです。要するに、インジェニェー、儂に言わせりゃ、ジェンナリーノはカポディモンテの救急病院の主任医師にだってなれるでしょうよ。彼はよく言われているように、……名誉学位でも授けられるべきでしょう。」

第25章　犯罪

私は教会の中で或る悪党が神に
お願いしているのを聞いたことがある、
聖ヤヌアリウスが特に富くじ《ロット》を勝たせてくれますようにと。
アレクサンドル・デュマ『ル・コリコロ』

「若い女性がチェントチェッレで四人のチンピラに強姦された――とサヴェーリオが新聞『ローマ』を声高に読んでいて叫んだ――プロフェッソー〝強姦された〟って、どういう意味なんです?」

「連中が彼女とセックスしたということさ。」

「それじゃ、儂が家内と親密になっているとき、彼女を強姦していることになるの?」

「むろん違うさ。サヴェー。その四人のチンピラは暴力をもって犯したんだ。」

「ところでプロフェッソー、儂は去年の夏、一人のドイツ女を強姦したんだ。二メートル近い女だった! でも儂はたった独りだけで、真昼間に――もちろん、目を凝らして――カポディモンテのバス停アタンの後ろで強姦したんだ。彼女は教師をしており、ナポリのカポディモンテ博物館を見物にやってきた。それで、儂に入口はどこかと尋ねたので、連れて行く振りをして、いろいろ甘い言葉をかけ、望みを達したわけで。プロフェッソー、信じて欲しいんだけど、いわば彼女を強姦した後で、このドイッ女はひどく満足して、航空券を破り捨て、生涯ナポリでずっと過ごしたいと言ったんだ。要するに、彼女は儂に一目惚れしてしまったんだ！　それで、儂としては説明しなくてはならなかった——儂にはもう妻子もいるんだ、と。すると彼女はもっと正気に返り“Maine libbe Saverio, ich zuriuc kommen da te”って言ったんだ。これはドイツ語で、『親愛なるサヴェーリオ、あんたは素敵な恋人だから、できるだけ早くナポリに戻ってきて、あんたともう一回セックスするわ』ということなんですよ。」

「オーケー、サヴェーリオ。でもそれは強姦じゃなかったんだ——とサルヴァトーレは言った——だって、それは一対一だったのだし、もし彼女が気に入らなかったのなら、きみをぶん殴っていただろうし、その場合には強姦されたのはきみのほうだったろうよ。でも、チェントチェッレでは、一対四だったんだ。」

「ごろつきめが！」

「あいにく、誰も手を出せないことがある——と先生がコメントした——暴力とは諦めて共生しなくてはならない。」

「私が見るところでは——ヴィットーリオ博士が言った——体制の中に暴力は入り込んでいるね。モラーヴィアもチルチェオの事件[*1]の後で、はっきりと同じことを述べていた。弱肉強食の横暴を規範としている社会は、当然ながら、暗殺者たちを生じさせるんだ！」

「そのとおり、私たちは暴力にわが身をさらしているんだ——とベッラヴィスタは言った——十九世紀の理想、つまり、信仰、祖国愛、家族の感情をどぶに捨てておきながら、埋め合わせにほかの理想を持とうとはしなくなっている。実を言うと、今日日《きょうび》イタリアで今なお流布している唯一の理想主義者は、根っからの共産主義者とサッカー・ファンだけなんだ！　ところで、私に言わせれば、もちろん人間は理想なくして生存はできない。いつも何らかの理想が人びとを愛情とか自由とかへ引き寄せているし、この選択は、信仰かそれとも独立欲か、そのいずれかにかかわっている。逆に理想への動機づけがないと、人は憎悪‐権力シンドロームに陥り、代替の理想として、ＢＭＷかヘイロンか、いずれかを選ぶように強いられるのだ。要するに、諸君に子供がおり、しかも信仰とか、特別な技才能に恵まれてはいないことに気づいたなら、できるだけ早く子供にスポーツをやらせるか、まだ揺り籠に入っているうちに子供を共産党員に登録させるかすることだ。そうすれば、家族に麻薬中毒者とか罪人を将来持たなくてすむだろうよ。」

「それはけっこうなことで、プロフェッソー――サヴェーリオが言った。――でも、そうなったら、生涯共産党員の子供と一緒に暮らすことになりますぜ。」

「どうだかね。生涯ではないよ。こんな諺がある、《二十歳で共産党員でない者は心がなく、四十歳でまだ共産党員でいる者は顔がない》ってね。」

「でも真面目に言うけど、先生、こうした暴力に対してどうすべきだとお考えです？」

「うん、第一に、暴力の起源はかなり厄介な事柄だね。みんなが違う意見を持っているし、奇妙なことに、たぶんみんな正しいのかも知れないんだ。暴力への本能的傾向を話題にする者もおれば、暴力を満足させて一時的に戦争をしないことを非難する者もいる。無軌道な快楽主義を非難する者もおれば、信仰の急激な破綻を非難する者もいる。自由放任社会を非難する者もおれば、政治的な転覆計画を非難する者までいる。」

「プロフェッソー、ファシストのことですかい？」

「そう。でもこれに関しては、パゾリーニが殺される数日前に言ったことを思い出さなくちゃなるまいな。パゾリーニは言ったんだ、暴力を外因に帰して非難するのは安直過ぎるってね。たとえば、ファシスト集団が私たちを破滅させるために地下室で陰謀を企てていると想像するのはね。ところが実は悲しいことに、暴力は私たちみんなの内に、たぶん生まれつきなのではなくて、体制により間違いなく助長されて宿っているんだ。」

「プロフェッソー、すみませんが、パゾリーニは――彼の霊よ安かれ――少々ホモだったんではないですかい？ (nunn'era nu poco ricchione?)」

「彼はものすごいインテリだったし、偉大な反体制順応者たちがみなそうだったように、彼のなすこと言うことが、ほかの人びとを怒らせたんだ。知ってのとおり、有名人に関しては、人びとの注意はその考え方よりも行為のほうに注意を向けるものだからね。有名な諺があるよ。《指が月を指し示すとき、ばか者はその指を眺める》ってね。」

「うん、でも……。」

「パゾリーニは死ぬ少し前に、ときおり啓示を受けることがあったのだが、彼は怪物たちの到来を最初に予言したんだ。彼は私たちに警告し、警鐘を鳴らそうとしたのだが、誰も彼を信用しなかった。『注意！――と彼は叫んだ――テレヴィを消しなさい！　スクリーンからの明かりは怪物を育てている！　テレヴィは怪物を肥らせているんだ！』でも誰ひとり耳を傾けなかった。心理学者たちは人の生来の善性のことを話題にし続けたり、悪魔の存在を認めるのを拒否したりした。けれども、怪物たちはパゾリーニが警鐘を鳴らしたことに気づき、それで彼を殺してしまったんだ。」

「でもプロフェッソー、どんな怪物のことを言っているのです？　蛙のピーノというつまらないホモ（chillu ricchiunciello）がパゾリーニを殺したんですぜ！」

「いや、私が言っているのは、消費万能主義という怪物なんだ！　いいかね、教養も道徳律もない哀れな人物が、日夜テレヴィの幸せな消費万能主義の映像にさらされ続けたとしたら、いったいどうなると思う？　間違った場所に生まれ育ったがゆえに、二流の生活を甘受することで、この哀れな人物ははたして満足するだろうか？」

「プロフェッソー、それじゃ先生の考えでは――とサヴェーリオが聞いた――誰でも、好きなものをかっぱらうべきだというんで？　それじゃ、無秩序ですぜ！　そう、みんなも知っているように、ある者は金持ちに生まれ、他の者は貧乏に生まれついているが、儂たちはそれに慣れるようになるし、そのうちそれがあまりたいしたことではなくなるんだ。」

「ねえ、サヴェーリオ、きみにとってそのことがたいした問題ではないのは、たぶんきみが自分で考えている以上にナポリ人だからなのだろうよ。でも、消費万能主義が絶えず基本的生活水準をつり上げ、しかもきみが精神の快楽に無関心だとしたら、要するに、きみが宣伝の条件づけから解放されていないとしたら、いったいどうするのかい？　マシン・ガンを手にして、暗い四辻で見かけた最初の紳士を射つしかない。」

「言うのはやさしいが行うのは難しい！　プロフェッソー、そもそもマシン・ガンが木の上に生えているとでもいうんですかい？」

「ジェンナー、消費万能主義が犯罪の主な原因の一つだという意見にだいたいにおいて賛成するね——パルオット博士が言った——でもあんたも気づいているように、罪人はたいがい生まれつき定まっているものなんだ。ここイタリアでは、就職した者、働き口を手に入れた者は、通常自分の社会的地位を我慢して受け入れるし、歩き回って人びとを殺すようなことは普通はやらない。でも確かに、ナポリのような人口百五十万の都市を見て、二十万の失業者がいるのを知りながら、国家が気にもかけず、そして産業化の健全なプログラムのための前提条件を用意するのを拒否している場合には、国家だけが犯罪の責任を引き受けざるを得まい。もはや善・悪どうしのマニ教的対立の場合ではなく、理想の欠如の問題なのであり、悪しき社会計画の結果に過ぎないのだ。」

「いやいや、《産業化》などという言葉をあまり使わないでおくれ——と先生が言った——ナポリはラウロ〔ナポリ市長〕、ガヴァ〔ラウロの後を継いだ市長〕、それに産業化の妄想《キメラ》で駄目になったんだよ。ラウロはこの都市をブルボン家の最後の者のように支配したし、ガヴァはもっとひどかった。でも彼らは二人とも、産業化によって問題を解決できると信じた人びとほどには、ナポリに害を及ぼしはしなかったんだ。煙突(工場)のないナポリ、バニョーリ平原がイタルシデルによって枯らされる代わりに、ホテル、山小屋、別荘、カジノの途切れることのない眺望を有していたときのナポリを想像してごらん。ポジターノ、アマルフィ、イスキア、カープリ、プロチダ、バイア、アヴェルノ湖、ポンペイ、エルコラーノ、ヴィエトリ、クーマ、ファイト山、ヴェズヴィオ火山、島々、絶壁、山々、数々の火山、数々の湖をごらん。これこそ世界的観光のメッカそのものだ！　ヨーロッパのラスヴェガスだ！　地上の楽園だ！

たとえば、カステッロ・デッローヴォのことを考えてごらん。この素敵な中世の城には、広大なホールや、曲がりくねった通路や、印象的な商店がある。この海の真ん中の城を会議センターに改め、ホールには同時通訳の設備を設け、海岸沿いのホテルや近距離のレストランを用意したなら、ナポリがどれほどのお金を稼げたことか、想像してごらん！　さてお尋ねだが、ナポリ人たちを眺めてみて、あんたらの意見では、彼らがはたして冶金機械工に向いているか、それとも観光産業に向いているか、言ってくれないか。要するに、一大観光センターを創るのに何が必要だったか？　自然美に関しては神様の助力が、ビジネスの目的を果たすためには有能な観光局が必要だった。さて、神様はやるべきことを全部やってくださったが、観光局は何もしなかったんだ！」

「で、ツーリスト相手に何人ぐらいが職を見つけただろうかね？」

「ほとんど全員さ。百五十万人だ――ホテル従業員、店員、水夫、等々。ナポリにはすでに主な魅力が何でもあったんだ――青空、海、気候、美しい島々、温泉、親切な住民、考古学的な場所が。外国人が地球のいたるところから大金をもって押しかけてきただろうし、そうなれば、自動車会社アルファ・スドのような赤字企業を開設する必要もなかっただろうよ。」

「そのとおり。でも、それが犯罪とどう関係しているの？」

「大ありだよ。だって、何人かは生まれつき罪人かもしれないが、大半は必要に駆られて犯罪を犯すのだからね。かつてはスリやペテン師のロマンティックなレヴェルで犯罪が行われてきたが、今日《きょう》日《び》の消費万能主義の世界では、きちんと組織化され装備されてきている。鉄砲だって今日では用いられることがあるから、罪人の真の目的がはたして略奪や暴力だけにあるのかという疑念もしばしば生じている。」

「ナポリじゃ、同情すべき犯罪のようなものもまだ見られるね――とサルヴァトーレが口を挟んだ――たとえば、一週間前に載った記事では、クーマ鉄道で鋼線が五キロメートルに渡って盗まれたため、列車は原っぱの真ん中で停車しなくてはならなかったという。」

「儂が読んだんだが――とサヴェーリオが付け加えた――下水を汲み上げてクーマにまで運ぶため、ヴィーア・カラッチョロに埋設してあった、新型のポンプ二台が盗まれたという。ところでプロフェッソー、この二台のポンプをいったい連中はどうしようっていうんだろう?」

「市役所に半額で売ってくれるよう望みたいね。とにかく、犯罪の話に戻ると、いの一番にすべきことは、犯罪の基本的分類を行い、はっきりと、真剣な窃盗、不真面目な窃盗、狂暴な犯罪を区別することさ。それから、国家に対して、罪人の種別に応じてさまざまな牢獄を作ったり、さまざまな刑罰を下したりするよう要求すべきなんだ。」

「真剣な窃盗って?」

「そう。真剣な窃盗は社会的必要に迫られての窃盗だ。経済的インバランスの場合に均衡を回復されることになるんだ。」

「それはまたどうして、プロフェッソー?」

「サヴェーー―とサルヴァトーレが説明してやるのだった――先生が言わんとしているのは、共産党員がみんなに同じ儲けをするようにしてくれるのを待っている間、きみは誰かのポケットから数千リラをくすねて、きみと盗まれた相手との収入の差額を縮める権利がある、ということさ。」

「そんなことを言った覚えはないが、でもサルヴァトーレは真剣な窃盗の哲学的目的の一つを明らかにしてくれたね。仮に窃盗をほかのゲームと同じく、厳格なルールをもつ競技と見なせば、泥棒が窃盗を犯す際ルールを守っていさえすれば、相手は不正を正す権利を失うし、その窃盗は《真剣》と形容されることになるんだ。」

「で、その厳格なルールとは？」

「ルール1。自分自身と家族の生き残りにとって厳密に必要な額だけを盗むこと。」

「それじゃ、大家族を背負った泥棒は、もっと盗む権利がある？」

「エピクロス的にはそうさ。ただし、それが必要に迫られての場合ならばね。ルール2。相手が余分に持っているものだけを、しかも、相手がそれを持つ値打ちがないとはっきりしたときにだけ、盗むこと。」

「どういう意味？」

「たとえば、見知らぬ金持ちのツーリストがナポリにやってきて、車のシートの上に無造作に高給カメラを放置したとする。ナポリの窃盗犯か、彼を挑発したその外国人か、どちらがより重罪だろうか？」

「私なら犯罪誘発の科でその外国人を逮捕するな！——とサルヴァトーレが言った——プロフェッソー、もし相手がアメリカ人なら、その窃盗はいくらかより真剣になると言えるのでは？」

「そう。相手はアメリカ人かスイス人でなくてはならん。」

「どうして？」と私が尋ねた。

「こういう場合、小さな地方の窃盗は、たとえば、国際的な大銀行で犯されている巨額の市場窃盗の埋め合わせをすることになるからだよ。」

「ほかにはどんなルールが？」

「《階級のこつ》があるね。」

「どんな？」

「階級のこつとは、窃盗を芸術の離れ業にまで高める想像力の演習のことさ。いつものように、実例で説明するほうが簡単だ。たとえば、切符売りに変装したこそ泥が始発駅でバスに乗り込み、待っている乗客たちにチケットを売って、八百リラをピンハネする。あるいは、給仕人の手伝いがコーヒー・カップで一杯のトレイを手にして、ぼんやりした金持ちの通行人にぶつかり、涙ながらに寄付金を募る。こういうことは先のカップの陶磁器がすっかり砕けてしまうまで、日中何回となく繰り返されるのだ。また、勇敢な泥棒は警官に変装して、金持ちの故買人を捕らえ、貴重品をすっかり没収してから、入念に目録を二通作成し、その故買人をポッジョレアーレの未決監（地裁拘置所）に引き渡す。相手は二カ月間そこで過ごして判決を待つことになろう。見てのように、こういう真剣な窃盗の形にあっては、盗まれたものは物質ではない。わざ、見世物、工夫の才能の表われなんだ！」

「プロフェッソー、私の意見では、先生が挙げた最初の二つの例は見本にはならないし、芸術的な窃盗なぞではないですな——とサルヴァトーレが言った——哀れな連中は朝、森に出かけて行って、千リラでも見つからないかと探すんですよ。私は毎日職業を変える男を知っているんです。ある日はジェットーネ屋（gettonaro）になる。つまり、駅に行き、誰かジェットーネ[*2]を取り忘れていないか、電話ボックスをすべてチェックするんです。彼が言うには、ときには二十ないし二十五個のジェットーネが手に入るそうです。ほかの日にはパン、く、ず、屋（mollicaro）をやり、ケーキ屋さんから柔らかい中身やパンくずをもらい、これをペーパー・カップに包んで行き、小学校の外で売るんです。また、ときには列車が駅に到着するや否やこれに飛び乗り、座席に放置したままの新聞・雑誌を全部かき集めて、駅の外で半額で売るんです。要するに、万事何とか切り抜けているわけですな。残念なことで、というのも彼は少年の頃はみんなから大発明家になると思われていたからです。彼はエロス・ストーヴという、売春婦たちが街中で待ち続ける間、暖を取るためのポータブルのオイル・ヒーターみたいなものを発明したことがあったんです。マーケットはあったんだが、スポンサーが見当たらなかった。こういう品物を売り出すにも、せめてコマーシャル一本ぐらいは必要だったんだ。」

「この家ではいつものことだが――とパルオット博士が嘆いた――初めは真面目な議論から始まっても、結局はとんでもない話で終わるね。私としては、技師さんがナポリは暴力の海で汚染されたイタリア唯一の都だ、という幻想を抱いてローマに戻ってはもらいたくないね。技師殿、私は誓って言うけれど、この点では私たちナポリ人はミラノ人に少しも引けを取ってはいませんよ。最大の地場産業はモグリで、約四万人居る――ここまでは、まあけっこうなことなんだ。どうやら一九七五年にはひったくりの優勝杯を獲得したらしい。自動車産業に関しては、トリーノとどっこいどっこいといったところ。トリーノには大きなフィアットという自動車製造工場があるが、私どものところには、盗難車やスペア・パーツの国際センターがある。かてて加えて、おかしな誘拐、武装強盗、未解決の殺人事件、武装した極左集団。これで大方の実情はできあがってしまう。こうしたことが信じがたいと思ったら、新聞『イル・マッティーノ』を毎日買って、三面記事を読んでください。」
「正直に言って、新聞から受け取れる情報の価値については、あなたに同意できないな——とルイジーノが言った——パルオット博士が誤った一般図式は正確でも真正でもない。新聞だけ読んでいると、しまいには人類が救い難いと信じ込むようになってしまう。父親の子供殺し、子供の親殺し、幼児誘拐！　しかし、人生は実際にはそうなっていない。一般人はだいたいにおいて、はるかに良くなっているんだが、新聞は善人については何も告げない。こういうことはニュースにならないからね。問題は何千人も素晴らしい人びとがいる——それどころか、何百万人もいる！——ということだ。仮に次のような記事の載った新聞が出たとしたら、どれほど素敵なことか！　『会計士エスポジト氏は二万二千リラの昇給を祝って、妻と一緒にデッレ・パルメ映画館にロードショー「叫びと嘆き」を観に行った。』『スポーツ面——カヴァリエーレ・カカーチェはトランプ（スコーパ）をして巡査部長ダクントに十回中十回とも勝った。巡査部長ダクントはカヴァリエーレ・カカーチェがひどくカード運が良いから足もとに注意するには及ばないよ、と言った。』『アンジェラの母は彼女に新しい制服に付けられるようにと、聖アントニオの像を収めた小さな心臓の形をしたダイアモンドの首飾りを贈った。』『昨日の夕方、イタリア航空からホステスとして採用された。アンジェラ・カルカーニ嬢はローマのアリパスクワーレ・トゥッチッロ氏は放課後娘を迎えに行った。彼女は父を見かけるや否や、パパ！　と叫びながら駆け寄ってきた。』」

*1　一九七四年夏、ローマの南、サンタ・フェリーチェ・チルチェオで、二人の少女が大勢の男たちによっ

て強姦されたことがあった。
＊2　イタリアの公衆電話専用で、コインに代わって用いられる代用コイン。

第26章　謎とミステリー

日照りの午後二時。私はパスクワーレ・アモローゾおよび夫人と一緒に、テルツィーニョ郊外の道ばたの飲み屋に座っていた。

　私たちが通り抜けてきた道は実際上、ヴェズヴィオ内陸地域のすべての町々――サンタスタージア、ソンマ、オッタヴィアーノ、サン・ジュゼッペ・ヴェズヴィアーノ、テルツィーニョ――にまたがっており、したがって、ヴェズヴィオ火山の後ろを回ってから、再びトッレ・アヌンツィアータで太陽道路に出るようになっていた。旅の間中、アモローゾの途方もない富くじ狂が幾度も話題になった。奥さんは明らかにこれに与《く》みしていなかった。私は仲を取り持とうといくらか努めてから、あるときヴェズヴィオ火山のもう一面の眺めにすっかりうわの空になってしまった。この休火山を背後から眺めるとまったく思いがけない光景が見られるのである。

　紙ナプキン、大理石のテーブル、足下でついばむひよこたち、この小さな飲み屋には、内陸の貧村にあるトラットーリアに求められるべきあらゆる特徴が備わっていた。私たちはニンニクとオリーヴ油の（aglio e 'uoglio）スパゲッティを注文し、そして、黒パン、バター、アンチョヴィー、ボスコトレカーゼのサラミで飢えの苦しみを癒し始めた。これらすべてを搾り立ての黒ブドウの房みたいに、新鮮かつすっぱいグラニャーノ・ワインが洗い流してくれたのだった。

アモローゾ夫妻とのこの遠足は、私のお客さんがナポリやナポリのいくつかの伝統への私の関心を知って、こう言ったのがきっかけだった。「インジェニェー、銀行くじや内通者（アッシスティーティ）[*1]についてすべてを知りたければ、送迎係でアモローゾという男に話をすることですよ。彼に気に入られたら、クローチェ・デル・カルミーネに連れて行ってくれて、サントーネ[*2]と話をさせてもらえますから。」

こうしてナポリで交わした最初の会話でアモローゾが説明してくれたところによると、このサントーネは普段見かけるアッシスティートたちとは異なり、ナンバーをはっきり告げる代わりに、ミステリー（謎）めかして語るという。正確にはアモローザはこう語ったのだった――「ねぇ、インジェニェー、サントーネははっきりしたナンバーは明かせないんです。これには二つのわけがありましてね。第一に、禁じられているんで……。」

「禁じられているって？　誰が禁じたの？」

「天からで！――と空を指しながらアモローザは答えるのだった――天から禁じられているんですよ！インジェニェー、天からこう決められているんです。仮にアッシスティートが注意を払わずにあまりにたくさんのナンバーを告げたりすると、天からの手助けがときどき止まるんですよ。お分かりかな？」

「まあ、ね。で、もう一つのわけとは？」

「政府までが疑い始めたからですよ。国税庁支局から呼び出されて、彼がナポリの半分に18を賭けさせてから、三番目の数として18が出たときの事情について二回訊かれた。当時のサントーネはまだ数を包み隠さずに告げており、ワイン貯蔵室で、《次の土曜日には三番目の数は17だ、翌週は同じ位置に18が出る》と告げたりしていたんです。言うまでもなく、彼が告げたとおり、17が出たとき、人びとはみんな翌週には18の数にわれ先に賭けようとした。これほど確実な賭けをするために、人びとは手にしていたものを何でも――

金、銀、家財、工場——を質入れした。とにかく、くじ引きの日——本屋サン・ビアージョで行われた——には、最初の二つの数が出た直後に、とみくじ役人が他の残りのナンバーの入った籠を持って回っていると、群衆の中の誰かが叫んだ。『好きなだけ籠を振り回しな、三番目の数は18と決まっているんだから！』(Comm'o ggire e comm'o vuote 'o panariello, terzo eletto 'o fa sempre 18)。しかも確かに、そのとおりになった。それで、政府は大金を出費せざるを得なくなり、ただちに国税庁支局と警官に命じて、群衆の中のその男が18が出ることをどうやって知ったのか探らせた。こうして調べて行くうちに、とうとうサントーネにたどりついた。それだから、この日以後、サントーネははっきりとナンバーを明かされなくなった。隠し立てするようになり、ミステリー（謎）を語りだしたというわけですよ。」

「そのミステリーとは？」

「ミステリーとは、ごく簡単なものなんで、あなたご自身でも解釈できますが、それを生業にしているほかの誰かに解釈してもらうこともできます。儂の識っているヴィラノーヴァの有能な男は何年もそれをやってきており、ミステリーを間違えることはまずありませんよ。」

「それじゃ、そのサントーネが告げたミステリーの一つを私に話してもらえませんか？」

「どういたしまして。それじゃあなたに分かってもらえるように、ごく簡単なのを一つ選びましょう。ペンはお持ちですか？　良かった！　それじゃ、言うとおりに書いてください。サルヴァトーレは6ですから、《6》と書いてください。ジェンナーロは19だから、《19》と書いてください。さて、ジェンナーロがサルヴァトーレを呼んでいる。呼ぶのは52だから、《52》と書いてください。ジェンナーロが、『サルヴァトー、こっちへこい』(Salvatò, viene cca) と言うと、何を意味します？」

「何の意味？」

「ジェンナーロの最後の数《カデンツァ》9は、近くに、サルヴァトーレの数《フィグーラ》6を必要とするという意味です。そこでお尋ねしますが、どの数が6になりますか?」

「どの数?」

「6、15、24、33……。」

「42、51……。」

「でかした、インジェニェーレ! 分かりが速いですな! でも、これらの数のうちで、どの数が6を持つほかに、9を最後の数《カデンツァ》としてもつか、見つけ出さなくてはならない。それはどれでしょう?」

「どれです?」

「69ですよ。」

「どうして?」

「6+9は15だし、15は数6に等しい。1+5は6ですから。さて、ジェンナーロは19だから、自分の近くにサルヴァトーレを持つ必要がある。だって、サルヴァトーレは数《フィグーラ》6だから、二つの仮定を立てることができる。つまり、25と77にしてもよいし、69と77にしてもよい。」

「アモロー、分かんないね。いったい25と77はどういう関係があるのかね?」

「インジェニェーレ、聞いてくださいな。ジェンナーロとサルヴァトーレはいわばくっついている(auniti)から、明らかに25にしなくてはならないのです。6+19は25ですからね。さて、『ローザがジョヴァンニの腕を取った』と言えば、あなたはどの数になさいますか?」

「?」

「54になさるでしょうよ。だって、ローザは30だし、ジョヴァンニは24だから、30+24=54でさ! 逆にジェンナーロとサルヴァトーレがただ近くに居るだけで、くっついてはいないとしたら、先に説明したように、フィグーラとカデンツァを考えなくてはならないし、69にしなくてはならなくなる。」

「では、77というのは?」

「おお神様《ジェズー》、子供だって分かりますよ。呼ぶというのは52、ジェンナーロは6、サルヴァトーレは19だから、総計、つまりミステリーの数を全部合わせると、77ですよ。52+6+19ということです。」

「ああ。」

「見てのように、サントーネが語るときには、一語も聞き逃してはいけないんです。さもないと、時間とお金の無駄になりますよ。かつてこんなミステリーを儂に告げられたことがあるんです。『アントニオは階段を降りるパスクワーレを眺めている。でも、パスクワーレが地面に到達するや否や、アントニオはがらりと態度を一変し、ジュゼッペに殴りかかる。』それで、儂は8にお金を賭けた……。」

「なぜ8に?」

「パスクワーレは17だから、数を合わせて8というフィグーラになる。また、パスクワーレは階段の下にまで降りたのだから、儂は8のフィグーラをもつ、最小の数を選んだ。」

「なるほど。」

「それから儂は32に賭けた。というのも、アントニオは13だし、ジュゼッペは19だし、しかもアントニオはジュゼッペを攻撃したのだから、13+19=32となるからです。ミステリーは明白だったから、儂は8と32という二つの数の組み合わせに賭け、一万リラをナポリのくじ回転機《ルオタ》に賭けた。ナンバーが命中すれば、二五〇万リラが当たる! でも、どの数字が出たと思います?」

「何が出たの?」

「8と50でさ。インジェニェー、アントニオは態度を一変したんです！　13が31になったんだ。だから、アントニオがジュゼッペを攻撃したとき、彼は態度をすでに一変していたから、31＋19＝50になったんだ。32じゃなかったんだ！」

「何てこった！　あんたは一語でも見逃してはいけなかったんだ！」

「インジェニェー、一語だって駄目ですよ、一語もね！」

「ほかにも、サントーネ以外アッシスティーティは居るの？」

「もちろんでさ。ナポリには七十二人居るはずです。」

「七十二人？」

「さよう。かつてはアッシスティーティはお互いにみな識り合いだったし、大衆も彼らのことを知っていた。でも今日日《きょうび》、こういうアッシスティーティは弁護士とか、医者とか、かなりの地位のある人物になっているし、まあ、お金に不自由もしないものだから、大っぴらにはもうこんな仕事はしなくなっているのです。お分かりでしょうな。でも、当時はナポリには大勢のアッシスティーティが居た。有名なカーリ・カーリ、ブッティリオーネ、オ・セルヴィトーレ、オ・モナコ・サプナーロ、オ・モナコ・エ・サン・マルコ……要するに、そんなのはいっぱい溢れていたんです。かつて、カーリ・カーリに無理矢理ナンバーを言わせるために、彼は逆さ吊りにされたことがあったけれど、彼はそれでも言うのを拒んだ。彼はこう言っただけだったんです――『私を殺してもかまわない。でも、ナンバーをあんたらに喋るわけにはいかない。』こういう連中はこうと決めたときには梃子《てこ》でも動かなかったんです。たとえば、奇妙な話を一つお伝えしましょう……。」こう言いながら、アモローゾは起き上がって、私の傍にきて座った。その話は明らかに、奥さんの耳には入れたくないものらしかった。「女性がオ・モナコ・サプナーロのところにナンバーを訊きに行くと、この助平爺はどうしたと思います？　奴は青鉛筆で、女性のもっとも奥まった隠し所に――言ってることがわかりますね――か細く書いたんですよ。それで、可愛そうにその女性は鏡に当ててさえ独りでは読めなかったんです。」

「それで、彼女はどうやってナンバーを当てられたんです？」

「それで、どうしても彼女はそのナンバーを読んでくれる者を誰か探さざるを得なかった。でももちろんこの場合、彼女は言わば違反行為、つまりはいかがわしい行為を犯したことが知られてしまったんです。」

「それがオ・モナコ・サプナーロだったの？」

「そうです。また、オ・モナコ・エ・サン・マルコもいたんです。彼は或るとき、天から最悪の敵に二つの続き番号（アンボ）を示してやれ、との命令を受けた。言うなれば、これは謙遜の証しとして守らざるを得なかったんです。それで、この売女《ばいた》の息子はどうしたでしょうか？　示すように命じられたアンボの数は3と59だったので、彼は鍋が沸騰しているお湯を哀れな相手の脚にぶっかけたんです。インジェニェー、意味がお分かりにならないのなら、言わんとしていたのはこういうことだったんです――『ほら、3と59だ。3はお湯、59は脚だ。』」

「ひどい話だ！」

「ええ。でも、はっきり言って、アッシスティーティも夜には死ぬほどぶたれるんです。」

「ぶたれるって？　誰からぶたれるの？」

「超自然の力から。あなたのお考えじゃ、ぶたれるのは生きた人間だけからでしかあり得ない、とでも？　ヴィラノーヴァに住んでいる儂の仲介者ドン・アントニオは、もう亡くなった大アッシスティートの秘書をしていたことがあるんですが、彼が語ったことによると、アッシスティーティは打たれてあざになるとのことです。頭をひどく殴られたり蹴られたりするそうです。ですから、インジェニェー、彼らでも苦しみに耐えねばならないのですよ。」

「奥さん、こんなことを信じます？」

「一言も信じません！――と夫人は答えた――でも、夫が嘘つきだという意味ではありません。でも、私にはどうしても理解できないんです。どうして立派な大人が……空軍大佐、技師（別にあなたのことじゃありませんが）……要するに、教育を受け、白髪をした人たちまでもが、こんな下らぬことを信じられるのかが。もちろん、上流階級にだって、言わば頭の弱い人びとが見つかることは存じています。でも、夫に言ってきたのはこんなことなのです――『ねえ、神様のおかげで、ちゃんとした職に就いていながら、どうしてへりくだってまでして、テルツィーニョ村のあんな百姓やばかげた話に耳を傾けたりするの？「ジェンナーロは教会に入る……アイターノはジェンナーロを呼ぶ……」だなんて。彼らは下らぬ言葉を吐いているんだ！いいですか、あんたは十年以上も立派な職と収入を賭けてきたのよ。こんなのがみなたわごとだということがどうして分からないの？この連中ったら……。』」

「妻には耳を貸さないでください、インジェニェー！黙れ、お前は女だから、とても分からないことがあるんだ。儂が勝ったためしがないと！何回かアンボを引き当てたし、ヒットしたことだってあるんだぞ！」

「ええ、ええ、はした金をね！」

「女房に分からないのは、男が賭けをするのは生まれたままで死なないように、どん底生活で餓死しないように、との希望を持つためなんだということなんです。こん畜生……。」

「主よ、御名がたたえられんことを！冒瀆の言葉は止して。さもないと、主がお怒りになるわよ、分かった？どん底生活で餓死するわ、本当に！インジェニェー、本当は私らは金持ちじゃないけれど、必要なものに事欠いたことはありません。でも、夫が毎週一万とか一万二千リラを賭けなければ、もっとましな生活ができるのに！　父が言っていることを話すわよ——『俺はとみくじで五百万勝ったぞ。賭けをしなかったお金を全部勝ち取ったんだからなあ！』ってね。」

「そんな下らぬ話は聞いたこともない……。」

「あんたがサントーネにからかわれなければ、儂には証拠があるんですよ！　ナポリに雪が降ったことがあったんだが、どうしてもクローチェ・デル・カルミーネまで行ってサントーネに会いたかったんです。当時は車がなかったもので、スクーターで行った。するとどうでしょう、インジェニェー、儂がひどく凍っていたものだから、サントーネは儂を識別する前に儂を解凍しなくてはならなかったんです。とにかく手短に話しますが、サントーネはひどく儂を気の毒がって、『パスカー、あんたに一つ贈り物をしたい。初回の勝負では24に賭けたまえ』と言ったんです。」

「それで、賭けたの？」

「もちろん。」

「それで、当せんしたの？」

「いいえ、出たのは3と17だった。3は贈り物、17はパスクワーレのために。」

「インジェニェー、主人の言うことには耳を貸さないでちょうだい。いつも負けてばかりなんだから。」

「お前は黙っていろ——またしても彼は私のほうに向いて言うのだった——インジェニェー、《ロマ人はロマ女の気を引こうとする》（o zingaro se mena 'ncuoll'a zingara）ものです。ロマ人は15、ロマ女は64ですから、儂は初回の勝負で79に賭け、負けたんです。翌週、サントーネは言った、『ガエターノは家に入る』

(trase dint'a casa)、つまり、7が9になる、と。もちろん儂は79に賭けるべきだった。ところが女房のせいで、イスキアに旅することになり、何も賭けられなかった。その島に着いて初めて、そこのくじ売場が全部土曜日の朝は閉まることを知ったものだから。ところが五時にラジオのスイッチをひねってみると、79が当せんしていたんです(arapette 'a radio e tracchete ascette 'o 79)。」

こういった類の数《フィグーラ》とか最後の数《ガデンツァ》についてさんざん喋った後で、とうとう私たちはクローチェ・デル・カルミーネに到着した。そこは村とは名ばかりで、十二軒の家並から成る一本の道、教会、バル——ワインの地下貯蔵室とスーパーマーケットの役も兼ねていた——しかなかった。「ドン・ガエターノを見かけませんでした?」アモローゾが尋ねると、「数分前には広場に居たよ」という返事がかえってきた。でも、この情報提供者が告げた広場がどこなのかは私にはとんと分からなかった。というのも、私たちがこのバルを出た途端、ドン・ガエターノと鉢合わせになったからだ。彼は中年男で、四十というより五十歳に近く、濃い栗色の肌をしており、ひげもじゃもじゃの顔にはあちこち長い白くなった頬ひげがのび、あごには傷痕があった。若い時分に、アメリカ暮らしをしていたらしかった。身につけていた着古しの黒いスーツの下では鹿子《かのこ》色の冬用ヴェストがシャツの代わりをしていた。帽子を着用していた。

「ドン・ガエターノ、元気だったの?——とアモローゾはにっこりしながら訊いた——ロット遊びのもう一人の大ファンをここに紹介したいんだけど。」

「それはそれは——とそのサントーネが応じた——歩いて行って座りましょう。私は少々お腹が空いているから、まず何か食べたい。」

三人ともバルの奥に移動して、暗い小部屋に入った。そこには四脚の椅子とサッカー・マシーンが一台あった。例の奥さんは車の中に留まった。そうしないと、頭にくる(si attaccava i nervi)、と言ったからだ。

例のサントーネはビールとチーズ入りサンドイッチを注文し、それから食べながら、明らかに小学生用のノートを破った、罫線入りの紙を取り出し、その上に二本の平行線を書いた。それから、ちょっと考えて、こう言うのだった。

「これは堀だ。アントニオが堀の傍に立ち、パスクワーレを待っている。待ち合わせしておいたので。アントニオはパスクワーレの傍に寄って行って、言う――『パスカー、ずっと待っていたんだぞ』」。それから、私たちのほうを見上げて、「ご無事で。もう帰ってよろしい」(Stateve 'bbuone ve ne putite 'i)。

アモローゾは起ち上がり、サントーネのポケットに五百リラを入れた(どうやら、サントーネはお金に触れることができないようだった)。そして、私はビールとサンドイッチの支払いをしたのだった。

「後で車の中で話しましょう」、とアモローゾは私たちがバルを出たとき、真顔になりながら、言うのだった。

そして、村を後にするや否や、アモローゾはミステリーの解釈に取りかかった。

「さて、アントニオは13だが、彼は65である堀の傍に立っているのだから、私たちが賭けるべき最初の数は明らかに78になる。さもなくば、アントニオが堀の近くに立つはずがないだろう。問題は第二の数ですな。パスクワーレの17にするか、待ち合わせの43にするか、それとも、ひどい遅刻を意味する8の数《フィグーラ》にするか?」

「どうして?」

「だって。憶えておられるように、あのサントーネは、アントニオがパスクワーレを長時間待っていたと言いましたね。ところで、調べてみなくてはならないのは、8の数《フィグーラ》でひどい遅刻と結びついているのはどの数かということだし、それはヴィラノーヴァの解釈者のところに行って初めて分かるんですよ。この男は何でも知っているし、夜通しミステリーを解読しようと研究しているんです。でも、よく考えてみるに、儂らはサンドイッチの31と、ビールの84を賭けてみてはどうでしょうかね?」

「アモロー、すまないが、あのサントーネはあまりにも多くの数をいっぺんに示しているような気がするのだが!」

「ええ、ええ。でも、よく注意すれば、彼が本当のことを言っているときと、そうでないときの見分けははっきりしますよ。ところで、インジェニェー、あのサントーネのあごに傷痕がついているのに気づきましたか?」

「うん、瘢痕《はんこん》の一種だね。」

「さよう。ところで、サントーネが正確にはいつこの瘢痕に触れたか、憶えています? 堀の話をしていたときか、待ち合わせの話をしていたときか、それとも、ビールとサンドイッチを注文したときか?」

「正直言って、気づかなかったな。」

「ああ、こん畜生! 儂も気づかなかったんだ。お分かりのように、あのサントーネは確実な数を伝えたいとき、ちょうどその瞬間に瘢痕に触るのです。」

こうして結局、私たちは26、43、78に賭けた。どれも外れたが、アモローザは言った、「インジェニェー、そんなに気落ちなさってはいけません! この組み合わせは最低三週間ぶっ続けにやらなくっちゃ。せめて張ってみてくださいな!」

アモローゾが送迎係をしていた会社の電気部門のマネージャー、技師カルローニからは私は大目玉をくらった。

「何ということを!——と技師カルローニは私に言った——アモローゾと一緒に、クローチェ・デル・カルミーネのサントーネのところに出かけたのかい? IBMのマネージャーで、宇宙時代の技師たる者が!

あんたがアモローゾに欺されて、サントーネたちのところを訪ねたとはな！　本当に見損なったよ、いまは実証主義の時代、コンピューターの時代というのに……。」

「分かっている、でも私は……。」

「インジェニェー、神かけて言うが、ロット遊びに本当に興味があるのなら、私と一緒に、数分間コンピューター・センターにいらっしゃい。そうすれば、控え目に言って本当に面白いものをお見せするよ。二年前、プログラマーの小グループと一緒に、統計用パッケージソフトを作ったんだ。ＩＢＭ370の手助けで、毎週土曜日にナポリのくじ引き機が抽き当てるもっとも確率の高い数字を出してくれるやつをね。」

「まさか！」

「この方法は《色彩分散法》と言ってね、その理由を説明しよう。来週土曜日に五つの番号の組み合わせが出るとしたら、問題は何週後にこの五つの番号の組み合わせが分散し始めるかということなのだ。」

「分散するって？」

「そう。つまり、確率から言って、何週間後にこの五つの組み合わせに含まれた数のうちの一つが再び出てくるかを知る必要がある。そうなるとき、われわれは5の組み合わせが分散し始めた、と言う。なぜなら、今度は5のシリーズが4のシリーズになってしまうからだ。以下引き続き、4のシリーズは3のシリーズに、3のシリーズは2のシリーズに、といった具合になっていく。さて、5の各シリーズおよびそれぞれの分散に別々の色彩を配するならば、色彩図形、色彩分散図形が得られるし、結果、5の次のシリーズにおける優勢な色を直感することが可能になる。分かるかい？」

「実を言うと、そこそこまでしかだ。」

「インジェニェー、簡単だよ。私たちはここ九十年間、コンピューターのメモリーの中にロットの引き当てを記録してあるし、それで分かったんだが、滅多に出ない有名な二八個の手に負えぬ色つきの数を別にして、これらをきっぱりと無視してしまえば、5のシリーズが分散し始める最大限は六週間であるし、またどんなに遅くとも、十一週目には分散を終えることになるのだ。」

「本当かい?」

「さよう。目下、FTPプログラムでは……。」

「FTP?」

「FTP、つまり、幸運(Fortuna)、技術(Tecnica)と忍耐(Perseveranza)のことさ。FTPは私たちが毎週土曜日に賭けるための一連の予想数をはじき出すのだ。」

「これまで勝ったことはあるの?」

「まだない。でもきっと勝つだろうよ。だって、プログラムが長く続くほど、確率のレヴェルも高くなるからね。目下、私たちは技師スカローラの考案した別の方法——《強迫的忍耐》と呼ばれている——を《色彩分散法》に組み込もうとしている。ちょっと待って。一つアイデアがあるんだ。この男を呼び寄せて、一緒にコーヒーでも飲みに行こうよ。そうしたら、スカローラは歩きながら、この方法をあんたに教えることができるだろうからね。」

この《強迫的忍耐》はあまりにも込み入っていて、私がほんの少しでも理解することはできなかった。技師スカローラは漸近曲線や、大きな数に属する法則を詳しく語った。だが、私は限界点に達したため、ちょうど空手チョップみたいに短くて強力な、完璧仕上げのエスプレッソ・コーヒーの快楽に身を委ねるほうを選んだのだった。

支払いのときに、今日いつでもよく見られるように、小銭の問題が生じた。イタリアの各都市はこの問題をそれぞれのやり方で解決してきた。トリーノは百リラの小切手を最初に印刷したし、ミラノは地下鉄の切符を渡したし、ナポリでは、このバルのレジ係は1から90までの数字入りカードを取り出して、私に尋ねるのだった。

「一枚選んでくれませんか、ドットーレ？　来週土曜日、最初の数に当たれば、六千リラをお支払いしますよ。」

＊1　くじが当選するであろう数について、何か超自然的な源から内部情報を有していると主張されたり、他人からそう思われている人びと。「神から手助けされるもの」の意。

＊2　サントーネ（またはサント）やモナコは前出のアッシスティーティに対する名目的称号。これらの聖人や修道僧は天からの重要な内部情報との直通回線を持っていると思われてきたことに起因している。

第27章　ナポリの力

なぜ友情が破られ、敵意がつくられるのか、最大の理由を調べたければ、《ポリス》〔都市国家〕の体制を探るだけでよい。その中で抜きん出たがる者たちの生みだす嫉妬を見よ。競争者どうしの間に生じざるを得ない競争心を見よ。

ガダラのフィロデモス〔前110頃-40/35頃〕『修辞の書』(*Volumina Rhetorica*, II, 158)

先生が言った、「権力は未来を計画することを意味するが、ナポリは幻想に頼っているし、したがって、即興に頼っている。でも、ほらわれらが技師さんのご到着だ！　『インジェニェー、今晩何か起きたの？　一時間も待たせるとは！』」

「分かっています。どうもすまないが、コルソ・ヴィットーリオ・エマヌエーレの途中、交通渋滞に巻き込まれてしまい、どうしようもなかったんです。」

サルヴァトーレが言った、「同じ目には、数日前に遭いました。偽証罪で出廷するためパッサラックワ博士を車で送って、帰路、サルヴァトール・ローザの丘にさしかかったとき、一時間も足止めされた。まる一時間数珠つなぎで！　長らく待たされていると、浮浪少年《スクニッツォ》が近寄ってきて、チーズ・サンドイッチ二切れを売りつけ、それからもじっと釘づけのままだったものだから、少年が戻ってきて、電話代を含め二百リラで儂たちの家族に、無事を報せてあげる、と言ったんです。」

「何でも考えだすもんだな！」とサヴェーリオが言った。

「でも、今晩ほどひどい渋滞は見たことがない――と私は遅刻の言いわけをしようとして言ったのだった――普通でも混雑しているのに、今頃になると、クリスマス・ショッピングのためにありとあらゆる地方から人びとが押しかけるんだからね。しかもそれでは不足とでもいうかのように、今晩ヴィーア・タッソでまたも道路に穴が開き、ヴォーメロは何度目か知らないが、孤立させられてしまったんだ。」

先生は嘆いて言った、「我慢しなくては！　技師さんもご存知のように、ナポリは地下アーチの網目の上に建てられてきたんですよ。冗談を言ってはいないんです。ナポリ市の表面の下には、無数の凝灰岩の洞窟や、何万本の柱があるし、雨水がしみ込んだり、下水が溢れでもすると、これら洞窟は水で一杯になり、これらの柱が崩落することもしばしばある。それで、あなたがこぼしている陥没ができるのです。しかも困ったことにナポリは円形劇場みたいに斜面に建設されているので、この頃には、船みたいに、海に漂流することになるのですよ。」

「でも先生、私が到着したため、先生の哲学論議を遮ったのではありませんか？」

「そのとおり――とサヴェーリオが言った――先生は権力への軽蔑についてちょうど話してくれていたところなんだ。」

「まあね。でも私が話していたのは、権力への蔑視というよりも権力への無関心についてだったんだ。どうもナポリ人は権力を、一生犠牲にする値打ちのあるハードな責任の源というよりも、厄介なものと考えているらしい。また実際、権力はうるさいし、生半可な取り組みや、妥協や、言わばパートタイム的な態度を容赦しないから、ナポリ人はたぶん譲渡するつもりになるであろう。そうなると、ナポリ人はとうとう責任を転嫁したり、わきに寄ったり、《かまうものか》（fottatenne）とか、《いつまでも生きられると思っているのか》（ma tu quant'anne vuò campà）といったような、悪名高い無関心な表現を口に出したりさえするようになるんだよ。」

「でも先生、人生が本当に短いことには同意しなくちゃなりませんぜ！——とサヴェーリオが言った——誰かが政治にかかわり出すとしたら、生計のためのお金を稼ぐ時間をどうやって見つけだすんです？　まあ、政党が党員たち全員に手当でも少し出してくれるのなら……。」

「権力へのそういう無関心こそは——と先生は遮った——ナポリが決して、史上決してと言ってもよいが、帝国主義的役割を果たしてこなかった理由なのだ。よく考えてみれば、イタリアのほかのどの都市でも、歴史上の栄光の時期があったことを誇りにすることができる。ローマは脇にどけておこう。ここは帝国（Impero）とほぼ同義なのだからね。たとえば、ヴェネツィア、ジェノヴァ、ミラノ、フィレンツェ、トリーノ、等々を例に取り上げよう。どの都市も長期にせよ短期にせよ、地上であれ海上であれ戦争をして、近隣の民を服従させることに成功した。だが、ナポリは決してそんなことをしなかった。たとえば、イタリアにおけるローマ拡大の時代にも、ナポリのことは話にも上らなかった。私たちナポリ人は攻撃的ではなかったばかりか、他人の攻撃に抵抗もしなかったんだ。実際、ローマ史を読んだらすぐ想像がつくように、当時ナポリは存在さえしていなかったと思うだろう。ところがそうではなかった。ナポリはもうすでに大人口を擁する栄えた一都市だったんだが、そこの住民はというと、ほとんどもっぱら観光、漁業、農業、観劇に没頭していた。ナポリはギリシャ人（明らかに、スパルタというよりもアテナイ出身）によって植民地にされていたのだし、彼らは先住民を喜ばせるために、円形劇場やスタジアムや別荘しか建設しなかった。だから、カミルス〔（前365没）ローマの将軍。ローマの第二の建設者（ガリア人のローマ占領を阻止）〕とかマルクス・アントニウスといった偉大な将軍を輩出したりはしないで、有名な仮面劇の有能な喜劇役者たち――マックス、パップス、ブッコ、ドッセヌス――の役を帝国の観衆を楽しませるために演じて、生計の糧を得ていただけだった。でも、のんきな性格をしていたとはいえ、ナポリの民は血に飢えた隣人たちから面倒を蒙っていた。なにしろ、青い深海と悪魔とに囲まれていて出口がないといった状況がよく生じたからだ。たとえば、征服者マリウスが到着したとき、ナポリ人たちは真心から歓迎したが、その後、マリウスの敵スラがやってくると、ナポリ人たちを残酷に罰したのだった。続いてポンペイウスがやってくると、またも祝われたが、すぐ後からユリウス・カサエルが現われるや、今度はポンペイウスを歓迎したと言って、ナポリ人たちをひどい目に遭わせたのだった。」

「こりゃまあ！　いったいポンペイウスとカエサルがナポリ人たちと何のかかわりがあるのです？」

「スラ、カエサル、ポンペイウス、彼らはみな権力の人間だったから、《中立》なる言葉の哲学的意味が理解できなかったんだよ。彼らからすれば、ごく僅かな傾向だけで、民衆を友か敵に分類するのには十分だったんだ。でも、われらナポリ人と戦争への嫌悪に話を戻し、ちょっと考えてみるに、海岸都市ナポリが真の《ナポリ海軍》を持ったことが一度もないというのは、何とも奇妙なことだね。歴史をたどってみると、過去三千年間にわたり、地中海はトルコ人、ジェノヴァ人、フェニキア人、サラセン人、ヴェネツィア人、ピサ人、カルタゴ人、アマルフィ人、等々が支配したことはあっても、ナポリ人が支配したことは全然なかった。私たちは港で漁《すなど》りしただけで、それでお終いだったんだ。」

「海軍大将カラッチョロは？」

「素敵な人物だった。でも、司令官というよりも航海者として有能だったんだ。」

「これに関してなら、私にも一家言《いつかげん》があるんだが——とサルヴァトーレが言った——民衆は自国の気候がひどければひどいほど、帝国主義的になる傾向があるようなのだ。どうも、住んでいる所が不如意に感じると、他国を占領するために出かけるのではないかなあ。ナポリ人が征服するよりも征服されるほうをいつも好んできたわけも、これで説明がつくのではなかろうか？」

「サルヴァトーレのテーゼを貶《おと》しめるために——と先生は言うのだった——ナポリ市の歴史を始まりから今日までざっと状況説明してあげたいのだが……。」

「ご免こうむりますよ、プロフェッソー！——とサヴェーリオが遮った——今晩テレヴィの映画があるというのに、ナポリ市の通史を語りたいのですかい？」

「いいかい、サヴェーリオ。ナポリの歴史は驚くほど簡単なんだ。そう、ナポリ市の全史はたった三つのエピソードに要約できてしまうのだぞ。外国勢力の気紛れに屈服した時期、マサニエッロ、それに、パルテノペア共和国だ。」

「じゃ、どれくらいの外国の征服者がナポリを占領したのですかい、プロフェッソー？」

「一ダースぐらいかな。正確に年代順を追っていうわけではないが、頭に浮かぶのは、ギリシャ人、ローマ人、ゴート人、ロンバルディア人、ビザンティン人、ノルマン人、サラセン人、スワビア人、アンジュー人、アラゴン人、スペイン人一般、フランス人、オーストリア人、ピエモンテ人だ。ここに入っていないが、より最近になると、アメリカ人、カナダ人、英国人、モロッコ人、等々による同類の侵入もあるな。」

「これはまあ！　ナポリにやってこなかった者は誰かいるのですかい？」

「これまでのところ、ロシア人だけはわれわれを見舞うのを控えてきた。」

「いやきっとやってきますぜ、プロフェッソー。二十世紀も過ぎてしまえばね。」

「実はナポリは最初の二百年間は、ローマに近いためすっかりその言いなりになってきた。だから、ローマからはるか離れたところの地方は或る種の自治をつくりだせたのだが、ナポリはローマ皇帝たちの休暇リゾートになることを選んでしまった。それから暗黒の中世の数世紀間、ヨーロッパの大王朝はナポリ王国に責任を互いになすり合わせて興じたものだから、ナポリ人たちは夕べにはスペイン支配下に床に就き、翌朝にはフランス支配下に目覚めるような結果になったのだ。四、五百年間、支配した王朝どうしで、さながらモノポリー盤上のように、ヨーロッパを分割するゲームが行われていたんだ。私に両シチリア王国〔シチリアとナポリ〕をくれたら、君にはパルマ公国とピアチェンツァ公国をあげよう、というわけさ。哀れにもナポリ人たちはいつもこのゲームのプレイヤーというよりも、こま《ポーン》だったのだ。他方ありがたいことに、われらの先祖はこういう征服者たちを恨むようなことを決してしないで、誰に対してもこの上なく陽気に温かく歓迎した。もちろん、ほかの王よりも人気のある王もいた。ブルボン王家のフェルディナンド一世は庶民的（lazzaro）で、怠惰で、祭り好きだったが、それとは反対にアラゴン家のアルフォンソは物事をきちんと効率的に律したために、ある種の反感や疑惑を招いたりした。とにかく、遅かれ早かれ、彼らはみなナポリ化されて、その後の侵入者から王国を防衛できたはずの権力への本能を失ってしまったんだ。」

「プロフェッソー、すみませんが——とサルヴァトーレが言った——先生のお言葉を疑いたくはないけれど、もうパルオット博士もミラノに戻ってしまったし、何というか……私ではとても議論相手にならないんで……要するに申し上げたいことは、私もサヴェーリオもルイジーノでさえも、そういう歴史についてはたいして知らないし、ここの技師さんにしても、ご覧のように、礼儀正しくてあまり懇意ではない人になれなれしくしたりはしませんから、とても先生に異議を唱えようとはなさらないでしょう。そこで私が知りたいのは、『世界の中でいつもナポリがたいしたことをしないできたのはどうしてなのか!?』ということなんです。」

「私はナポリ王国がまったく重要性をもたなかったなどと言った覚えはない。ただいかなる権力への本能もナポリ人にはいつも無縁だった、と主張しただけなんだ。むしろ興味深いと思われることを言うと、十二、十三世紀の間、ナポリ王国はヨーロッパ全土でおそらくもっとも重要かつもっとも進歩した国の一つだったろう、と言えるんだ。ノルマン人の王ロジェ二世や、とりわけ、ホーエンシュタウフェン家のフリードリヒ二世の治世下で、ナポリは最高級の政治・行政機構、立派な国立大学、ローマのそれにひけを取らぬ法律体系を確立した。ところが、こういうすべての恩典を促進したり維持したりしたのは、ナポリ人ではなくて、フリードリヒのドイツ人たちだった。だから、ドイツ人が去ってから、秩序も崩れてしまったんだ。」

「プロフェッソー、マサニエッロについてはどうだったんです?——とサヴェーリオが訊いた——マサニエッロはナポリ人だったんだ!」

「いや、違うんだ——とサルヴァトーレが答えた——マサニエッロはアマルフィ出身でしたな？　プロフェッソー。」

「いや、マサニエッロは私やあんたたち以上にナポリ的だった——と先生はきっぱり断言した——マサニエッロ、つまり、トンマーゾ・アニェッロは、ヴィーコ・ロット・アル・メルカートに生まれて育ったんだ。でも、こういう伝記的データーが彼をナポリ人にしたわけではないんだ。ナポリで生まれたもっとも著名な歴史家、喜劇役者、政治家、芸術家のうちで、マサニエッロはナポリ魂をもっとも強く体現していた。彼は同胞のあらゆる矛盾、恋愛本能、権力を発揮する能力の欠如、寛容さと無知を示した。マサニエッロは愛情と無秩序だった。ナポリは不当にも今日に至るまで、どこかの有名な街路とか広場にマサニエッロの名を付して、このもっとも代表的な息子に敬意を払うのがふさわしいと思ったことは全然なかったんだ。」

「プロフェッソー、マサニエッロはチェ・ゲヴァラのようなものではなかったんですか？」

「いやまったく。マサニエッロを私たちの知っているほかの革命家に比べることはできないんだ。マサニエッロを理解したければ、彼の革命がなかんずく、一種の芝居のようなものだったことを理解しなくてはならない。一つの大きな悲喜劇だったんだ。」

「プロフェッソー、その悲劇の話をしてくださいな。」

「いわゆるマサニエッロを読めば、このマサニエッロ革命にもいろいろあってね。互いにちぐはぐなこともよくある。ベネデット・クローチェの人物はほとんど見下げるように扱われていて、革命運動全体がジューリオ・ジェノイーノのもくろんだ陰謀に帰せられているが、アレクサンドル・デュマという駄法螺《だぼら》吹きはこの若い漁夫をひどく奉《たてまつ》っているために、さながらダルタニャンみたいな威勢のいい人物になっている。でも確かなことは、この主人公が文明世界の中でひどく有名だったということだ。先に言ったように、クローチェ本人はファンではなかったが、片面はマサニエッロ、もう片面はクロムウェルの肖像入りメダルがヨーロッパで鋳造されたこととか、二世紀後には、ベルギー革命が、マサニエッロの話を基にしたダニエル・オーベルのオペラ作品『ポルティチの唖娘』(*Le Muette de Portici*)を上演していた劇場で勃発したことを告げているんだ。とにかく、この話にもっと深入りしたければ、ミケランジェロ・スキーパ、カルロ・ボッタ、カペチェラトロがこの人物について書いた書物とか、アントニオ・ギレッツリやインドロ・モンタネッリによる、もっと現代的な、それだけにもっと興味深い物語とかを読む必要がある。」

「サヴェー、聞いたかい?——とサルヴァトーレが真顔で言った——きみは明日、タッビア橋の近くのミネルヴァ書店に行き、先生が挙げた書物を全部買ってくるんだぞ。」

「とんでもない——とサヴェーリオが答えた——先生の言葉だけで儂には十分だし、必要な知識は全部先生から得ているんだ。プロフェッソー、サルヴァトーレには耳を貸さないで、マサニエッロの話を片づけてくださいいな('o fatto 'e Masaniello)。」

「よろしい。マサニエッロの革命はちゃんとした芝居はみなそうだが、下稽古から始まったんだ。そう、下稽古からね。一カ月前、妻が小麦粉の密輸で逮捕されたことに立腹して、マサニエッロはピアッツァ・デル・メルカートの税関詰所に放火した。また一週間前には、聖母カルミネの祭を祝うという口実で、彼は二百人の下層民《ラッザローニ》*1——いわゆるアラビア人(alarbi「蛮人」の意もある)——に長い竿《さお》を持たせ、トルコ人に変装させてから、王宮の前をパレードさせた。そして、ちょうど王家や廷臣たち全員の目の前に差しかかったとき、マサニエッロの《アラビア人たち》は一列に並び、現代の反議会主義者たちがやったような、こぶしを握りしめて突き出す代わりに、くるっと後ろ向きになり、竹竿を地面に置き、バルコニーに集まっていた副王やスペインのあらゆる高官たちにわざと尻をさらしたのだ。」

「プロフェッソー、それは素敵なアイデアでしたな！」

「一週間後の一六四七年七月七日に、正真正銘の革命が始まった。もうきみらもみな知っているように、この革命の唯一の動機は、アルコス公たるこの副王がナポリの貴族の同意のもとに数カ月前に課した果物税だったんだ。だから、当然ながら、ちゃんとした革命ならば石を投じることから始まるものだが——少なくとも、モロトフがやってきて、びんの使用を私たちに教えてくれるまでは——、イチジクを投げつけることから始まったんだ。そう、イチジクと罵声でスペイン兵士たちは逃げ出したのであり、ナポリ市民は『スペイン王万歳、サン・ジェンナーロ万歳、マサニエッロ万歳、税金打倒』を叫びながら、王宮に突入したのだ。」

「それで、果物税は廃止されたの？」

「その日に。でも、これだけではもうマサニエッロは満足しなかった。一つには、彼は半ば自由主義的、半ば動脈硬化症的な、政治的野望のはけ口をその革命に見いだしていた、オッスーナ伯の元重臣の、巧妙なジェノイーノによって今やけしかけられていたからだ。ジェノイーノは当時八十歳を超えていた。話に戻ろう。この革命に続いて、何度も王宮に招待されることになる。そしてこのことは、革命の歴史においてもう一つの新しい要素と見なさなければならないんだ！　マサニエッロは銀糸を織り込んだ白ウールの上着に、羽飾りの帽子をかぶって正装して、副王を拝謁し、その場でその足下に失神したのだ。さながら、TVでフラッキア役を演じているパオロ・ヴィラッジョみたいにね。意識を回復すると、彼は真のナポリ人革命家として、スペイン王への忠誠を告白し、百万ドゥカートもの貢ぎ物を納める約束をした。（いったい、どこからそんなものを手に入れようと考えたんだろう？）副王はというと、三千ドゥカートの値打ちのある金の首飾りをマサニエッロに贈ったのだが、マサニエッロは当初これを断りつつも、とうとう受け取った。とにかく、二人がそろってバルコニーから姿を現わすと、熱狂した群衆は《国王万歳、マサニエッロ万歳、聖母万歳》を興奮して唱和した。数日後、副王の妻アルコス公爵夫人は、マサニエッロの妻ベルナルディーナ夫人に三着のドレスを贈り、もう一度夫妻を宮廷に招いて内輪の正餐をとった。このときだった、レモネードの謎の事件が起きたのは。」

「レモネードの謎って？」

「さよう。レモネードのね。いいかね、マサニエッロのドラマは二幕から成り、第一幕の終わりでは、マサニエッロが王宮でレモネードを飲んでいる。歴史ははっきりしないのだが、三つの仮説があってね。レモネードに毒が入っていたか、マサニエッロの気が狂ったという噂を誰かが故意に流したか、権力が本当に彼の頭にきてしまったか。理由はどうあれ、確かなことは、マサニエッロが王宮でそのレモネードを飲んでからは、もう彼ではなかったということだ。ナポリで言われているように、彼はわけの分からないことを言いだし、とんでもないことをやらかし始めたんだ。アルコス公の両足にキスし、マッダローニ伯を蹴り、また大聖堂に一緒に向かっていた副王の行列を引き止めて、噴水の後ろで小便し、《ナポリ共和国総統》を僭称したのだ。要するに、あらゆる悪さをしでかした。ドラマのこの第二幕は第一幕同様、正確には五日間続き、《マサニエッロの狂気の五日間》として歴史書には載っている。私の解釈はごく簡単だ。地球人は宇宙服なしでは別の惑星に降り立つことができないが、それと同じように、マサニエッロは根っからのナポリ人であるからして、彼にまったく未知の惑星――権力の惑星――では呼吸することができなかったんだ。」

「かわいそうなマサニエッロ！」

「奇妙なことに、マサニエッロはこういう大騒動のたった十日間の間に、むしろエネルギッシュに一種の裁きを実行することができたんだ。スペインの副王たちが当時まで追いつめるに至らなかったたくさんの山賊を排除したり、監獄を空にするために大赦を認めたり、ドラコン[*2]も羨むような冷酷無情さで死刑を下したりした。もちろん、審判へのいかなる控訴も許さなかった。でも、不慣れな権力行使のせいでもたらされる狂気は、すでに忍び寄っていた。とうとうみんなが、スペイン人、ナポリ下層民《ラッザローニ》、かつてのバリケード仲間までもが、彼に反旗を翻したのだ。投獄されたのだが、逃亡し、カルミネの教会に避難を求めた。そして、ここではみんなが驚いたことに、説教壇に上り、民衆に向かって、こんな最後の演説を行ったのだった。『わが民衆諸君、並み居る人びとよ！　私が狂ったと思われようし、きっとそのとおりかもしれない。私は本当に狂っている。でも、これは私のせいじゃない。他人が私を狂わしたんだ！　私がなした一切合財は諸君を愛したからこそやったのだ。たぶんこの狂気が私の頭を乱したんだろう。諸君は以前はゴミだったが、今や自由になっている。だが、この自由もいつまで続くことやら？　一日？　二日？　もうこれ以上は続かぬ。諸君は眠くなりかけているし、みんなベッドに入りたがっているんだから。それも良かろう！　人は銃を手に生きることはできない。マサニエッロのようにしなさい。狂って、笑って、地上を転がるんだ。諸君は子供の親父なんだ！　でも、自由を保ちたいのなら、眠っちゃいかん！　武器を構えろ！　分かったか？　よいな？　奴らは私に毒を盛ったのであり、今にも私を殺したがっている。奴らが、漁夫が一瞬のうちに総統になぞなれっこない、というのも当然だ。でも、私は害になることを決してしようとはしなかったし、何も欲しはしなかったんだ。誰か私を真に愛する者がいたら、私のためにほんの一つ祈りを捧げておくれ。私が死ぬときに鎮魂ミサを施しておくれ。ほかのことなら、もう一度繰り返しておくが、私は何も欲しくない。私は裸で生まれてきたのだし、裸で死にたい。よいな！』こう言いながら、衣服をすっかり脱いでしまった。女たちは叫び声を上げ、男たちは笑い、マサニエッロは泣きだした。彼の演説は実のところ、民衆にではなくて、神に向けられていたんだ。彼はまたも追いつめられ、教会の小部屋で撃ち殺されてしまった。二十六歳だった。首が切り落とされ、胴体は堀に投げ込まれた。数日後、副王がパンの値段を二倍に吊り上げたとき、民衆はマサニエッロの重要さが分かりだした。彼の胴体が回収され、頭は元の位置に縫い合わされた。十二万人のナポリ人が彼の遺体を白リンネルにくるみ、黒ヴェルヴェットの覆い布の上に載せて行列しながら運んだのだった。」

「プロフェッソー、何と素敵な話だ——とサヴェーリオが言った——実に素晴らしくて、感動させるねえ。まるで先生本人が現場に居らしたかのような話ぶりでしたな。」

「それがナポリ人の行ったたった一つの革命なんですか？」

「真に民衆的なのはこれだけだね。実はいわゆる《もっとも忠実なナポリ市》の歴史には、反抗や煽動の事例が四十件ほどあるのだが、そのいずれも、マサニエッロのそれを除き、貴族に由来するものだったんだ。たとえば、男爵たちの陰謀、マッキア王子の反抗、一七九九年、一八二一年、一八四八年の革命を見たまえ。いずれも勢力の明白な区分けという共通特徴があり、一方には貴族または知識人、もう一方には国王と群衆、に分かれていたんだ。」

「じゃ、ナポリ共和国は?」

「ああ、それは第三の重要なエピソードで、今少し話したいと思っていたところさ。」

「オーケー、プロフェッソー。でも急いでくださいな。もうすぐテレヴィの映画が始まるんで」、とサヴェーリオが言った。

「プロフェッソー、すみません。テレヴィの映画なぞどうでもいいんです——とサルヴァトーレがせっかちに遮った——テレヴィは無知な者たちに任せましょう。そんなものを気にしないで、どうか先生の語りたいことをおっしゃってくださいな。」

「では、ナポリ共和国だ!——とベッラヴィスタはもう催促を待たずに続けるのだった——先に一七九九年の革命として挙げておいたナポリ共和国は、もっと有名なフランス革命の私生児だったんだが、もちろんこの場合明らかに、母子は少しも似てはいなかった。台本をすっかり読み違えたために、ナポリ革命では貴族や知識人がバリケードを張り、〔貴族の象徴たる〕半ズボン(キュロット)をはかない《サンキュロット》たちは王制を防御したんだ!」

「プロフェッソー、さっぱり分かりませんが!」

「サヴェー、私が言ったのは、ナポリの民衆はパリで行ったように、王制に反対して革命を起こす代わりに、みんな国王の側についたということさ。」

「でも、どうして？」

「誰もナポリの民衆に対して、《共和国》という言葉の本当の意味を説明しようとはしなかったからさ。話に戻ると、一七九八年にナポリ国王と王妃はナイル海戦でネルソンの英軍がナポレオン軍に勝利したことで錯覚し、軍隊をローマに派遣してフランス人を追放しようと決めたんだ。実を言うと、こんな企てはフェルディナンドの性格にはまったく合っていなかったし、彼は数日間狩猟に出かけるという危険を犯す以上の口実でもなければ、誰にも決して戦争を布告したりはしなかったであろう。ところがあいにく哀れなフェルディナンドは奥方である、オーストリアの手に負えぬマリーア・カロリーナと争わざるを得なかった。彼女は貧乏人たち、夫君、ナポリ人たち、ナポレオンを嫌っていたので、懸命に夫を説得してフランス人たちに攻撃するようにけしかけた。私はいつも考えたものだ、マリーア・カロリーナが仮に百五十年後に生まれたとしたら、さぞかしアドルフ・ヒトラーの理想的な妻になっただろう、とね。とにかく、戦争が布告されるや、四万のナポリ人がマックという、滑稽なオーストリアの将軍の指揮下に、ローマに侵入したのだ。」

「プロフェッソー、ラツィオ対ナポリみたいですね」、とサヴェーリオが言った。

「何のことかい？」

「ラツィオ対ナポリの試合があると、『四万のナポリ人がローマになだれ込む』ようなものだ！」

「サヴェー、話の腰を折らないでおくれ！——と先生が抗議した——さて、今話してきたとおり、マックは四万の兵隊とともに侵入し、ほとんどすぐさま、マクドナルド将軍の指揮するフランス軍の右翼と衝突した。マクドナルドはたった八千人しか戦闘員を擁していなかったが、ナポリ人に大損害を与えた。それから、オトリコーリの周辺で、マックは残りのフランス軍を擁するフランスの総司令官シャンピオンネと不幸にも出くわしてしまい、敗北は真に無残な形を取り始めた。フェルディナンドは戦争の運命が初めて傾いたときから逃亡する覚悟をしていたから、もはやためらいはしなかった。いわば紳士の変装をして、彼はナポリに着き、そこで子供たち、マリーア・カロリーナ、アトン元帥、ハミルトン夫妻、王室の宝石、サン・ジェンナーロの聖遺物、エルコラーノの貴重な出土品、王宮にあった携行可能なあらゆる貴重品をかき集めて、シチリア行きの最初の船に乗り込み、身代わりとして、哀れな、和平を好む王子ピニャテッリを残して行った。想像できるように、こう言い残したことだろう——『チッチ、好きなようにしなさい (Ciccì fa chello che vuò tu)。抵抗したければ、抵抗しなさい。休戦したければ休戦しなさい。すまないけれど、少し急いでいる (vaco nu poco 'e pressa) ものだからね。』」

「何という役立たずな王だ！ (I' che bella figura 'e niente!)」とサヴェーリオが言った。

「当時の或る詩人は言ったものだよ、『来た、見た、逃げた』とね——と先生は続けた——さて、そのときの状況は見込みがないように見えたのだが、まったく思いがけずに、どんでん返しが生じたんだ。ナポリの民衆は指揮するブルボン家の将軍が居なくなり、誰からも何も言われないのに、伝統に反して解放軍に反旗を翻したのであり、それで、哀れシャンピオンネは道路の両側に拍手喝采してくれる民衆を見いだすどころか、街路と言わず、小路と言わず、信じがたいゲリラ軍と闘わざるを得なかったんだ。何が起きたのかって？　そう、簡単に言うと、フェルディナンドからは臆病者と見なされ、マリーア・カロリーナからは嫌悪されてきたナポリの民衆が、『国王万歳、サン・ジェンナーロ万歳』の合唱とともに、ナポレオンの無敵の軍隊を阻止してしまったのだ！　ピニャテッリは事態の推移が皆目分からないままに、シャンピオンネとの休戦条約に署名した。それは要するに、ナポリ共和国の存在を承認すると同時に、フランス軍に巨額の拠出金を支払うというものだった。そのうちに、ナポリの知識人たちは新しい共和国の指針を描き始めた。こういう過激政治家のうちにカカーチェとかエスポージトのような典型的な名字を探しても無駄になろう。ナポリの民主制の最初の殉教者たちの名簿に載っているのは、カラファ、フィロマリーノ、ピメンテル＝フォンセカ、セッラ、サンフェリーチェ、カラッチョロ、ルーヴォ、等々の貴族の名前だけなのだ。庶民の名は皆無である。私が記憶している唯一の名前は、ミケーレとかいう者だけだ。この男は共和主義者の側についたため、歴史では、狂人のミケーレ（Michele 'o pazzo）として残った。」

「いったい、何が起きたのです？」

「成り行き上、われらの最初の共和主義者はあまりに詩人が多く、政治家がごく少なかったため、新しい共和国を設立することができなかったし、それだから、民主的精神と実際的な知識の両方を備えた唯一の真のイタリア人はフランスの将軍シャンピオンネだけだったと言ってもかまわないかも知れない。だが、不幸なことに、パルテノペ共和国はこの唯一の有能な擁護者すらも失ってしまったのだ。将軍どうしの嫉み、フランス執政政府の浅見、フェプールというおかしな不快極まる人物によってまき散らされたゴシップ、これらがみな結果的に、シャンピオンネをフランスへ呼び寄せ、とうとう裁判にかけられるに至ったのだ。その間、レッジョ・カラーブリア近辺のプンタ・デル・ペッツォに、枢機卿ルッフォなる者が王の名代で約十名の小隊を率いて上陸した。このルッフォは偉大な軍人であり、賢く勇敢で、有能な弁士であり、秀れた騎士だったし、要するに、枢機卿以外の何でも屋だった。こういう才能を活かして、彼は聖なる信仰の名目で厖大な軍隊をかき集めることに成功し、そして、当時の最大の山賊たちと組んで、北と南の両方からフランス人を攻撃したのだった。ロ・シャルパ、ミケーレ・ペッツァ（フラ・ディアーヴォオとして知られた）、プロニオ、それと恐ろしいガエターノ・マンモーネは、貧しくて弱い過激政治家たちを未曾有の残酷さをもって押さえつけたし、シャンピオンネから指揮権を奪っていたマクドナルドは、サン・ジェンナーロ、言い換えるとズルロ枢機卿に無理強いして、奇跡を乱暴にも行わせ、ナポリ下層民《ラッザローニ》の共感を得ようとしたが、当て外れを運命づけられることとなる。パルテノペ共和国はこの時分には取り返しがつかぬほど糾弾されていたのだ。サン・ジェンナーロに関して言っておきたいのだが、[*3] フランス人たちの面前で遂行された奇跡のせいで、ナポリ人たちは以後彼を守護聖人から追放し、代わりにサン・タントニオを押し出した。ベネテット・クローチェも告げているように、ナポリ人たちはサン・ジェンナーロがフランス人を支持したことにひどく憤慨していたので、ルーア・カタラーナでは、彼がサン・タントニオによって鞭打たれている絵を見せびらかしたほどだった。でも、民衆は彼に対する恨みを長く抱き続けることはできなかったので、ヴェズヴィオの最初の小噴火の後で、サン・ジェンナーロはすぐにまた、守護聖人の地位を回復したのだった。」

「それで、共和国はどうなってしまったの？」

「ひどい結末だった！　ルッフォ枢機卿はサン・エルモ要塞とカステッロ・デル・オーヴォを包囲し、ここにパルテノペの最後の愛国者たちが閉じ込もった――フランス人たちは危険を察知するやすでに逃亡してしまっていた。ルッフォは概して紳士だったから、すべての革命家の生命を救うことを約束したのだが、ヒトラー親衛隊（ＳＳ）ともいうべきマリーア・カロリーナとその立派な伴侶エンマ・ハミルトン夫人（コレッタによると、元売春婦だという）はネルソンを説き伏せて、通行券を破棄させ、王国の最良の知識階級を無慈悲に殺させてしまったんだ。」

「かわいそうに！」

「さて、私がナポリの歴史から三つのエピソードを選んだのも、こういう三つの事件で取ったナポリ人たちの行動がナポリ魂の鍵を供してくれると思うからだ。事件は三つとも異なるが、行動パターンは同じなのだ。外国勢力による支配、民衆の反抗、そして知識人の革命。いずれの場合にも、民衆は権力を選び取ることをしなかった。外国人の支配を受動的に甘受しているし、予期しない権力が転がり込んでもそれを退けているし、知識人が社会的激変をもたらしても、既成の勝ち馬に跳び乗るのを拒否しているのだ。彼らが行う唯一の闘い、それはもっとも大切な生命を守るためか、もしくは国王や教会への愛のためなのだ。そこで今や私たちが自問すべき問題は、はたして私たちが愛情の民なのか、それとも無知の民なのか？　ということだ。この二つの仮説は互いに深く絡み合っているから、決して決着はつかないだろうがね。」

「プロフェッソー、気候がナポリ人を権力に無関心にさせているとは思いませんか？　まあ、ナポリで飲んでいる水――セリーノの水――でさえ、何と言ったらいいか、僕たちのおなかを冷やしてくれているのでは？　儂が言わんとしているのは、誰かがだんだん興奮しだしてきて、とうとう目にするものを手当たり次第にぶち壊したくなるとする。ところがふとのどが乾き、水をコップ一杯飲むと、急にまるで魔法にでもかかったかのように、内にこもっていた怒りが雲散霧消してしまう。プロフェッソー、こんなふうには考えられませんか？」

「サルヴァトー、神のご配慮で、ナポリにそんな奇跡の水があったらなあ！　びん詰めにして、世界中に売り出せるのに！」

「そうしたら、儂たちはプロフェッソー、産業国になれるってものだ！」

「まあ、とにかく、空中に私たちを食い止めて、あまり私たちを野心的にさせないようにする何かがあるに違いないよ。さもなくば、ハンニバル、法王ケレスティアヌス五世〔在位1294〕、レナート・カロゾーネ〔ナポリの著名な楽団員〕に起きたことが説明できないだろうよ。」

「ハンニバルとカロゾーネとがどう関係があるの？」

「ハンニバルはローマを破壊しようとしてヨーロッパの半分を横断し、象もろともアルプス山脈を超え、この上ない恐ろしい戦いに勝った。それから、ローマが手に届きそうになったとき、カプアで停止する決定を下したんだ。そのときに本当に欲しいものは数カ月の休暇だ、と言ってね。他方、ケレスティアヌス五世が《大いなる拒絶》をしようと決心したとき、まさにナポリに居たんだ。しかも、ケレスティアヌスがそのとき拒絶したのは、お分かりかな、法王位という、当時存在していたうちでもっとも権威ある地位だったんだぞ。そして最後に、カロゾーネはというと、名声の頂点にあったそのときに、もう十分儲けたと言って、あらゆる芸術活動を捨ててしまったんだ。」

「プロフェッソー、儂が見るところ、ナポリ人は野心家だが、やり過ぎはしないんですよ――とサヴェーリオが言った――言い足りないかもしれないけど、野心に関しては有限会社みたいなものなんだなあ。」

「サヴェーリオが言いたがっているのは――と先生が言った――ナポリ人は頭脳の中には一種の《魂の計量》[*4]的な弁が埋め込まれているかのように行動するということなんだなあ。責任感の圧力やそれに付随した心配事が一定レヴェルに達するや否や、自動的に継電器のヒューズが飛ぶんだ。」

「弁って何のことです?」

「サヴェー、温水用タンクのコイル式電熱器がどう作動するかはきみも知っているよね。水がだんだん熱せられて或る温度に達すると、自動温度調節装置《サーモスタット》が働き、ヒーターは切れる。原理はまったく同じさ。」

「ああ、やっと分かった――とサヴェーリオが言った――ナポリ人は自動湯沸かし器みたいに温まるが、ある時点までだってことですなあ。先生のいうこの内蔵スイッチがカチッと働き、『なんてこった、こんちくしょう(titò, ma a te che te ne fotte?)』と言うんだ。」

「いや、僕の考えだと、それは秩序と無秩序の問題だね――とルイジーノが言った――秩序は権力を、無秩序は愛情を生みだすんだ。たとえば、ヒトラーがナポリに生まれたと仮定し、ナポリから出発して世界征服しようとしたとする。第一に、何ら反対しないで彼の命令に従おうとするたくさんのアイヒマンのような連中が決して見つからなかっただろうし、第二に、正直な話、彼の有名な《最終決着》の実現に必要となるような組織を、僕らナポリ人なら決して彼に供給したりできはしなかったろうよ。」

「実際、ユダヤ人を五、六百万人抹殺するのは、相当苦労したに違いない！」

「信じがたいことが起きただろうよ――とルイジーノが続けた――たとえば、ヒトラーがユダヤ人を積んだトラックをフラッタマッジョーレのキャンプからアニャーノのガス室に運ぶよう命令したとする。道中、ナポリのナチ親衛隊（ＳＳ）の運転士が隣に座しているユダヤ人と会話を始める。『どうしてユダヤ人に生まれてしまったの？　いいかい、キリスト教に改宗しな！』すると相手が答える、『私のせいでユダヤ人に生まれたわけじゃないのです。両親もユダヤ人、子供たちもユダヤ人、私らはみなユダヤ人なのですよ。』『おお、あんたは所帯持ちかい？』『そうですとも。三人子供がいます。』『何たることよ！　親と子か！（Gesù, Gesù, è pate ’e figlie!）何とかこの哀れた男を助けられないかなあ！　よし、この本道を外れて、誰も見ていなけりゃ、止まって、逃がしてやろう。』こうして、ナポリのナチス党はお終いさ。」

「ルイジーノの言うとおりだ。これは秩序と無秩序の問題なんだ――とサルヴァトーレが言った――それだからこそ、朝起き上がって、紙切れやクズ袋がまだ広場中に散らばっているのを見て、儂はほっと安堵の息をつき、独り言をいうんだ――『安心しな、サルヴァトーレ。今日も落ち着いておれるぞ！』ってね。」

＊1　ナポリのスペイン人支配者たちがマサニエッロの追随者たちにつけた名称。ここから、ナポリの下層民を指すようになった。

＊2　前七世紀アテナイの立法家。成文法を制定して過酷な刑罰を科した。
＊3　サン・ジェンナーロの奇跡に関しては、デ・クレシェンツォ（谷口／ピアッザ訳）『クレッシェンツォのナポリ案内』（而立書房、二〇〇三年）一三七頁を参照。
＊4　（エジプト神話）アヌビス神が行う魂の計量のこと。魂が永遠の安息に入るように、死者はこの審判を受けることになっている。

第28章　泥棒

「いったい、どうしたの？」

「知らないね、今きたばかりだから。」

「でも、何で大騒ぎしているんだろう？」

「はっきりしないけれど、泥棒がつかまったようだ。」

「いやいや。つかまえようとしたけど、逃げたんだ。」

「困ったなあ！　こんなに泥棒だらけじゃ（cu tutti sti mariuoli）、ちっとも安心できはしないよ！」

人だかり。たぶん百人以上もの人びとがピアッツァ・メルカートのおもちゃ屋の前に集まっている。私は遅れてきたし、本当は早く帰宅したかったんだが、でも私のナポリ魂が《何事か》理由をはっきり知るまでは事件を見過ごすことに反抗した。せめて、騒動の理由を知らなくてはおれなかったのだ。

「すみません、何が起きたんですか？」

「あんたねえ、私に訊いたのは二回目だよ。きっと見れば分かるだろうが、私も知りたいと躍起になっているのさ！　ちょっと我慢しなさい。数秒したらあんたの知りたがっていることをすっかり報せるから！」

　はっきり言って、『何が起きたのか』の詳細を知ったのは群衆のごく中心部分だけだったのだが、私も、私が尋ねた紳士も、端に居たため、主役たちからではなく、二次資料から——つまり、ドラマの真の役者から委細を初めて聞いたと主張する人びとから——聞き知った人びとの報告に依存せざるを得なかった。それぞれのヴァージョン（その或るものはたぶん虚言癖のある者が織物全体をでっち上げたものだった）の相違がひどかったために、私たちはどうしても介在する衛星群をかき分けて進み、騒ぎの焦点に潜入せざるを得なくなった。それは赤い髪の毛をし、赤ら顔の背の低い、めがねをかけた男であって、サッカー・ボールをずっと腕にかかえながら、耳を貸そうという者には誰でも、叫びながら苦情を打ち明けているところだった。

「分かるかい、あいつを捕まえていたら、きっと殺していただろう！」

「どうしたの？」そこにやってきたばかりの一人が訊いた。

「どうしようってんだ！　ここはもうナポリじゃない、野蛮な西部《ウエスト》だ！　ゲーリー・クーパーみたいにベルトの上に銃でも持って歩かなくっちゃならんのだ！　起きたことを話そう。クリスマス用に甥のフィルッチョのためにサッカー・ボールを買おうと数秒間店に入ったんだ、ほんの少しの間車に鍵をかけずに……。」

「探しているのは何なの？　車を開けっ放しにしておいて、ナポリに泥棒がいるとこぼすのかね？」

「何だって？　私が店に入ったのは数秒間で、車がロックされていないのは分かっていたから、ずっと見張っていたんだ。片方の目はおもちゃに、もう片方の目は車にね。」

「でもね、ロックしてない車は一つの挑発行為だね」、と先に口を切った紳士がコメントした。

「スウェーデンじゃ、キーさえない——ともう一人の紳士が介入してきた——盗まれるものなぞないんだ。監獄は空っぽだよ。」

「先にも言ったように、私はミネラーレの店におもちゃを買いに立ち寄ったんだ。車にキーをかけていないのを知っていたから、片方の目は車を見やりながら、もう片方は甥フィルッチョのためにサッカー・ボールを探した。何なら、ほらここで私の前に並んでいたご婦人に、車を開けっ放しにしてきたので、入れ代わってもらえないかと頼んだんだ。そうでしたよね、奥さん?」

「そうよ。そう頼まれたので、先に通してあげたの」と証人に呼ばれた婦人が答えた。

「ところが支払いをしようとしていて、片手にはお金を、もう片手にはサッカー・ボールを持ちながら並んでいて、目に入ったんだ、あの野郎が私の車に乗り込むのを! 私はかっとなって、奥さんを押しのけて突進した……。」

「そう、確かに! あんたは私を押し倒したのよ!——婦人は今や《第一証人》の役を引き受けて言うのだった——これが素敵な少年のためでなかったとしたら……。」

「……私はご婦人を押しのけて突進し、ボールを投げ落とし、車に駆け寄り、あの野郎を捕まえようとした。でも奴はうなぎみたいだったんだ! 奴の片足つかんだが、癲癇《てんかん》患者みたいにのたうち回り、私の顔を蹴りつけて、この臭くて汚らわしい畜生にしがみつくことができなかった。私の両手をするりと抜けて、一方のドアから入り、反対側のドアより逃げ出しやがったんだ!」

「そのとおりだったんだよ——と見物人の一人が言った——泥棒が路地に姿をくらましたというのに、この紳士はまだ後部座席に這いつくばっていたんだ。」

「奴を捕まえたかったなあ! マリアさま、捕まえたかった! そうしたら私が奴にどうしたか、誰も想像できまい。私はカーラジオを五回盗まれたんだ。五回も! 保険会社も私を嫌っているんだ! もうクレームにうんざりだって! 最後には、はっきりこう言われたんだ、『ドットー、もうカーラジオはつけないでください、盗まれてもお支払いいたしませんよ』って。畜生、車の中でちょっと音楽を聴く楽しみまで奪われてしまったんだ! 今の唯一の願いはこの泥棒を一人でもひっ捕まえて、袋叩きにしてやり、生かしてはおかない。それだけなのさ。」

「ごもっとも。国家が死刑を下さないのなら、私たちの手で裁きをしなくっちゃならん。」

「ほら、きた！　こそ泥（mariuncielli）に死刑か？」

「サントヤンニ未亡人は——ともう一人の紳士が言った——もう七十歳の老婆なのに、昨晩教会の真ん前で、ぞうきんみたいに蹴り倒されたんだ！」

「いったい、警察は何をしているのかしら？　必要なときには居たためしがない！」

「当然さ！　彼らは駐車違反の罰金の取り立てしかしていないんだ。誰かが泥棒を働いても、見ない振りをしていやがるんだからな。」

「いや、そうじゃないですよ、奥さん。捕まえることは捕まえるけれど、イタリアじゃ、法廷が機能していないんですよ。捕まってもすぐに出てきてしまうんだから。」

「どうしたんです？」もう一人の新参者が尋ねた。

「この紳士の車から盗まれそうになったんですよ。」

「この子は誰のもの？」

「パスカリー、ママの天使よ、どうしたっていうの？」

「奥さん、どうかこの子を手で引き止めて、おもちゃに触らせないように言ってくださいな。」

「それで、泥棒は捕まったの？」

「いいえ、この紳士は手から逃がしてしまったんです。」

「どうしたんです？」もう一人の紳士が訊いた。

めがねを掛けた紳士は、質問されても相変わらずサッカー・ボールを小脇にかかえたまま、しばらく黙り込み、劇的効果をつくりだしてから、おもむろに答えた。

「私は甥フィルッチョのためにこのサッカー・ボールを買いに行くため、店の前にロックしないまま、車を駐めておいたんです……。」

「分からないなあ。あなたはピアッツァ・メルカートにロックもしないで車を駐めておいたんですか?」

「でも、ほんの近くですよ! じっと目を注いでいたんです! それで、私の前に列を作って並んでいたここのご婦人に、先に支払いをすませてもらうようにお願いしました。車がロックしてなかったもので。」

「そのとおり、この紳士は言いましたよ――とその婦人は認めた――そしてちょうど支払いをしていたときに、車泥棒に気づいたんですよ。」

「私は泥棒を見つけて、すぐ駆け出した。奥さんを押しのけて突進したんです……。」

「たしかに押しのけたんだ! 私を引き倒そうとしたんだ! この勇敢な少年が手を差し出してくれなければ……。」

「……私は奥さんを押しのけ、ボールを放り出し、泥棒に飛びかかり、どうにか足をつかまえた。ところが、野郎めがうなぎみたいになりやがって、するするとどこかへ逃げ出して行きやがったんだ……。」

紳士が繰り返し何度も出来事を語っていると、周りでは群衆が完全に沈黙した。群衆は十四歳そこそこの少年――《車泥棒》――と、彼の肩に手を置き、引き立てている一メートル八十センチの背の高い男性のために通路を空けた。

「ドットーレ――とその男性は落ち着いたチンピラの低い声で言うのだった――数分前に起きた事件の最中、この少年は首にかけていた金の鎖をあなたの車の中に落としたんです。それは亡くなった母親の記念品だったんです。あなたの車はロックしてないんですね、ドットーレ?」

「ええ」、と紳士は答えた。

「坊や、金の鎖を取りに行きな。このドットーレは何も気にしていないのだから（Ciccì, vatt'a piglia a catenina c'o dottore non te dice niente）。」

第29章　中道

今晩、樹木の天辺は
頭と手を動かして、
愛を地面に語っており、
私はそれに聞き入っている。

あなたたちは忘れてしまったが、
いつもの言葉なのだ、
裸で毛もじゃのまま、
鉄格子の獄舎を渡り歩く
旅仲間たちよ。[*1]

イニャーツィオ・ブッティッタ、一九六八年

「もう冬休みも終わりですね――と先生が私に言った――技師さん、あなたも同じ感じを持っておられるのかどうかは存じませんが、ここじゃ、クリスマスがきて欲しいと思った途端、もう来年に入ってしまっているんです。まるで日々が昔と同じではないかのようでありながら、すべては同じだし、毎日が二十四時間から成っているんですね。毎日が前よりいくぶん短くなっているようです。何千分

の一秒にせよ、とにかく短いように思うのです。時が速くなっているという仮説は私の説ではありません。こう主張したのは、デ・シッテルとかいう、オランダの天文学者で、彼によれば、他の大手の科学者たちが主張しているのとは反対に、宇宙が拡大ではなく、縮小しつつあるから、毎日がだんだん短くなっていくというのです。デ・シッテルはこうも言っています、宇宙は脈搏数が速まり、このように収縮するおかげで、いつの日か完全に消滅するだろう、と。私たちだって、やはり収縮しているのです。先日、ヴィットーリオ博士は消え失せたし、明日あなたはローマに戻られるから、ナポリにはいつもどおり、私本人、ルイジーノ、サヴェーリオ、そしてサルヴァトーレが居残ることになります。それはそうと技師さん、私が喋り過ぎたとお気づきのときには、どうか止めさせてください。これが自分の最大の弱点だということは承知しているからです。自分ばかり喋って、ほかの人には半分も言わせようとしないんですから。困ったことに、私は長々と喋った後でさえ、自分の意見をはっきりさせなかったのではないかとか、聴き手たちを混乱させたのではないかとか、と心配になるんです。そこで、引き続き要約したり……明らかにしたり……し始めるのです。たとえば、愛情と自由とか、権力への軽蔑とかの説になると、すべてが誤解されかねない問題ばかりですね。よくありがちですが、私の言うことを聞いている人がその人の先入観では私を分類できないとすると、事態は私にとりはなはだ面倒となりかねません。私が想像上のナポリ――絵ハガキでしか存在したことのない、風変わりな、奇抜なナポリ――のノスタルジックな吟遊詩人だとか、……投機家、権力の共犯者、無関心の代弁者だとか言われたりするのです。奥の底にはキリスト教徒のメッセージでも隠されていまいか、と誰からも疑われたりしないで欲しいものです！　でも、問題はすべてここにあるのです。つまり、私たちの生を十分に生きようとすれば、頭と心を使い、中道を進むようにしなければならないのです。すべてを考えてみると、この処方は十分に憶えやすい、簡単なものです。愛情を半分、自由を半分にせよというのですから。実際、私の図式は覚えておられるでしょうが、中道に到達する唯一の途は、愛情への欲求と自由への欲求とを完全に均り合わすことにあるのです。さて、私はときどき自問することがあります――私は自由なのか、それとも、自由であると信じているだけなのか？ と。私が話したり、考えたり、行動したりするときも、たぶん、他人が私に話したり、考えたり、行動したりしてくれるように期待しているやり方に従っているだけではないでしょうか？ 独裁の場合のように公然とであれ、あるいは、条件づけを介してのように緻密にであれ、権力というものは一般に威圧するものです。ところが自由は宣伝に左右されずに、自分の頭でしっかり物事を考えることを意味します。これは簡単なことではありません！ でも、人が大衆の行動に不信を抱き始めるとしたら……、たまたま韻を踏んだ安っぽいスローガンを行列の中で合唱するのを拒否しようとすれば……、何かを買おうとするたびごとに、《本当にこれが欲しいのか？》とか、《権力のせいで、私がこんな物を買いたいと思い込まされてしまったのではないか？》と自問する習慣を身につけるとすれば……、そのときには、人は自由への途を見つけ出せることでしょう。

でも、この権力とはいったい何者なのでしょう、何物なのでしょう？ それは資本だと考え、他の人はアメリカだと考えていますが、明らかに二人とも次元を取り違えているのです。ＣＩＡや多国籍企業は権力の小さな集中に過ぎず、権力そのものではありません。実は私たち本人こそ権力の親なのです。私たち本人が命令したいという野心を抱いているものだから、何億もの権力の粒子を生み出して、不道徳かつ途方もない抽象的な怪物をつくりだすまでに立ち至り、これが私たちを離れて独自の生をやり始めているのです。どうやってこれをくい止めるか？　どうやって私たちは自衛することができるのか？　それは容易ではありません。権力は私たちがまだ幼児のころから精神的隷属状態に置こうとし始めていたものだから、ある時点で、心が真相を垣間見始める頃には、私たちは目覚めるともう走っている列車――習慣の列車――に腰かけているという結果になっているのです。週末、車、私たちが購入してしまい、今や泥棒から防衛しなくてはならない品物――要するに、私たちの生活水準を高めさせてくれる一切のもの――、これらが私たちが列車から降りるのを妨げているのです。しかも、私たちの多くは独りで列車に乗っているのではなく、妻や子供たちと一緒なのです……、それなのに、どうして走っている列車から、家族もろとも飛び降りられましょうか？　たとえば、奥さんはスペインのエメラルド海岸でヴァカンスをどうしても取りたがっているとか、娘さんは単車をどうしても欲しがるとしたら、どうします？　彼らを運命に任せて、独りだけで列車から飛び降りるか、それとも、彼らの待ったなしの欲求を満足させるために、オーヴァタイムの仕事をするか？　だから、こういうジレンマを先取りするためには、ぜひとも権力に対する段階的戦争――キッシンジャーの言う《ステップ・バイ・ステップ》アプローチ――を開始しなければならないのです。大騒ぎすることなく、私たちは今日は昇進を拒み、明日は勲章を断ることにより、ミリメートルずつ、私たちは自由軸の上で上向きになれるのです。テレヴィがコマーシャル番組を流す？　そっぽを向き、スイッチを切ることです。今日は晴天ですか？　それなら、車に乗らずに、歩いて事務所に行くことです。簡単に言うと、権力の条件づけは常に大衆を目指しているので、私たちが何を避けるべきかを見て取るのは難しくはないのです。大衆、言い換えると、大衆の習慣を避けるべきなのです。私はエリート主義を弁護しているのではありません。なぜなら、あなたの自由欲は大衆を遠去けさせるとしても、あなたの愛情欲は大衆にあなたを振り向けるでしょうから。とは言っても、一体としての大衆ではなくて、互いに異なる個々人からなる全体としての大衆に、ということです。つまり、大衆を権力の視座から見るか、それとも愛情＝自由の視座から見るかに応じて、大衆は百万の頭を持つ単一体と見なすことができれば、あるいは、百万の個々人と見なすことだって、明らかにできるのです。左翼とか右翼とは不完全な定義に過ぎません。私が誰かと関係を持つときには、真に知りたい唯一のことは、その人が集団主義者か個人主義者かということだけです。これは重要なことです！　たとえば、人間はみな悪いと考える者がいます。トマス・ホッブズは彼らの予言者であり、彼らは独裁を好むのです。逆に、他の人びとは民主制を欲しています。それというのも、ルソーも言っていたように、すべての人は本性上善人として生まれたのだが、その後の体制が人びとを腐敗させた、と確信しているからです。そう、私によれば、大半の人間は言わば、基本的に善人なのであり、犯罪者たちのほんの小グループにおいてのみ、憎悪が心の中に支配しているのです。ローレンツは、暴力の起源は有機体の分泌作用にあると言っていますが、ある日、私たちはたぶん彼に同意することでしょうし、そのときには、私たちは《監獄》と記された看板を《病院》と書かれた別の看板に取り替えるだけで、問題全体を解決することになるでしょう。でも目下、私が信じているところでは、犯罪者たち――彼らを病院に入れるなり、投獄するなりして、社会はいつも自衛せざるを得ませんが――を回復させることが真の問題なのではなくて、大多数の心の中に善意の種子を培養することなのです。要するに、私は人間を悪人とは見なさないが、非常な善人とも見なさないし、たんに小っぽけな者と見なしているのです。平凡だから、小っぽけなのです。ほとんどいつも信仰を欠いているので、小っぽけなのです。でも、それにもかかわらず、潜在的な形だけでとはいえ、人はミステリーへの大きな能力をもっているものなのです。今日ほど、占星術師、カード占い師、占い師が大成功を収めた時代はかつてなかったのです。誰でも易者の服をまとおうとするだけで、無学であれ教育を受けていようが、男女——特に女性——の群れが、みんな未来を知りたがって、その人の元に押し寄せることでしょう。教会はこういう信仰の貯水槽の存在には決して気づかなかったし、あるいは言い換えると、これを汲み上げて、こういう幾百万立方体もの信仰をそれ自身の乾燥した野原へと注がせることには決して成功しなかったのです。しかも教会は幾世紀を通して、この上なく困難な状況にもいつも生き残ってきましたし、そのためにふさわしい聖人たちを見いだしてきたのです。ところが今日では、ヨハンネス二十三世の努力にもかかわらず、神学者たちがテーブルを囲んで論じ合っているのは、マスターベーションを容認すべきか否かということであって、彼らはこういうことには気づいておりません。つまり、信仰しか求めてはいない絶望的な無数の魂を教会に引き寄せるには、ほんの少しの愛情や謙遜の素振りを示すだけで十分だろうということに。でも、天にまします神よ、一九七六年のキリスト教徒で、自らを、ただ妊娠させるためでしか交接してはいけないと要求する中世の司教と真面目に同一視できる者がはたしているでしょうか？　私たちの世代が消失したとき、セックスについて相変わらず話しているのは、たぶん彼ら——神父たち——だけだろうということにお気づきでしょうか？　どうか真面目になってください。そして、私たちがキリストのことを語るとき、とりわけ慈悲のことを話題にしているのだということを想起してください。パスカルは言いました。神を信ずるのに必要なことは、神が存在すると熱心に欲することだ、と。このことは正しいのです。でも、パスカルは神だけを神秘的に、途方もなく、しかも神だけを愛していました。パスカルは人間を愛してはいませんでした！　神への信仰、つまり、信仰をもつことは、個人の途方もない財産ではありえますが、でも、隣人愛だけが私たちの実存的な諸問題を解決できるのです。しかもこれは、彼岸において報償を得るためなのではなくて、私たちの生存そのものに意義を付与するためなのです。

たとえば、私の母は長い老年のあらゆる問題を落ち着いて切り抜けてきましたが、これも他人への愛情と信仰で支えられていたからなのです。母は八十歳だったのですが、一種の小祭壇——実際上、大理石の小棚と祈祷台——を小室の中にしつらえていました。正面の壁の上には、母のお気に入りの聖人たちのすべての小画像や、イエスの聖心《サクロ・クオーレ》や、母が《愛しい故人たち》と呼んでいた人びとの写真が貼られてありました。毎日、母は故人の魂のために何百回も死者ミサを唱えていました。どの故人にも小さな写真があり、母から祈祷の一部を割り当てられていたのです。ここ最近は、故人のリストがひどく増えていました。それというのも、母は故人への祈りを家族の範囲だけに限定しないで、何らかの理由で母と親しかった誰かさんの死を知るたびに、実際上、母の名簿にその人の名を加えていったからです。マリオ・リーヴァや、マリリン・モンローの写真すらあったのを覚えています。『かわいそうに、何とまあ、ひどい死に方をして』(Puverella, e che brutta fine c'ha fatto) と母は言っていました。生涯の最期の数年を除き、毎朝教会に行って、聖体を拝領する習慣でしたし、そしてときに私がバルコニーから顔を出して見ていると、母の姿は離れてゆくにつれてだんだんと小さくなるのでした。もっとも奇妙だったのは、母が本当にだんだんと小さくなり、背が低くなって、まるでお祈りしている間にも毎日すこしずつ、聖画像や見知らぬ故人たちの写真から成る彼女の小っぽけな楽園の中に移住してゆくみたいだったことです。私の母はほかの人びとのように亡くなったのではなくて、だんだん小さくなり、とうとう消え失せただけなんだと考えるときもありました。

私は愛情、神、隣人のことを話題にしていて、自分が自由人だということに気づくのです。これは私の脈絡のなさなのです！ それでも、私は愛したいのです。女房も娘も私のことが理解できません。まるで火星人か、動物園の中の異国風な動物でもあるかのように私を眺めています。年老いて私がすっかり認知症にかかったと思い、家族の中の病人を我慢するかのように私を我慢しているのかもしれません。どうも彼女たちには確信に基づく一種の自己満足があって、人生のいかなるものでも一つのはっきりしたルールを引き合いに出して解決できるらしいのです。これはやってよい、これはやってはいけない、これはどうしてもやらなくてはいけない——さもないとひどいことになろう（se non pare brutto）からです。私たちの生活の大半を支配する恐ろしい決まり文句がこれなのです、『さもないとひどいことになろう！』自由意志の問題は、この『さもないとひどいことになろう』に直面すると、簡単に消えてしまいます。義務としての贈り物、服喪、結婚しなければならない女性、ネクタイ、祝賀、弔辞、敬具、ナイフとフォークを用いてのチキンの食事、魚は禁止、妊娠しなくてはいけない妻……『さもないとひどいことになろう』。ところで、妻によると、私はサルヴァトーレとサヴェーリオを家に招いてはいけないし、ルイジーノはたまに招いてもよい、『さもないとひどいことになろう』。あなたとパルオット博士は大卒だから、招いてもかまわない。妻は『山猫』、『ゴッドファーザー』、『ジョーズ』は読んだのですが、ショパンをショーペンハウアーと混同しているし、スリムになるためにスポーツジムに通い、また節約するために映画クラブに行っております。流れ星を見ると、妻の頭によぎる最初の願いはブリッジのプレイを習うことなのです。みんなも周知のように、これはひどく上品なゲームであるからです。他方、娘はというと、不可知論者で、女権拡張論者で、合理主義者だ、と名乗っていますが、好きな少年に出会うや否や、娘が尋ねる最初の質問は、どの星の印の下に生まれたの？　であり、そして彼が『獅子座』と答えると、『獅子座なの？　分かったわ！』というのです。私は娘に対して、ペリクレスのヘタイラ（高級遊女）で、史上もっとも美しくて知的な女性の名前である、アスパシアを付けてやったのですが、娘はこの名前が気に入らなかったんです。「ねえ、かわいそうに――と母親が訊きます――その名前で何の不都合があったのかい？」それで、今日では娘は当代の何十万人というほかの少女と同じように、パトリーツィアと呼ばれているのです。昨日、パトリーツィアはフェンディのズック・バッグを買いました。『パパ、ほら全部Fがついているでしょう？――と娘がいうのでした――バッグはみな署名入りなの。だから、それだけ高価なのよ。』これらはみなもろもろの事件の鎖の中の段階なのでして、その行き着く先は普遍的一様性ということなのです。

さて、こんな仮定をしてみましょう――イエスがもう一度地上に戻ることを決意した、と。あなたの考えでは、イエスはどうやって人間の心に到達しようとされるでしょうか？　御言葉を弘布するために、使徒たちはどんなことをなすべきなのでしょうか？　信号の所で立って、エホヴァの証人たちのように、パンフを配ることでしょうか？　いいえ。今日の過密な世界、絶えず動き止まぬ世界にあってイエスは週のどの日であれ、二十時三十分から二十一時の間、テレヴィに現われて、聴いてもらいたい、という希望だけしかないでしょう。だから、何か大きな奇跡を行う必要もないでしょう。十分に強力な海賊放映スタジオと、二、三名のエキスパートの専門家がおれば十分でしょう。それというのも、テレヴィ手段の技術が現在では進歩したために、奇跡とテレヴィのトリックとを区別することが誰にもできないだろうからです。でも、こういう機会があれば、イエスは何を語るべきでしょうか？ きっと、『福音書』の言葉をもって始めることでしょう。『余は世の光なり……真に告げて言おう……。』それから中止し、肘掛椅子に座って観ているテレヴィ視聴者たち全員を悲しげに見つめて、こうつぶやくことでしょう、『視ないで信じる者は幸いなり……。』[*2] そうすると、人びとはこれは宣伝の作りごとか、ルカ・ロンコーニがでっち上げたものだ、と考えることでしょう。」

＊1 (Stasira li cimi di l'arbuli / chi movinu la testa e li vrazza / parlano d'amuri a la terra / e io li sentu / Sunnu li paroli di sempri / chi vui scurdastivu / cumpagni di viaggiu / nudi e pilusi / in transitu dintra gaggi di ferru.)

＊2 前衛的な演出をし、大衆にはあまり共鳴を得なかったテレヴィ・ディレクター。

訳者あとがき

本来ならば、まずクレシェンツォのこの処女作にして稀有なベストセラーを世に送るべきところだったのに、今日に至ってしまったことは誠に申しわけないし、どんなに理由を並べ立てても許されないであろう。

とは言え、これまでの翻訳経験から、逆にクレシェンツォの精神的背景が照射されてくることを、本書は如実に示してくれたのだが、《エネルギーの塊》とも言えるものだけに、幾度もつまずきかけたことも認めざるを得ない。（結果的に、イタリア人との共訳という形を取らざるを得なかった原因もここにある。）

第一に、しょっぱなに出てくる白楽天からのエピグラフ四行である。A・ウェイリーの著書からの引用かと目星をつけたのだったが、一向に見当たらず、その他巻間に出ている選集のどれ一つとして該当するものが見当たらなかった。困り果てていて、やっと探し当てたのが、巻頭に併記した堤留吉氏の研究書（一九五七年）だったのである。第9章の陳子昂からの引用については、中国青年政治学院の盧徳平助教授に厄介になった。第21章の東陽英朝については、これが二カ所からの引用句だということに、さんざん苦労の末に気づいた。

こうした一見些細なことが、翻訳書では極めて重要性を持ってくる（『バラの名前』の邦訳者たちなら、「動ジナイ」のかもしれないが）。

良心的な読者なら分かってもらえると思い、蛇足を付した次第である。

とにかく、何度も翻訳の進行状況が話題になりながら、(約束の締切日には間に合ったとはいえ)今日にまで遅延したことを、而立書房社主の宮永捷氏、著者デ・クレシェンツォ、共訳者ピアッザ氏(一年以上前にテープを送っていただいた)に深くお詫びしておきたい。

二〇〇六年六月二十九日　行徳にて

谷口　伊兵衛

(付記)

原著は、訳者の調査では英語、フランス語、ドイツ語、オランダ語、チェコ語、トルコ語に訳されている。拙訳では、英、独、仏の各版を参照した。

本書は既刊の『クレシェンツォのナポリ案内――ベッラヴィスタ氏見聞録――』(而立書房、二〇〇三年)と表裏一体を成しているので、是非こちらも読まれることを希望したい。

〔訳者紹介〕
谷口《たにぐち》伊兵衛《いへい》（本名：谷口　勇）
1936年　福井県生まれ
1963年　東京大学大学院西洋古典学専攻修士課程修了
1970年　京都大学大学院伊語伊文学専攻博士課程単位取得
1975年11月～76年６月　ローマ大学ロマンス語学研究所に留学
1992年～2006年　立正大学文学部教授
2006年４月　同 非常勤講師
主著訳書『クローチェ美学から比較記号論まで』
『ルネサンスの教育思想（上）』（共著）
『エズラ・パウンド研究』（共著）
『中世ペルシャ説話集』
「教養諸学シリーズ」既刊７冊（第一期完結）
「『バラの名前』解明シリーズ」既刊７冊
「『フーコーの振り子』解明シリーズ」既刊２冊
「アモルとプシュケ叢書」既刊２冊ほか

ジョバンニ・ピアッザ（Giovanni Piazza）
1942年　イタリア・アレッサンドリア市生まれ
現在ピアッ座主宰。イタリア文化クラブ会長
マッキアヴェッリ『「バラの名前」後日譚』，『イタリア・ルネサンス 愛の風景』，アプリーレ『愛とは何か』，パジーニ『インティマシー』，ロンコ「ナポレオン秘史』，クレシェンツォ『愛の神話』，マルティーニ『コロンブスをめぐる女性たち』，サラマーゴ『修道院回想録』（いずれも共訳）ほか

クレシェンツォ言行録――ベッラヴィスタ氏かく語りき――

2008年２月25日　第１刷発行

定　価　本体2500円+税
著　者　ルチャーノ・デ・クレシェンツォ
訳　者　谷口伊兵衛／ジョバンニ・ピアッザ
発行者　宮永　捷
発行所　有限会社而立書房
〒101-0064　東京都千代田区猿楽町２丁目４番２号
振替・00190-7-174567／電話 03（3291）5589
FAX 03（3292）8782
印　刷　株式会社スキルプリネット
製　本　有限会社岩佐

落丁・乱丁本はお取り替えいたします。

ISBN 978-4-88059-341-8　C0010

ルチャーノ・デ・クレシェンツォ／谷口　勇訳

1986.11.25刊
四六判上製
296頁
定価1800円

物語 ギリシャ哲学史 I　ソクラテス以前の哲学者たち

ISBN978-4-88059-098-1 C1010

古代ギリシャの哲学者たちが考え出した自然と人間についての哲理を、哲学者たちの日常生活の中で語り明かす。IBMのマネジャーから映画監督に転進した著者は、哲学がいかに日常のことを語っているかを伝えてくれる。

ルチャーノ・デ・クレシェンツォ／谷口伊兵衛訳

2002.10.25刊
四六判上製
302頁
定価1800円

物語 ギリシャ哲学史 II　ソクラテスからプロティノスまで

ISBN978-4-88059-284-8 C1010

前篇に続く、有益で楽しい哲学史ものがたり。前篇以上に著者の筆致は冴えわたる。独・仏・スペイン・韓国等の各国語に翻訳され、いずれも大成功を収めている。

ルチャーノ・デ・クレシェンツォ／谷口伊兵衛、G・ピアッザ訳

2003.11.25刊
四六判上製
216頁
定価1800円

物語 中世哲学史　アウグスティヌスからオッカムまで

ISBN978-4-88059-308-1 C1010

ギリシャ哲学史に続く、著者の愉快この上ない面白哲学講義。イタリアのジャーナリズム界の話題をさらった一冊。

ルチャーノ・デ・クレシェンツォ／谷口伊兵衛、G・ピアッザ訳

2004.2.25刊
四六判上製
200頁
定価1800円

物語 近代哲学史 I　クサヌスからガリレオまで

ISBN978-4-88059-310-4 C1010

ルネサンス期を近代の誕生と捉え、中世以上に血の流れた時代を生々しく描く。著者のもっとも円熟した一冊。イタリアで大ヒットしている。

ルチャーノ・デ・クレシェンツォ／谷口伊兵衛、G・ピアッザ訳

2005.7.25刊
四六判上製
224頁
定価1800円

物語 近代哲学史 II　デカルトからカントまで

ISBN978-4-88059-321-0 C1010

現代社会の思想を準備した哲学者の群像を、いつものように見事に活写させてくれるクレシェンツォの筆力はいよいよ冴えわたる。

ルチャーノ・デ・クレシェンツォ／谷口伊兵衛、G・ピアッザ訳

2003.9.25刊
B5判上製
144頁
定価2500円

クレシェンツォのナポリ案内—ベッラヴィスタ氏見聞録—

ISBN978-4-88059-297-8 C0025

現代ナポリの世にも不思議な光景をベッラヴィスタ氏こと、デ・クレシェンツォのフォーカスを通して古き良き時代そのままに如実に写し出している。ドイツ語にも訳された異色作品。図版多数。